FELIX HUBY

BABETTES BALLHAUS

FELIX HUBY

BABETTES
BALLHAUS

Kriminalroman

GMEINER SPANNUNG

Immer informiert

Spannung pur – mit unserem Newsletter informieren wir Sie
regelmäßig über Wissenswertes aus unserer Bücherwelt.

Gefällt mir!

Facebook: @Gmeiner.Verlag
Instagram: @gmeinerverlag
Twitter: @GmeinerVerlag

Besuchen Sie uns im Internet:
www.gmeiner-verlag.de

© 2018 – Gmeiner-Verlag GmbH
Im Ehnried 5, 88605 Meßkirch
Telefon 0 75 75 / 20 95 - 0
info@gmeiner-verlag.de
Alle Rechte vorbehalten
1. Auflage 2018

Lektorat: Claudia Senghaas, Kirchardt
Herstellung: Mirjam Hecht
Umschlaggestaltung: U.O.R.G. Lutz Eberle, Stuttgart
unter Verwendung eines Fotos von: © Broadway lights style light bulb alphabet –
© piai / Fotolia.com
Druck: GGP Media GmbH, Pößneck
Printed in Germany
ISBN 978-3-8392-2279-9

*Personen und Handlung sind frei erfunden.
Ähnlichkeiten mit lebenden oder toten Personen
sind rein zufällig und nicht beabsichtigt.*

AUGUST 2017

1. KAPITEL

Durch drei schmale, hohe Fenster, die bis zum Boden reichten, fiel helles Licht in den gut 400 Quadratmeter großen Raum. Vor einer weiß lackierten Wand stand auf der vorletzten Stufe einer Bockleiter aus Aluminium Sibylle Teichmann. Die Galeristin trug enge schwarze Hosen aus einem seiden glänzenden Stoff und einen weißen Rollkragenpullover – eine hochgewachsene, sehr schlanke Frau mit einem knabenhaften Körper. Die kleinen Brüste waren kaum wahrnehmbar. Die blonden Haare hatte sie in einem Pferdeschwanz zusammengefasst. Sie hielt ein Bild in den Händen.

»Höher!« Der Mann, der das rief, stand breitbeinig, die Hände auf dem Rücken verschränkt, in der Mitte des Raumes. Er trug dunkelblaue Jeans und ein weißes Hemd, das fast bis zur Taille offen war. Vor der behaarten Brust baumelte ein silbernes Kreuz an einer dünnen Kette. Die hellen grauen Haare fielen bis auf seine Schultern hinab. Der Künstler Lukas Abendroth war gut 1,90 Meter groß. Seine breiten Schultern, die schmalen Hüften und die muskulösen Oberarme gaben ihm das Aussehen eines durchtrainierten Sportlers.

»Noch höher. Ja, so ist es gut.«

»Aber dann hängt es über Augenhöhe«, gab Sibylle Teichmann zu bedenken.

»Sehr richtig. Sollen die Leute ruhig aufschauen zu meiner Kunst.« Lukas Abendroth lachte. Hinter seinem Rücken wurde eine breite Flügeltür geöffnet. Drei Männer kamen herein.

»Sie müssen die Herren vom Fernsehen sein«, rief Frau Teichmann.

»Ganz recht. Florian Graf mein Name. Wir haben telefoniert«, antwortete ein kleiner, dicklicher Mann um die 30.

Abendroth fuhr zu ihm herum. »Sie sind für 11.00 Uhr angemeldet, jetzt ist es kurz vor zehn.«

»Das Interview mit Ihnen wollen wir auch erst später machen. Jetzt hätten wir vorab gerne ein paar Impressionen Ihrer Ausstellung aufgenommen, falls es Sie nicht stört.« Seine Begleiter stellte Graf als Kameramann und Tontechniker vor.

Sibylle Teichmann stieg von der Leiter herab und reichte dem Fernsehreporter die Hand. »Wir haben gerade das letzte Bild aufgehängt.«

»Ich geh dann mal rüber in ›Babettes Ballhaus‹«, erklärte Abendroth knapp und verließ den Raum, ohne weiter auf die drei Männer zu achten.

»Sehr freundlich«, sagte der Kameramann ironisch.

»Lassen Sie 's gut sein. Wenn er da bliebe, würde er sofort die Regie für Ihren Film übernehmen.«

»Was macht er denn in ›Babettes Ballhaus‹ um diese Zeit? Die öffnen doch erst um 11.00.«

»Eine Ballettgruppe probt dort. Sie soll bei der Vernissage am Montagabend auftreten.«

»Die Mädchen da auf den Bildern?«, fragte Florian Graf.

»Einige davon, ja. Das kleine Ballett hat er selbst choreografiert. Außerdem ist ›Babettes Ballhaus‹ so etwas wie sein Wohnzimmer. Sein Atelier ist gleich um die Ecke.«

Frau Teichmann wusste, wie wichtig der Fernsehbericht, der hier entstehen sollte, für den Erfolg der Ausstellung werden konnte. Jetzt war Samstag, am Montag sollte die Vernissage stattfinden. Wenn der TV-Bericht in der Kultursendung am Sonntag laufen würde, wäre das die ideale Werbung. »Kann ich Ihnen einen Kaffee anbieten?« Ihre Freundlichkeit wirkte aufgesetzt. Der Reporter lächelte süffisant. »Das wäre wunderbar, gnädige Frau.« Mit einer unbestimmten Geste wies er auf die Bilder. »Sehr erotisch.«

»Das liegt am Betrachter, ob er sie erotisch findet«, sagte die Galeristin. »Ich finde sie einfach nur schön.« Sie ging zu einer Tür, die in den seitlichen Trakt des Gebäudes führte, und rief: »Herr Winkler, bitte drei Mal Kaffee für unsere Gäste. Und ich nehme auch noch einen.«

Der Kameramann begann, einige der Ausstellungsstücke zu filmen. Ein junger Mann um die 30 kam herein. Er trug ein silbernes Tablett, auf dem Kaffeetassen, eine Kanne, ein Milchkännchen und eine Untertasse mit Würfelzucker standen. »Tillmann, ich meine, Herr Winkler ist Abendroths Assistent.« Sie strich dem Mann mit dem Tablett kurz mit dem Handrücken über die Wange. »Ich weiß nicht, wie wir das hier alles ohne ihn schaffen würden.« Winkler lächelte kurz und stellte das Tablett ab. Wortlos verließ er den Raum wieder.

Lukas Abendroth durchschritt den gepflasterten Hof. Sein Blick fiel auf das Schild über der Eingangstür von »Babettes Ballhaus«. Es zeigte ein tanzendes Paar, als habe es Zille gemalt. Ein Plakat kündigte Schwoof, Tanztee und Sonntagskonzerte an. Mit drei Sätzen sprang der Maler die Eisentreppe zum Eingang hinauf und stieß die Tür auf.

In dem großen Ballsaal, der tagsüber mit Tischen und Stühlen als Restaurant eingerichtet war, tanzten acht Mädchen auf einem Podium nach Musik, die eine ältere Dame auf einem Klavier spielte. Mit lauter, für eine Frau sehr tiefer Stimme gab sie kurze Befehle. Die Tänzerinnen hatten die Arme verschränkt und reichten ihren jeweiligen Nachbarinnen links und rechts die Hände, während die Reihe erst nach links, dann nach rechts tanzte.

»Sophie, du bist nicht im Takt!«, rief die Frau am Piano. »Das Ganze noch mal von vorn!« Da erst bemerkte sie Abendroth. Sie stand auf und trat auf den Maler zu. Einen Augenblick sah es so aus, als wolle sie ihn umarmen, aber Abendroth trat einen Schritt zurück. »Sieht ja schon ganz ordentlich aus, liebste Olga Nikolajewa«, sagte er.

»Wir tun alles, um Sie nicht zu enttäuschen«, entgegnete die Angesprochene. Ihr russischer Akzent war nicht zu überhören.

Abendroth lächelte: »Weiß ich doch, und dass Sie als große Ballettmeisterin früherer Tage nie ganz zufrieden sein können, habe ich längst bemerkt. Lassen Sie sich nicht stören. Machen Sie bitte weiter.« Dann trat er dicht an das Podium heran. »Ihr Girls seid bezaubernd. Wenn euch die Gäste bei der Vernissage sehen, wird sich keiner mehr für meine Bilder interessieren.« Damit wendete er sich ab und verschwand durch eine schmale Seitentür in einem Korridor, der in den hinteren Teil des Hauses führte.

»En garde!«, kommandierte die Ballettmeisterin. Die Mädchen nahmen die vorige Stellung ein, überkreuzten die Arme und fassten ihre jeweiligen Nachbarinnen wieder an den Händen. Frau Nikolajewa schlug einen Akkord an und spielte dann eine Polonaise von Frederic Chopin.

Der Fernsehreporter Graf kniff die Augen zusammen und musterte die Bilder. Es waren 17 Gemälde und ebenso viele Fotografien. »Ist er nun eigentlich Maler oder Fotograf?«, fragte er.

»Beides, und in beidem ist er weltberühmt. Die Fotos sind streng limitiert und erzielen oft höhere Preise als die Gemälde«, antwortete die Galeristin.

»Manchmal sind es die gleichen Modelle«, meldete sich der Kameramann. »Aber auf den Fotos wirken die Mädchen irgendwie unschuldiger.«

»Nun, als Maler hat er mehr Möglichkeiten zur Interpretation, wenn ich so sagen darf.« Die Galeristin nahm einen Schluck Kaffee.

»Malt er denn die Bilder nach den Fotos?«, fragte Graf.

»Ganz unterschiedlich. Meistens bittet er die Models noch in sein Atelier. Und dann spielen die Fotos keine Rolle mehr. Er stellt sich ganz neu auf das Sujet ein.«

»Mit Sujet meinen Sie die Mädchen?« Der Reporter sah auf die Uhr. »Viertel nach elf. Wir haben nur Zeit bis 12.00. Ich schau mal, wo er bleibt.« Er verließ die Galerie.

In »Babettes Ballhaus« hatten inzwischen die ersten Mittagsgäste an den Tischen Platz genommen. Die Ballettgruppe war verschwunden. Eine Kellnerin wollte Graf an einem Tischchen gleich neben der Tür platzieren. Der winkte nur ab. »Ich bin auf der Suche nach Lukas Abendroth.« Die Bedienung deutete mit dem Daumen über die Schulter zu der schmalen Tür, durch die der Künstler vor gut einer Stunde in den hinteren Teil des Hauses gegangen war. Ein schmaler, dunkler Korridor empfing den Reporter. Ein wenig Helligkeit kam nur durch das Oberlicht an einer Tür, auf die der Gang direkt zulief. Graf klopfte, erhielt aber keine Antwort. Er drückte die Klinke nieder. Die Tür war verschlossen. Der Reporter rief Abendroths Namen, aber es geschah nichts. Kurz vor der Tür führte eine schmale Treppe linker Hand nach unten. Graf ging ein paar Stufen hinab und rief erneut nach dem Maler. Keine Reaktion. Er ging in den Saal, griff sich, ohne zu fragen, einen Stuhl und kehrte zu der verschlossenen Tür zurück.

»He, was machen Sie denn da?« Die Kellnerin folgte ihm. Der Reporter kümmerte sich nicht um sie. Er stieg auf den Stuhl, und als er sich auf die Zehen stellte, konnte er durch das schmale Fenster im oberen Teil der Tür in den Raum hineinsehen. »Scheiße!«, entfuhr es ihm.

»Was ist denn los?« Die Kellnerin stand nun dicht unter ihm.

»Haben Sie einen Schlüssel für das Zimmer?«

»Der Chef!«

»Holen Sie ihn!«

»Sagen Sie endlich, was los ist!«

»Der liegt da auf dem Boden wie tot!« Graf sprang von dem Stuhl herunter.

»Das ist jetzt aber nicht Ihr Ernst«, sagte die Bedienung leise.

»Ernster ist es mir noch nie gewesen!«

Die Kellnerin rannte den schmalen Korridor hinunter und riss die Tür zum Saal auf. »Chef! Schnell!«, hörte Graf sie rufen.

Wenige Augenblicke später kam sie in Begleitung eines großen, schlanken Mannes zurück, der eine Kochuniform trug. Wortlos schloss er die Tür auf und trat als Erster ein. Lukas Abendroth lag in einer seltsam gekrümmten Haltung auf dem Boden. Um den Hals war ein Draht geschlungen. Der Koch beugte sich über die leblose Gestalt, legte zwei Fingerkuppen auf den Hals, wartete einen Moment und richtete sich dann wieder auf. »Der ist hin!«, sagte er mit teilnahmsloser Stimme.

Peter Heiland stand an der U-Bahn-Haltestelle Stargarder Straße. Hier fuhr die Untergrundbahn auf Stelzen hoch über der Schönhauser Allee. Kurze, harte Sturmböen trieben die Fahrgäste in den Windschatten hinter einem Kiosk und einer Tafelwand mit Werbeplakaten. Heiland, der die meisten Wartenden um gut zwei Köpfe überragte, stand an der Bahnsteigkante und versuchte, den Reißverschluss an seiner Jacke zu schließen. Aber es gelang ihm nicht. Bei jedem Versuch wurden seine klammen Finger zittriger. Plötzlich trat eine alte Frau vor ihn hin, die ihm kaum bis zur Brust reichte. »Kann ich mal?« Bevor Heiland etwas sagen konnte, fädelte sie geschickt den Reißverschluss ein und zog ihn energisch hoch. Dann klopfte sie zwei Mal mit der Hand auf Peters rechten Oberarm und sagte: »So, mein Junge!«

»Danke!« Der Kriminalhauptkommissar strahlte seine Helferin an. Im gleichen Augenblick klingelte sein Handy. Sein Kollege Carl Finkbeiner war dran. »Mord in ›Babettes Ballhaus‹.«

»Was? Wo ist das denn?«

»Was suchen Sie denn?«, fragte die kleine alte Dame.

»Babettes Ballhaus!«

»Auguststraße. In Mitte«, hörte er fast synchron von der Frau und aus dem Telefon. Aber nur die hilfreiche Dame fuhr fort: »Da bin ich früher oft gewesen. Zum Tanztee am Sonntagnachmittag. Aber wissen Sie, jetzt machen meine Knie nicht mehr so richtig mit, obwohl ich eine ganz neue Hüfte habe.«

»Ich komme direkt dorthin«, rief Peter Heiland ins Telefon.

Die kleine alte Frau sagte: »Ich fand es schön, dass vor jedem dritten Tanz Damenwahl war. Und die Musik hat ein Orchester gespielt.«

Peter Heiland lächelte der Frau zu. »Das würde mir auch gefallen. Jetzt schau ich mir das Ballhaus mal an.« Er verließ die Haltestelle, eilte die Treppe hinunter und winkte ein Taxi ab.

Als er in »Babettes Ballhaus« ankam, waren die Kollegen der Spurensicherung schon eingetroffen. Auch ein Gerichtsmediziner war bereits vor Ort. Er kniete neben der Leiche, grüßte Heiland mit einem kurzen Nicken und sagte: »Der ist noch keine zwei Stunden tot.«

Einer der Spurensicherer hielt ein seltsames Drahtgespinst hoch. »Das ist die Mordwaffe.«

»Und was ist das?«

»Fragen Sie lieber, was das mal war: Ein Kleiderbügel, wie man ihn in der Wäscherei kriegt, wenn man seine Hemden abholt. Der Täter hat ihn aufgebogen.«

Unter dem einzigen Fenster stand ein einfacher, quadratischer Tisch mit einer glatten Resopaloberfläche. »Der Mann muss noch eine Linie Kokain gezogen haben, bevor er sich aus dem Leben verabschiedet hat«, sagte Carl Finkbeiner von dort. Auf der Tischplatte waren noch Spuren eines weißen Pulvers zu sehen und ein Glasröhrchen, durch das der Ermordete wohl den Stoff in die Nase gezogen hatte.

»Wer ist der Mann?«, fragte Peter Heiland.

»Lukas Abendroth, Maler und Fotograf. Er hätte am nächsten Montag die Vernissage einer großen Ausstellung gehabt, drüben in der Galerie ›Teichmann‹.« Das kam von einem kleinen dicken Mann, der sich als Fernsehreporter Florian Graf vorstellte.

»Sie sind wohl von der ganz schnellen Truppe«, sagte Peter Heiland.

»Ich war sowieso da«, antwortete der Fernsehmann.

»Er hat die Leiche gefunden«, ergänzte Carl Finkbeiner.

Graf erzählte sachlich und schnell, wie alles vor sich gegangen war.

»Finde ich anständig, dass Sie hier nicht gleich auch noch versuchen zu filmen«, sagte Kommissar Heiland.

Graf winkte ab. »Ich mache Kulturberichterstattung. Mord ist nicht mein Geschäft.«

Der Mann in der Kochuniform hatte die ganze Zeit im Korridor an der Wand gelehnt und scheinbar teilnahmslos dem Treiben der Polizei und ihrer Helfer zugesehen. Jetzt trat Peter Heiland auf ihn zu.

»Werden Sie nicht in der Küche vermisst?«

»Sind genug Leute da! Ich muss erst am Abend so richtig ran.« Der Koch zog einen Tabakbeutel und ein Schächtelchen mit Zigarettenpapier aus der Brusttasche seines weißen Kittels und drehte sich in aller Ruhe eine Zigarette.

»Wie kommt Herr Abendroth eigentlich in dieses Zimmerchen?«

»Er hat es gemietet.« Der Koch leckte das Zigarettenpapier sorgfältig ab. »Manchmal hat er sich da sein Essen servieren lassen.« Er steckte die fertige Zigarette hinters Ohr. »Der Mann war voller Macken. – Drüben sitzt übrigens die Nikolajewa. Mit der hat er auch seine Besprechungen hier drin abgehalten.«

»Und wer ist das?«

»Eine Freundin von ihm!« Der Koch nickte zu dem Leichnam hin. »Sie hat am Vormittag noch mit ihrer Truppe im Saal geübt. Ich nehme an, unsere Bedienung hat ihr Bescheid gesagt.«

Graf mischte sich ein: »Frau Nikolajewa ist Ballettmeisterin und hat eine eigene Schule in Marzahn. Ihre Schülerinnen sollten am Montagabend bei der Ausstellungseröffnung auftreten.«

»Ein Ballett bei einer Vernissage?«, fragte Finkbeiner verwundert.

»Die Bilder zeigen ausschließlich Ballettszenen und Porträts von jungen Ballerinen«, erklärte der Reporter.

Peter Heiland wendete sich an den Koch. »Gibt es einen anderen Zugang zu dem Zimmer als den durch Ihr Lokal?«

»Wenn sich einer auskennt … – kommen Sie mal mit!« Mit schnellen Schritten ging der Mann zu der Treppe, die seitlich einen Stock tiefer führte. Heiland schloss rasch zu ihm auf. »Darf ich Sie nach Ihrem Namen fragen?«

»Theo, Theo Raspe. Ich bin der Pächter des Ladens. – Vorsicht Kopf!«

Nach einem schmalen Treppenabsatz senkte sich die Decke, sodass der lange Peter Heiland gebückt gehen musste, um nicht anzustoßen.

Sie erreichten einen weitläufigen Keller mit einer gewölbten, grob gemauerten Decke. »Wir lagern unsere Weine hier«, sagte Raspe. Er ging zu einer schmalen Holztür, die einmal grün gestrichen gewesen sein musste. Die meiste Farbe war abgeblättert. Raspe steckte den Schlüssel, aber der ließ sich nicht drehen. Die Tür war unverschlossen. »Sauerei«, schimpfte der Koch. Er stieß die Tür auf. Helles Sonnenlicht flutete herein. Über drei Steinstufen gelangten die beiden Männer in den Hof hinauf. Von hier zur Straße waren es nur ein paar Schritte.

Peter Heiland blieb stehen und sah sich um. In dem gepflasterten Hof standen grob gerechnet 20 Tische. Gartenstühle waren gegen die Tischplatten gelehnt als Zeichen, dass hier derzeit nicht bedient wurde. Dafür wäre es auch zu kalt und zu windig gewesen. »Das war also vermutlich der Weg, den der Mörder genommen hat«, sagte Heiland mehr zu sich selbst als zu seinem Begleiter.

Raspe steckte sich seine selbstgedrehte Zigarette an. »Möglich!«

»Haben Sie den Toten gut gekannt?«

»Ja. Ne! Er war zwar fast jeden Tag da. Ein eingebildeter Fatzke, kann ich Ihnen sagen. Für den waren wir nur Dienstbolzen. Ich glaube, in sieben Jahren hat der kein persönliches Wort mit mir gesprochen.«

»Haben Sie eine Ahnung, wer ihn umgebracht haben könnte?«

»Nein! Wie gesagt, ich weiß ja nichts über ihn, außer, dass er schweinemäßig viel Geld hatte, und dass er wahnsinnig hinter den Weibern her war. Vor dem war keine sicher.« Raspe blinzelte in die kalte Sonne, sah auf seine Uhr und sagte: »Ich muss dann wieder was arbeiten!«

Sie kehrten auf dem gleichen Weg zurück. Auf der Treppe sagte Peter Heiland: »Würden Sie mich bitte dieser Ballettmeisterin vorstellen?«

»Ich zeig sie Ihnen«, gab der Wirt zurück.

Olga Nikolajewa saß an einem Zweiertisch alleine, weit zurückgelehnt, das Gesicht mit beiden Händen bedeckt. Vor ihr stand ein Glas Wein, das sie offensichtlich noch nicht angerührt hatte. Peter Heiland trat hinter sie. »Frau Nikolajewa?«

Sie schreckte auf und warf ihren Kopf in einer heftigen Bewegung herum. »Ja?«

»Darf ich mich kurz zu Ihnen setzen?«

»Wer sind Sie?«

»Peter Heiland, Hauptkommissar beim Landeskriminalamt. Ich leite die Ermittlungen im Mordfall Abendroth.«

Die Ballettmeisterin wies auf den Stuhl, der ihr gegenüber stand.

»Ich habe gehört, Sie haben den Ermordeten gut gekannt«, sagte Peter Heiland, während er sich setzte.

»Ja!« Olga Nikolajewa saß jetzt sehr gerade und fixierte den Kommissar mit ihren stahlblauen Augen, über denen sich zwei hoch gebogene Augenbrauen wölbten, die sie offenbar rasiert und durch tiefschwarze Farbstriche ersetzt hatte.

»Kannten Sie ihn lange?«

»Ich kenne ihn seit drei Jahren. Ja, drei Jahre ist es her, dass er zum ersten Mal in meiner Schule auftauchte.«

»Und warum?«

»Bitte?«

»Ich meine, er wird ja wohl kaum Ballettunterricht genommen haben.«

»Da ist kein Platz für Ironie, junger Mann«, sagte die Ballettlehrerin streng.

Peter Heiland senkte seinen Blick. »Tut mir leid, war nicht so gemeint.« Er sah ihr wieder in die Augen. »Also: Was war der Anlass seines Besuchs?«

»Er hat damals mit seiner Serie ›Die Elevinnen‹ begonnen. Die Arbeit hat er kürzlich abgeschlossen.«

»Ja, ich habe gehört, die Bilder sollten übermorgen bei einer Ausstellungseröffnung präsentiert werden.«

Olga Nikolajewa verschränkte ihre Hände im Nacken und reckte sich noch ein wenig mehr in ihrer sehr aufrechten Haltung. »Wir hätten dabei ein Ballett nach seiner Choreografie aufgeführt. Für mich und meine Mädels eine ganz außergewöhnliche Chance. Es wäre viel Presse da gewesen und viele wichtige Personen aus der Stadt.«

»Vielleicht ist die Vernissage ja nur aufgeschoben. Das Interesse ist so womöglich noch größer«, meinte Peter Heiland.

Die Ballettmeisterin antwortete nicht darauf. Sie nahm einen Schluck aus ihrem Weinglas. Die Kellnerin trat an den Tisch. Zu Peter Heiland sagte sie: »Kann ich Ihnen irgendetwas bringen?« Und als Peter verneinte, zu Frau Nikolajewa: »Wollen Sie nicht etwas essen?«

»Nein danke, Rosalie!«

»Es tut mir ja so leid für Sie«, sagte die Bedienung noch und ging dann an den Tresen zurück.

Peter wendete sich wieder der Tanzmeisterin zu. »Warum haben Sie hier geprobt und nicht in Ihrer Ballettschule?«

»Dem Meister zuliebe. Hier um die Ecke liegt sein Atelier, und außerdem hatte er in diesen Tagen viel in der Galerie zu tun. Er wollte den Fortschritt unserer Aufführung ständig kontrollieren. Der Raum hier war also geradezu ideal. In der Galerie, wo wir hätten auftreten sollen, ging es ja nicht. Herr Abendroth hat, soviel ich weiß, eine ziemlich hohe Miete bezahlt für die paar Stunden, die wir im Ballhaus proben.«

»Wie war denn Ihr Verhältnis zu Herrn Abendroth?«, fragte Peter Heiland.

»Wir hatten kein Verhältnis!«, fauchte Olga Nikolajewa.

Peter lächelte: »So war es nicht gemeint. Ich frage mal anders: Hat er Ihre Schule unterstützt? War er vielleicht so etwas wie ein Mäzen? Ich meine, wenn er selbst choreografiert hat, müssen Sie doch zusammengearbeitet haben.«

»Ja. Es war eine Arbeitsbeziehung.« Olga Nikolajewa stand unvermittelt auf, strich ihren schmalen schwarzen Rock glatt und verließ wortlos das Lokal. Die Kellnerin kam an den Tisch. »Jetzt hat sie wieder mal nicht bezahlt.«

»Was macht es denn?«, fragte Peter Heiland. Die Kellnerin legte ein Zettelchen auf den Tisch. Der Kommissar beglich die Rechnung. Als er aufstand, fragte er: »Wissen Sie, wo die Ballettschule der Dame ist?«

»In Marzahn, aber die finden Sie bestimmt im Internet.«

Carl Finkbeiner kam herein.

»Fertig da hinten?«, fragte Peter Heiland.

»Erst mal, ja.«

»Dann lass uns in die Galerie gehen.«

Man erreichte den großen Ausstellungsraum im Hochparterre einer alten Villa aus den Gründerjahren über eine weiße Marmortreppe mit bequemen niedrigen Stufen, die nur zwei Meter hinter der Eingangstür begann und in einem breiten Absatz vor einer verglasten Flügeltür endete. Nach rechts und links gingen zwei schmale Korridore ab. Die Glastür stand offen. In dem Ausstellungsraum fanden sie zunächst niemanden. »Komisch«, sagte Finkbeiner, »hier kann jeder rein- und rausspazieren, dabei hängen da Bilder an der Wand, von denen jedes einzelne mindestens 5.000 Euro wert ist.«

»Es ist alles gut gesichert!«, hörten sie eine männliche Stimme. Sie gehörte einem Mann, der nun hinter einem Paravent hervortrat und mit seltsam tänzelnden Schritten auf sie zukam. »Ich bin Tillmann Winkler«, stellte er sich vor, »Lukas Abendroths Assistent.«

»Wo finden wir denn Frau Teichmann?«, wollte Carl Finkbeiner wissen, während Peter Heiland von einem Bild zum anderen ging und die Werke aufmerksam musterte.

»Man darf sie jetzt nicht stören«, antwortete Winkler.

»Wir schon!«, gab Finkbeiner patzig zurück.

»Nein, tut mir leid!« Winkler strich sich mit beiden Händen über sein dichtes schwarzes Haar, das eng am Kopf anlag.

»Was geht Sie das überhaupt an?«, wollte Finkbeiner wissen.

»Nun, ich arbeite für Frau Teichmann.«

»Ich denke, Sie sind Abendroths Sekretär?«, rief Peter Heiland, der am anderen Ende des Raumes vor einem großformatigen Schwarz-Weiß-Foto stand, das eine Ballettelevin in einer für ihn unangenehm lasziven Weise darstellte. Das Mädchen stand auf der linken Zehenspitze, den rechten Fuß hatte es auf die Lehne eines Stuhls aufgelegt, den Körper weit vorgebeugt. Der Fotograf hatte die junge Tänzerin von unten abgelichtet, sodass der Fokus des Bildes zwischen ihren Schenkeln lag. Der Oberkörper darüber war nur verschwommen zu erkennen.

»Assistent«, verbesserte Winkler. »Aber mein Vertrag läuft Ende des Monats aus.«

»Nun, wie auch immer, das hat sich ja nun erledigt«, sagte Finkbeiner.

»Wieso?«

»Wir hätten uns gleich vorstellen sollen«, sagte Peter Heiland freundlich. »Wir sind vom Landeskriminalamt. 4. Mordkommission.«

»Mordkommission?« Winkler starrte die beiden Beamten an. »Heißt das ... heißt das ..., heißt das, es ist ein Mord geschehen?«

»In der Regel ist das so, wenn wir tätig werden«, gab Finkbeiner zurück.

Peter Heiland sah seinen Kollegen mit einem leicht unwilligen Kopfschütteln an und trat jetzt vor Winkler hin. »Wir müssen Ihnen leider sagen, dass Lukas Abendroth tot ist. Er wurde erdrosselt. Drüben in ›Babettes Ballhaus‹. In seinem Zimmerchen, das Sie ja sicher kennen.«

»Mein Gott!« Tillmann Winkler schlug die Hände vors Gesicht. »Das ist doch nicht möglich.«

»Er hat Sie also gekündigt?«, fragte Heiland.

»Wie bitte?«

»Sie sagten, Ihr Vertrag laufe Ende des Monats aus.«

»Ja, wir trennen uns. Ich habe einen neuen Arbeitsvertrag mit Frau Teichmann.«

»Seit wann?«

»Ab nächsten Ersten. Aber Herr Abendroth hat mir erlaubt, dass ich ihr auch schon vorher zur Hand gehe.«

»Wie auch immer«, meldete sich nun wieder Finkbeiner. »Wir müssen mit Frau Teichmann sprechen.«

»Am besten schicken Sie ihr eine Mail und bitten um einen Termin!«

Finkbeiner lachte auf. »Ja, soweit kommt's noch!« Entschlossen machte er sich auf die Suche nach der Galeristin. Winkler rief ihm noch nach: »Moment, das geht nun wirklich nicht.« Aber der Kommissar kümmerte sich nicht darum.

Peter Heiland legte kurz seine Hand auf Winklers Schulter. »Sie müssen das verstehen. Er macht nur seine

Arbeit. – Wie lange waren Sie denn Abendroths Assistent?«

»Fest angestellt zwei Jahre.«

»Und davor?«

»Ich bin ein großer Bewunderer des Meisters. Schon immer gewesen. Deshalb hab ich auch schon früher manche Arbeiten für ihn übernommen – ehrenamtlich, wenn Sie so wollen.«

»Und wie war er so ... der Meister?«

»Kein einfacher Mensch, persönlich konnte er sehr schwierig sein, unendlich arrogant, verwöhnt vom großen Erfolg und vom Geld. Wissen Sie, es gibt bestimmt viele Menschen, die ihm keine Träne nachweinen.«

»Sie zum Beispiel?«, fragte Heiland.

Winkler antwortete nicht auf Heilands Frage, sondern sagte: »Zum Beispiel seine Frau, von der er sich auf ziemlich fiese Weise getrennt hat.«

»Und was ist mit Ihnen?«, hakte der Kommissar nach.

»Das ist eine komplizierte Geschichte. Ich möchte lieber nicht darüber sprechen«, sagte Winkler. »Der einzige Mensch, der wirklich traurig sein wird, ist seine Galeristin, Frau Teichmann. Sie hat ihr Zugpferd verloren. Die Arbeiten hier waren gestern zwischen 5.000 und 50.000 Euro wert, je Stück. Ab heute kosten sie vielleicht um die Hälfte mehr, wenn nicht gar das Doppelte. Aber das gleicht den Verlust à la longue natürlich nicht aus.«

Carl Finkbeiner hatte am Ende eines schmalen Korridors den Zugang zu einer Wendeltreppe gefunden. Er stieg in den ersten Stock hinauf, sah sich um und entdeckte eine Tür mit einer bunten Verglasung – »Eindeutig Jugendstil«, sagte er zu sich selbst. »Schön. Sehr schön!« Er klopfte an den Türrahmen, und als sich niemand meldete, drückte er die Klinke nieder. Die Tür schwang nach innen auf.

»Habe ich etwa ›Herein‹ gerufen?«, rief die Frau, die hinter einem Empireschreibtisch saß, ohne aufzusehen. Sie starrte unverwandt auf den Bildschirm eines Computers.

»Nein, das haben Sie nicht!«

Jetzt hob sie den Kopf. »Wer sind Sie?«

Finkbeiner zog seinen roten Polizeiausweis aus der Tasche und legte ihn neben den Computerbildschirm. »Hauptkommissar Finkbeiner, Landeskriminalamt.«

»Kommen Sie morgen wieder!« Sie wedelte mit der Hand Richtung Tür.

»Geht leider nicht. Haben Sie schon erfahren, was mit Lukas Abendroth passiert ist?«

»Ja! Aber ich habe jetzt keine Zeit.«

»Von wem haben Sie es erfahren?«

»Von Olga Nikolajewa. Und jetzt raus hier, ja?!«

Finkbeiner steckte den Ausweis wieder ein, zog einen Stuhl heran und setzte sich.

»Haben Sie mich nicht verstanden?«, blaffte die Galeristin.

»Doch. Aber ich muss mit Ihnen reden.«

»Tut mir leid. Bitte verlassen Sie mein Büro.«

»Herr Abendroth war ungefähr eine Stunde vor seiner Ermordung noch in Ihrer Galerie?«

»Hören Sie schwer? Raus, hab ich gesagt. Ich habe zu arbeiten.«

»Ich auch«, entgegnete Finkbeiner.

»Ist mir egal. Ich hab jedenfalls keine Zeit. Verschwinden Sie!«

Finkbeiner zog ein Formular aus der Tasche, füllte ein paar Zeilen aus und schob das Blatt über die fein polierte Oberfläche des Schreibtischchens.

»Was ist das?«

»Eine Vorladung. Und wenn Sie ihr nicht Folge leisten, lasse ich Sie polizeilich vorführen.«

Er hatte erwartet, dass sie nun einlenken und doch mit ihm reden würde. Sie sagte aber nur »Ist gut!« und wendete sich wieder dem Computer zu.

Kopfschüttelnd verließ der Kommissar den Raum.

»Dieses arrogante Weibsbild«, schimpfte Finkbeiner, als er und Peter Heiland eine Viertelstunde später in den Dienstwagen stiegen.

»Es gibt eben Leute, die betrachten uns Polizisten als reine Dienstleister. Immerhin werden wir von ihren Steuern bezahlt.«

»Das heißt aber nicht, dass man sich nicht an die Regeln halten muss. Diese Frau ist eine wichtige Zeugin, wenn nicht mehr.« Finkbeiners Laune wurde nicht besser.

»Lass uns irgendwo einen Kaffee trinken«, sagte Peter Heiland.

»Den kriegen wir auch im Büro«, gab sein Kollege barsch zurück.

»Mann, hast du eine Laune!«

»Diese Galeristin hat doch nur das Geschäft im Sinn. Der Tod eines so berühmten Künstlers hebt den Marktwert ungemein, und diese Frau hat nichts anderes im Kopf als genau das.«

Peter Heiland sagte nichts dazu. Er kannte seinen Freund und Kollegen. Die Wut würde rasch verrauchen, dann konnte man wieder vernünftig mit ihm reden.

Als ob er genau das bestätigen wollte, sagte Finkbeiner nach einer Weile: »Wie geht's bei euch mit dem Kind?«

»Hanna möchte lieber heute als morgen wieder anfangen zu arbeiten.«

»Ja und dann?«

»Geh ich in Elternzeit.«

»Was?«, Finkbeiner bremste heftig. Ein Autofahrer hinter ihm hupte wild.

»Ja, ist ja gut«, brummte Finkbeiner über die Schulter und fuhr wieder an. »Wie stellst du dir das denn vor?«

»Ist doch ganz einfach. Ich bleibe ein Jahr zu Hause und kümmere mich um Heinrich.«

»Das geht doch nicht.«

»Warum soll das denn nicht gehen? Schließlich gibt es ein Gesetz, in dem das genau geregelt ist.«

»Aber das Gesetz regelt nicht, wer dann die 4. Mordkommission leitet, und wenn es bös kommt, wird Meier in der Zeit unser Chef.«

»Oder du!«

»Nicht um alles Geld der Welt.«

Eine Weile fuhren sie schweigend weiter, bis Peter Heiland sagte: »Wollen wir gleich zu Abendroths Witwe fahren? – Vielleicht kriege ich ja dort auch einen Kaffee.«

»Hast du die Adresse?«, fragte Finkbeiner.

»Ja, Winkler hat sie mir gegeben.«

»Sag mal, der ist ja auch eine komische Figur.«

»Aber offensichtlich sehr tüchtig. Es war sicher nicht leicht für ihn, gleichzeitig zwei Herren zu dienen.«

»Und schwul ist er außerdem.«

»Woher weißt du das?«

»Das sieht man doch!«

»Na und?«

Finkbeiner antwortete nicht darauf.

»Kastanienallee 17, Prenzlauer Berg«, sagte Peter Heiland und gab selbst die Adresse ins Navi ein.

Es war aussichtslos, einen Parkplatz zu finden, also stellte Finkbeiner den Wagen ins absolute Halteverbot und legte das Schild »Kriminalpolizei im Einsatz« aufs Armaturenbrett.

»Wann wird's mal endlich wieder Sommer«, sang Heiland, als sie ausstiegen. Der Himmel über der Kastanienallee war grau. Der Wind hatte zugenommen und schien sich zu einem richtigen Sturm auszuwachsen. Die beiden Männer rannten die wenigen Meter bis zu dem Haus, in dem Frau Abendroth nach Winklers Angaben wohnte. Sie stiegen in einen altertümlichen Aufzug, dessen Kabine mit einem Gitter und einer Glastür geschlossen werden musste. Carl Finkbeiner drückte auf den Knopf fürs Dachgeschoss. »Winkler meinte, Abendroth habe sich auf fiese Weise von ihr getrennt«, sagte Peter Heiland.

»Trotzdem ist sie seine Witwe und vermutlich ab heute eine sehr reiche Frau«, gab sein Kollege zurück.

Jacqueline Abendroth erwartete sie unter der Wohnungstür. Sie hatten sich über die Gegensprechanlage angemeldet.

»Kommen Sie bitte herein!« Sie war eine kleine Frau, etwa 1,60 Meter groß und ein wenig füllig. Aus ihrem herzförmigen Gesicht leuchteten zwei ungewöhnlich hellblaue Augen. Peter Heiland suchte nach dem Wort, das ihre Figur am besten beschreiben würde, aber es fiel ihm nicht ein.

Sie betraten eine großzügige Wohnlandschaft, die offenbar zugleich auch Atelier war. Auf einer Staffelei stand eine gerahmte Leinwand mit einem begonnenen Bild. Es war zu erkennen, dass es sich um eine Seenlandschaft handelte. »Sie sind auch Künstlerin?«, fragte Peter Heiland.

»Ja«, antwortete sie knapp. »Ich nehme an, Sie kommen, um mir die Todesnachricht zu überbringen. Das hätten Sie sich sparen können. Frau Teichmann hatte nichts Eiligeres zu tun, als mich sofort anzurufen, nachdem sie von dem Mord an meinem Mann erfahren hatte. – Setzen Sie sich doch!«

Peter Heiland sah die kleine Frau an, und plötzlich fiel ihm das Wort ein, mit dem man ihre Figur am besten beschreiben würde: drall. Er musste unwillkürlich lächeln. Frau Abendroth sah ihn befremdet an. »Amüsiert Sie das?«

Peter Heiland schüttelte den Kopf. »Oh nein. Ganz und gar nicht. Ich war gerade mit meinen Gedanken ganz weit weg«, log er und setzte sich in einen Sessel.

Carl Finkbeiner blieb stehen. »Wir sind gekommen, um Ihnen ein paar Fragen zu stellen«, sagte er ein wenig steif.

»Möchten Sie vielleicht etwas trinken?«

Peter Heiland nickte. »Ehrlich gesagt habe ich darauf gehofft, dass wir bei Ihnen einen Kaffee bekommen.«

Jetzt lächelte auch Frau Abendroth. »Kommt sofort!« Sie ging zu der offenen Küche, die an den großzügigen Wohn- und Atelierraum anschloss. »Mit Milch und Zucker?«

»Schwarz und bitter bitte.«

Carl Finkbeiner nahm das Wort. »Wir haben gehört, dass Sie und Ihr Mann schon länger getrennt leben … lebten.«

»Das stimmt. Sie auch einen Kaffee?«, fragte sie Finkbeiner. Der lehnte mit einem Kopfschütteln ab.

Peter Heiland nahm die Tasse entgegen. »Könnten Sie uns ein bisschen mehr darüber verraten?«

»Was denn zum Beispiel?«

»Nun, ob Sie sich gütlich getrennt haben? Oder ob es großen Streit gab? Wie sind Sie nach der Trennung miteinander umgegangen?«

»Sie wollen wissen, ob ich ihn so sehr gehasst habe, dass ich ihn umgebracht habe?«

Jetzt setzte sich auch Carl Finkbeiner. »Schwer vorstellbar. Er war fast zwei Meter groß und vermutlich ziemlich stark. Und er ist …«, er unterbrach sich.

»… mit einem Draht erdrosselt worden, ich weiß. Frau Teichmann hat mich nicht geschont.«

»Kalt wie Hundeschnauze, diese Frau Galeristin!«, empörte sich Carl Finkbeiner.

»Darf ich Sie trotzdem noch mal fragen …?«, meldete sich Peter Heiland.

Frau Abendroth setzte sich auf die weiße Ledercouch, die Heilands Sessel gegenüber stand. »Sagen wir so: Unser Verhältnis war ambivalent. Lukas hat mich finanziell großzügig unterstützt, aber das hat natürlich die Demütigungen, die er mir zugefügt hat, nicht ausgeglichen.«

»Und welcher Art waren diese Demütigungen?«

»Er hat mich nicht nur ständig betrogen, er hat damit sogar noch angegeben – auch öffentlich. In einem Zeitungsinterview hat er einmal gesagt: Ich bin seit acht Jahren mit meiner Frau verheiratet, aber wenn Sie mal fünf Jahre verheiratet sind, ist es egal, mit wem. Dazu hat er sich mit seiner neuesten Liaison fotografieren lassen und dies in einer ziemlich obszönen Situation.«

»Unfasslich!«, ließ sich Finkbeiner hören.

»Ich könnte Ihnen noch schlimmere Dinge erzählen. Aber ich habe gelernt, damit zu leben.«

»Sie waren noch immer verheiratet, oder?«, fragte Peter Heiland.

»Wir könnten längst geschieden sein. Ich weiß nicht, warum Lukas sich nie darum gekümmert hat. Ich nehme an, aus Gleichgültigkeit oder schlicht aus Bequemlichkeit.«

»Sie sind also seine einzige Erbin?«

»Ich weiß nicht, ob er ein Testament gemacht hat. Wenn nicht, erbe ich alles«, antwortete Jacqueline Abendroth sachlich.

»Seine Bilder werden jetzt im Wert vermutlich noch steigen«, sagte Carl Finkbeiner.

Frau Abendroth nickte. »So ist das in solchen Fällen. Morgen findet eine Auktion in der Villa ›Grisebach‹ in der Fasanenstraße statt, bei der zufällig auch ein bekanntes Bild von meinem Mann versteigert wird. Da wird man die neue Preisentwicklung erkennen.«

»Wann ist die Versteigerung genau?«, wollte Peter Heiland wissen.

»Ich gebe Ihnen die Einladung. Ich gehe da sowieso

nicht hin. Und wenn, komme ich auch ohne Einladung rein.«

Jacqueline Abendroth stand auf, ging zu einem Schreibtisch, der vor einem großen Panoramafenster stand, nahm von einem Stapel einen bunten Flyer und reichte ihn dem Kommissar.

»Ich muss Sie das fragen …«, setzte Peter Heiland noch mal an. »Wo waren Sie heute Vormittag zwischen 10.00 und 12.00 Uhr?«

»Bei meiner Fußpflegerin. Lässt sich leicht nachprüfen«, antwortete die Witwe lächelnd. »Ich schreibe Ihnen die Adresse auf.«

Während sie dies tat, fragte Heiland weiter: »Haben Sie eine Vorstellung, wer den Mord an Ihrem Mann begangen haben könnte?«

»Es gibt viele Leute, die ihn gehasst haben, aber da fragen Sie am besten seine Galeristin. Ich glaube, niemand weiß besser über Lukas Bescheid als sie.«

»Waren die beiden denn …?« Finkbeiner ließ seinen Satz in der Luft hängen.

Frau Abendroth lachte kurz auf. »Nein, das nicht. An Männern ist Frau Teichmann seit jeher nur geschäftlich interessiert.«

»Sehr sympathisch, diese Frau Abendroth«, sagte Carl Finkbeiner, als die beiden Kommissare wieder in den Dienstwagen stiegen.

Peter Heiland schnallte sich an. »Vorsicht! Solche Kriterien dürfen unsere Arbeit nicht beeinflussen.«

»Und tun es doch immer.«

»Glaubst du?«

»Weiß ich. Und wenn du willst, nenne ich dir ein paar Beispiele, wo genau das auf dich zugetroffen hat«, antwortete Finkbeiner.

»Lieber nicht!« Peter Heiland sah auf die Uhr. »Gleich nach 18.00 Uhr. Wollen wir Feierabend machen?«

»Okay. Ich fahr dich nach Hause und gehe dann noch eine Runde ins Büro.«

»Dann komme ich mit!«, sagte Peter Heiland.

»Nein, du kümmerst dich jetzt um deine Frau und dein Baby.«

»Hör mal, wer ist hier der Chef?«

»Du! Aber jetzt reden wir unter Freunden.«

»Okay. Du hast mich überzeugt.« Peter sah zu dem anderen hinüber und hatte plötzlich ein ganz warmes Gefühl im Bauch. Carl Finkbeiner war nicht nur ein loyaler Kollege, er war auch wirklich zu einem guten Freund geworden.

Als Peter Heiland nach Hause kam, schlug ihm schon an der Wohnungstür der Geruch von gebratenen Zwiebeln entgegen. »Riecht ja wie bei Opa Henry!«, rief er.

Hanna kam aus der Küche und begrüßte ihren Mann mit einem Kuss. »Rate mal, was es zu essen gibt.«

»Ich würde ja sagen: Maultaschen mit geschmälzten Zwiebeln, wenn es denn möglich wäre.«

Hanna lachte. »Der Kandidat hat einen Kanonenofen gewonnen.«

»Und wo hast du die Maultaschen her?«

»Sind heute mit der Post gekommen – ein Paket von deinem Großvater.«

»Das gibt's doch nicht!« Peter hängte seine Jacke an

die Garderobe. Als er in die Küche kam, reckte ihm der kleine Heinrich beide Ärmchen entgegen. Der Vater nahm das Baby aus dem Laufstall hoch. »Du bist ja seit heute Morgen schon wieder gewachsen.«

»Wenn du ihn wickelst, ist das Essen fertig, bis ihr's geschafft habt«, sagte Hanna.

Peter ging mit seinem kleinen Sohn ins Kinderzimmer und legte ihn auf die Wickelkommode. Während er das Baby wickelte, sang er: »Es war einmal ein Mann, der spuckte in den Kahn. Da freute sich die Spucke, dass sie Kahn fahren kann.« Der kleine Heinrich strampelte und lachte, und sein Vater war überzeugt, dass das Kind jedes Wort verstand.

Sie hatten sich kaum an den Tisch gesetzt, da sagte Hanna: »Erzähl! War es wieder so ein langweiliger Tag?«

»Ganz im Gegenteil!« Peter löffelte die Brühe aus dem Teller, bis die Maultaschen trocken da lagen, und nahm dann einen Schlag Kartoffelsalat dazu. »Wir haben einen Mord in ›Babettes Ballhaus‹.« Danach erzählte er den Ablauf des Tages haarklein. Er wusste, wie begierig seine Frau die Berichte aufnahm.

»Und ich bin wieder nicht dabei«, sagte sie traurig, als er alles detailliert erzählt hatte.

»Dauert ja nicht mehr lange.«

»Du bleibst also dabei, dass du in die Elternzeit gehst?«

»Versprochen ist versprochen.«

»Hast du denn schon mit Wischnewski darüber geredet?«

»Ja klar.«

»Und?«

Peter imitierte seinen Chef: »Was sind denn das für Zeiten? Wollen Sie denn tatsächlich Hausmann und Vater spielen? Das halten Sie doch keine vier Wochen durch.«

Hanna lachte. »So ungefähr habe ich mir das vorgestellt.«

Peter setzte den Junior auf seine Knie. »Jetzt erzähle ich dir, warum die Maultaschen ›Maultaschen‹ heißen.«

Der kleine Heinrich, gerade mal acht Monate alt, strahlte den Vater erwartungsvoll an.

»Er versteht es doch nicht, und ich kenne die Geschichte schon so gut, dass ich sie singen kann«, sagte Hanna von der Spüle her. Aber Peter ließ sich nicht beirren. »Fromme Menschen dürfen am Freitag kein Fleisch essen. Das galt natürlich auch für die Mönche im Kloster Maulbronn. Eines Tages ist dort der Bruder Koch ganz günstig an ein Stück Fleisch gekommen. Aber die Zisterzienser, so hieß der Mönchsorden, waren besonders streng, was den fleischlosen Freitag anbetraf. Eigentlich sollten sie überhaupt nie Fleisch essen. Aber das haben sie nicht so ernst genommen. Der arme Koch hat also nicht so recht gewusst, was er damit machen sollte. Er hat das Fleisch zwei Wochen in eine Salzlake gelegt und dann noch in den Rauchfang gehängt.«

»Aber Fleisch ist es trotzdem geblieben«, warf Hanna dazwischen. »Na ja, wie man's nimmt. Er hat's dann ganz klein gehackt, mit Eiern und eingeweichten Wecken – also Brötchen – gestreckt, Spinat, Zwiebel und Kräuter dazugegeben und in einem Teig ... man könnte sagen: versteckt.«

»Vor den Augen des lieben Gottes«, wusste Hanna.

»Ich glaube eher, der liebe Gott hat beide Augen zugedrückt. Trotzdem haben die Maultaschen bei uns in Schwaben auch noch den Namen ›Herrgottsbscheißerla‹.« Bei dem Wort lachte der kleine Heinrich laut auf. Es schien ihm besonders zu gefallen. Deshalb wiederholte es Peter ein paar Mal und erzielte immer wieder den gleichen Effekt. Schließlich sagte er: »Und Maultaschen heißen die Dinger, weil sie in Maulbronn erfunden wurden.«

Heinrich schlief kurz darauf fest ein. Peter öffnete eine Flasche Rotwein – auch die ein Geschenk von Opa Henry, ein Trollinger mit Lemberger aus Fellbach. Hanna räumte noch die Küche auf. Peter trat auf den Balkon hinaus. Es war wärmer geworden, aber noch immer zu kühl, um hier draußen zu sitzen. Er nahm einen Schluck aus seinem Rotweinglas und nahm sich vor, gleich morgen früh seinen Großvater anzurufen. Als Opa Henry das Paar vor einem guten Dreivierteljahr das letzte Mal besucht hatte, war Peter zum ersten Mal bewusst geworden, wie hinfällig der alte Mann manchmal gewirkt hatte. Den Gedanken, dass der Großvater eines Tages nicht mehr da sein könnte, hatte Peter Heiland bisher erfolgreich verdrängt. Aber als Henry beim Abschied gesagt hatte: »Das war jetzt wahrscheinlich das letzte Mal, dass ich euch hab besuchen können«, war es ihm wie ein Stich ins Herz gefahren. Kein Mensch war ihm über viele Jahre so nahe gewesen wie Opa Henry. Das hatte sich mit Hanna und nun mit dem kleinen Heinrich geändert. Trotzdem hing Peter Heiland sehr an dem alten Mann. Seine Mutter und seinen Vater hatte er früh verloren. Noch ehe er in die Schule kam.

Auf der Autobahnausfahrt Stuttgart Degerloch war ihnen ein Falschfahrer entgegengekommen, ein Kleintransporter mit hoher Geschwindigkeit. Beide starben noch an der Unfallstelle. Der Geisterfahrer blieb unverletzt. Damals hatten sich die beiden Großeltern um ihn, das einzige Kind des verunglückten Paares, gekümmert. Und als nach zwei Jahren die Oma starb, hatte der Opa alleine die Verantwortung übernommen. Sicher war es ihm schwergefallen, dem Kind die Eltern und zudem die geliebte Großmutter zu ersetzen. Aber er hatte es ihn nie spüren lassen, zumindest hatte Peter es ihm nie angemerkt. Und so war es gekommen, dass Peter Heiland und sein Großvater Heinrich über viele Jahre ein unzertrennliches Paar geworden waren. Der Großvater hatte sogar seinen Beruf als Revierförster früher als nötig aufgegeben, um ganz für den Heranwachsenden da zu sein.

Hanna trat auf den Balkon heraus. »Was ist mit dir?«

»Nichts!«

»Ich seh's dir doch an!«

»Ja, du hast recht. Ich war gerade in Gedanken bei Opa Henry. Wir sollten ihn unbedingt besuchen, bevor es …«, er brach ab.

»Bevor es zu spät ist, meinst du?«

Peter nickte. Hanna legte ihre Arme um seinen Nacken, zog ihn zu sich herunter und küsste ihn. »Das machen wir.«

Sie standen eine Weile eng aneinandergeschmiegt. Schließlich sagte Peter: »Lass uns reingehen, es wird langsam kalt.«

Sie setzten sich im Wohnzimmer in die Couchecke. »Hast du denn schon einen Verdacht, wer den Maler umgebracht haben könnte?«, fragte Hanna, um ihren Mann auf andere Gedanken zu bringen.

Peter schüttelte den Kopf. »Das ist in diesem Fall viel zu früh. Ich glaube, dass er ziemlich kompliziert wird. Vielleicht musst du ihn ja lösen, wenn du wieder arbeiten gehst.«

»Lass mal. Ich werde das ganz langsam angehen. Außerdem sind ja Carl, Norbert und Jenny auch noch da.«

2. KAPITEL

Am nächsten Morgen versammelte Peter Heiland genau diese drei Kollegen um sich, um das weitere Vorgehen im Fall Abendroth zu besprechen. Sie hatten sich geeinigt, das Wochenende durchzuarbeiten. »Um 11.00 Uhr ist Frau Teichmann vorgeladen«, meldete sich Carl Finkbeiner. »Ich würde die Vernehmung gerne übernehmen.«

»Mal sehen, ob sie überhaupt kommt«, sagte Peter Heiland.

»Wenn nicht, lasse ich sie von zwei Beamten vorführen!«

»Ich weiß nicht, ob das eine gute Idee ist«, wendete Peter Heiland ein. »Ihr seid ja gestern schon mächtig genug aneinandergeraten.«

»Eben drum! Den Heimvorteil, den die gestern hatte, haben wir heute.«

»Ich werde auf jeden Fall selbst mit ihr reden. Aber du kannst gerne dazu kommen«, bestimmte Heiland. »Und ich möchte, dass du am Nachmittag zu der Versteigerung im Kunsthaus ›Grisebach‹ gehst. Du bist der Einzige von uns, der wenigstens ein bisschen was von Kunst versteht.«

»Und was machen wir?«, fragte Jenny Kreuters.

»Du und Norbert schaut euch mal das Atelier Abendroths an. Ich nehme an, dass ihr dort auch diesen Tillmann Winkler trefft, den Assistenten des großen Meisters.

»Der allerdings auch Frau Teichmann dient!«, warf Finkbeiner ein.

»Winklers Alibi muss überprüft werden«, fuhr Heiland fort. »Er war zur Tatzeit nicht in der Galerie und hat behauptet, an einem Imbissstand etwas gegessen zu haben.«

»Worauf kommt es denn besonders an?«, fragte Jenny Kreuters.

»Ich will wissen, wie sich dieser Abendroth gegenüber den Ballettmädchen verhalten hat.«

»Der ist da nicht sauber«, ergänzte Carl Finkbeiner. »Für mich haben einige der Bilder etwas unterschwellig Pornografisches. Und es handelt sich bei allen Modellen um minderjährige Mädchen. Von selber würden die ja nie solche lasziven Stellungen einnehmen.«

»Es mag Leute geben, denen das gar nicht gefallen hat«, ergänzte Peter Heiland. »Eltern zum Beispiel, die zu spät gemerkt haben, wofür sich ihre Töchter hergegeben haben.«

»Ein bisschen vage«, wendete Norbert Meier ein.

»Vielleicht wird das ja nach euren Ermittlungen konkreter«, sagte Peter Heiland. »Okay, lasst uns loslegen. Ich rede mit dem Gerichtsmediziner und der Spurensicherung, nachdem wir die Teichmann vernommen haben. Und wir sehen uns alle um 16.00 Uhr wieder hier.«

Sibylle Teichmann war pünktlich. Sie erschien in einem schwarzen eng geschnittenen Hosenanzug. Ihre blonden Haare waren unter einer dunkelblauen Mütze versteckt, die mit silbernen Sternchen verziert war. Dazu trug sie sehr hochhackige Schuhe. Unter den rechten Arm hatte sie eine schmale schwarze Tasche aus glänzendem Leder geklemmt. »Ich hoffe, es dauert nicht so lange«, sagte sie, als sie in Peter Heilands Büro trat, ohne dessen Gruß zu erwidern.

»Bitte nehmen Sie Platz«, sagte Heiland.

Frau Teichmann setzte sich auf den Stuhl vor dem Schreibtisch des Kommissars. Carl Finkbeiner kam herein.

»Muss dieser Mensch dabei sein?«, fragte die Galeristin schroff.

»Ja«, antwortete Peter Heiland schlicht.

»Dann muss ich Ihnen sagen, dass dieser Herr sich ausgesprochen dreist ...«

Peter Heiland unterbrach sie. »Wir ermitteln in einem Mordfall, und da kann man manchmal nicht auf die Etikette achten. Hier geht es um Fakten, nicht um Formen, gnädige Frau.«

»Sie haben gemeinsam mit Lukas Abendroth die Bilder für die Ausstellung gehängt?«, begann Carl Finkbeiner.

»Soll das eine Frage sein?«

»Antworten Sie bitte«, sagte Peter Heiland in betont ruhigem Ton.

»Ja, ja natürlich. Es ist mein Job.«

»Warum hat Abendroth die Galerie verlassen?«

»Was weiß ich? Offenbar haben ihn die Fernsehleute gestört. Was Lukas wann warum gemacht hat – danach habe ich schon lange nicht mehr gefragt. Er war Künstler. Ein eigenwilliger Charakter. Wäre er anders gewesen, wäre vermutlich auch seine Kunst eine andere gewesen.«

»Warum gerade diese jungen Mädchen?«, fragte Fink-beiner.

»Schon wieder so eine dumme Frage. Warum nicht?«

»Die Bilder wirken sehr erotisch, nicht wahr?«, warf Peter Heiland ein.

»Ich habe gestern schon zu diesem Fernsehmann gesagt: Das liegt am Betrachter, ob er sie erotisch findet. Für mich sind sie einfach nur schön.«

»Waren denn die Eltern der Mädchen einverstanden, dass er sie auf diese Weise gemalt beziehungsweise foto-grafiert hat?«

»Warum fragen Sie das mich? Fragen Sie die Eltern.«

Bevor Carl Finkbeiner explodieren konnte, sagte Peter Heiland schnell: »Das werden wir tun, Frau Teichmann. – Wir haben gestern seine Witwe besucht. Offenbar hat-ten Sie ihr schon alles über den Mord erzählt. Sie seien dabei nicht sehr schonend mit ihr umgegangen, sagt Frau Abendroth. Und sie hat angedeutet, dass ihr verstorbe-ner Mann viele Affären gehabt habe. Können Sie uns dazu etwas sagen?«

»Nein! Und wenn Sie glauben, dass Lukas und ich ...«

»Dass Sie lesbisch sind, wissen wir schon«, fuhr Fink-beiner rüde dazwischen.

Frau Teichmann sprang auf, holte aus ihrer Hand-tasche eine Karte und knallte sie auf den Tisch. »Das ist mein Anwalt. Reden Sie mit ihm. Guten Tag, meine Herren.«

Damit verließ sie sehr aufrecht Peter Heilands Büro und schlug die Tür laut hinter sich zu.

»Das hast du sauber hingekriegt«, sagte Peter Heiland, musste aber unwillkürlich grinsen.

»Die Frau macht mich wahnsinnig«, antwortete Carl. »Es war ein Fehler, dass ich bei der Vernehmung dabei sein wollte.«

»Stimmt«, sagte Heiland lakonisch. »Aber jetzt isch d' Katz scho da Baum nauf!«

Der Gerichtsmediziner hatte seinen Bericht bereits fertig, als Peter Heiland ihn eine halbe Stunde später aufsuchte. »Klarer Fall«, sagte er und überreichte Peter Heiland ein Papier. »Der Mann wurde von hinten erdrosselt. Offenbar war er gerade dabei, eine Linie Kokain zu schnupfen. Der Angriff muss so überraschend gekommen sein, dass er sich kaum mehr wehren konnte.«

»Der Täter war wohl sehr stark.«

»Nicht unbedingt. Ich nehme an, es ging sehr schnell. Der Draht ist nicht tief eingedrungen. Sicher war das Überraschungsmoment auf der Seite des Angreifers oder der Angreiferin. In so einem Fall genügt ein kurzes, heftiges Ziehen. Aber, na ja, eine gewisse Kraft braucht man natürlich schon.«

Der Leiter der Spurensicherung bestätigte im Wesentlichen den Bericht des Mediziners. Hinweise auf den Täter habe man nicht gefunden. Es gebe zwar jede Menge Fingerabdrücke, aber keine Hinweise, wem sie zuzuordnen seien. Im Lauf des Tages werde man sie aber alle mit der Polizeidatei abgleichen.

Carl Finkbeiner wurde erst klar, dass er auffallen würde, als er schon im Auktionssaal der Villa »Grisebach« war. Das dicht gedrängte Publikum bestand aus Leuten, die fast ausnahmslos dezent, aber teuer gekleidet waren. Einige der Frauen trugen extravagante Hüte, viele teuren Schmuck. Die Männer waren zum Teil in edlen Dreiteilern erschienen. Andere hatten ihre einfachen Jeans mit besonders eleganten Jacketts kombiniert. Finkbeiner trug wie immer eine dunkelbraune, ziemlich ausgebeulte Cordhose, dazu einen grün-braun gestreiften Pullover und derbe Schuhe. Er registrierte ein paar erstaunte Blicke, die ihn freilich nicht irritierten. Plötzlich legte sich eine Hand auf seinen Arm. »Hallo!«

Carl Finkbeiner drehte sich um. Vor ihm stand Jacqueline Abendroth. »Eigentlich wollte ich ja nicht kommen, aber jetzt interessiert es mich doch, welchen Preis das Bild meines Mannes erzielt«, sagte sie.

»Wissen Sie denn, wer es zum Verkauf anbietet?«

»Nein, keine Ahnung. Aber das werden wir wohl auch kaum erfahren. Meistens bleiben die eigentlichen Verkäufer, aber auch die Käufer im Hintergrund und sind mit ihren Adlaten nur telefonisch verbunden. Wollen Sie sich nicht zu mir setzen?«

»Ich weiß nicht, ob ich Ihnen das zumuten kann. Ich falle hier auf wie ›dr Rossbolla uf dr Autobahn‹ – also der Pferdeapfel …«

Jacqueline Abendroth lachte leise die Tonleiter hinauf. »Das hab ich ja noch nie gehört. Los, kommen Sie. Mich stört das nicht.« Die beiden setzten sich in die letzte Reihe auf zwei goldene, ziemlich zerbrechlich wirkende Stühle. Die Auktion begann.

Die ersten drei Bilder waren bereits versteigert, als Sibylle Teichmann den Raum betrat. Sie stutzte, als sie Carl Finkbeiner und Frau Abendroth entdeckte, schritt dann aber weiter, als ob sie die beiden nicht gesehen hätte. In der ersten Reihe hatte ihr ein älterer Herr offenbar einen Platz freigehalten.

Als fünftes Bild wurde ein Gemälde des soeben verstorbenen Malers und Fotografen Lukas Abendroth präsentiert. Die Stimmung im Saal veränderte sich schlagartig. Eine fast körperlich spürbare Spannung lag plötzlich über den Menschen in dem hohen, lichten Raum.

»Geboten sind 20.000 Euro«, rief der Auktionator. »Wer bietet mehr?«

In der ersten Reihe schnellte ein Arm nach oben. »25.000«, hörte man eine männliche Stimme rufen.

»25.000 sind geboten, wer bietet mehr?«

»30.000«, tönte es aus der zweiten Reihe.

Carl Finkbeiner bemerkte, wie verschiedene Besucher der Versteigerung hektisch telefonierten. Es ging nun Schlag auf Schlag.

Die Spannung nahm noch zu, als der gebotene Betrag bei 100.000 Euro angelangt war.

Schließlich wurde das Gemälde, das die Brooklyn Bridge in New York zeigte, für 155.000 Euro verkauft. Eine Frau, die die ganze Zeit telefoniert hatte, ging nach vorne und machte die notwendigen Angaben.

»Sie wissen nicht, wer der Besitzer des Bildes war?«, fragte Carl Finkbeiner seine Nachbarin.

Frau Abendroth schüttelte den Kopf. »Ich gehe«, sagte sie. »Kommen Sie mit?«

»Ich muss hier nach der Veranstaltung noch ein bisschen herumfragen«, antwortete der Kommissar.

»Vielleicht haben Sie Lust, danach mit mir drüben im Literaturhaus noch einen Kaffee zu trinken. Ich sitze dort noch eine Weile.« Jacqueline Abendroth stand auf und verließ den Raum.

Finkbeiner sah ihr ein paar Augenblicke nach, trat dann aber zu dem Auktionator und zeigte seinen Dienstausweis.

»Ja, bitte?«, fragte der Mann, der eben noch den Versteigerungshammer geschwungen hatte.

»Sie haben vom Mord an Lukas Abendroth gehört?«

»Aber ja, natürlich.«

»Ich ermittle in dem Fall.«

»Ja, und?«

»Mich würde interessierten, wer das Bild ›Brooklyn Bridge‹ zum Verkauf gestellt hat.«

»Mein lieber Herr, Sie kennen vielleicht die Usancen unseres Gewerbes nicht. Das ist ein Betriebsgeheimnis. Wir hätten schnell unseren Ruf verloren, wenn wir es auch nur einmal brechen würden.«

»Kann ich wenigstens erfahren, wer das Bild gekauft hat?«

»Das noch viel weniger. Tut mir wirklich leid. Ich kann Ihnen da gar nicht helfen.« Damit wendete sich der Auktionator ab und einem Mann zu, der im Verlauf der Veranstaltung drei Bilder erworben hatte.

Carl Finkbeiner suchte nach der Frau, die das Bild von Abendroth gekauft hatte, aber sie war verschwunden.

Unverrichteter Dinge verließ er die Villa »Grisebach« und ging zum benachbarten Literaturhaus hinüber. Im Hochparterre des Klinkerbaus war ein Café untergebracht. Ein paar wenige Gäste saßen im Garten an weißen Tischen, aber offenbar nur, weil sie kurz rauchen wollten. Finkbeiner schätzte die Temperatur auf höchstens 15 Grad. Er stieg die Treppe hinauf und betrat den Wintergarten, der dem eigentlichen Café vorgelagert war. Jacqueline Abendroth saß alleine an einem Zweiertisch unter den Blättern einer Palme und winkte ihm zu.

Der pflichtbewusste Carl Finkbeiner hatte ein schlechtes Gewissen. Ermittlungstechnisch war ein Gespräch mit Frau Abendroth eigentlich nicht mehr nötig. Und sein schlechtes Gewissen wurde insgeheim noch ein bisschen schlechter, als er sich selbst ein Glas Weißwein bestellen hörte. »Einen Riesling aus Schwaben, wenn Sie den haben.«

Jacqueline Abendroth sah ihn lächelnd an. »Wenn Sie mich hätten raten lassen, was Sie wohl bestellen würden, hätte ich genau darauf getippt.«

»Aha? Und warum?«

»Nun, dass Sie Schwabe sind, ist kaum zu überhören, und zu einem Mann wie Ihnen passt irgendwie kein Getränk wie Apfelschorle oder Mineralwasser ohne Kohlensäure. – Bringen Sie mir doch auch ein Glas Wein – einen Roten, bitte«, rief sie dem Kellner nach und schob ihre halb ausgetrunkene Kaffeetasse ein wenig von sich.

Carl Finkbeiner fühlte sich bemüßigt zu erklären: »Wissen Sie, ich stamme aus einer schwäbischen Winzerfamilie. Mein älterer Bruder führt den Betrieb und hätte ihn ohne Weiteres mit mir geteilt, aber in unseren steilen Weinbergen ist die Arbeit hart. Auch heute noch, trotz aller modernen Maschinen. Einer der Gründe, warum ich einen anderen Weg gewählt habe. In meiner Familie gelte ich deshalb auch als ›aus der Art geschlagen‹.« Finkbeiner wunderte sich über sich selbst. Dass er so viele Sätze hintereinander von sich gab, war für ihn ungewöhnlich.

Als wollte er seine Entscheidung, auf den Vorschlag von Frau Abendroth einzugehen, noch etwas mit ihr zu trinken, im Nachhinein legalisieren, fragte er nun: »Sie müssten doch eigentlich die Sammler kennen, die Bilder Ihres Mannes gekauft haben.«

»Manche davon kenne ich natürlich.«

»Aber der bisherige Besitzer der ›Brooklyn Bridge‹ ist nicht darunter?«

»Nein. Tut mir leid.« Sie betrachtete angelegentlich ihre sehr gepflegten Hände.

»Frau Teichmann wird sich ärgern, dass der Verkauf nicht über sie gelaufen ist«, sagte Jacqueline Abendroth nach einer Pause. »Aber das Bild ist entstanden, bevor sie ihren Vertrag mit Lukas gemacht hat.«

»Sie können die nicht besonders gut leiden, oder?«, fragte Carl Finkbeiner unvermittelt.

»Wie kommen Sie darauf?«

»Ich weiß nicht. Ich jedenfalls finde diese Frau furchtbar arrogant und anmaßend.«

Jacqueline Abendroth lachte. »Besser kann man es nicht ausdrücken. Aber Lukas gegenüber war sie in letzter Zeit ganz anders. Regelrecht devot.«

»Na ja, er war ihr bestes Pferd im Stall.«

»Ja, und Pferde reißen manchmal aus. Oft in einem Moment, wo man es gar nicht erwartet.«

Plötzlich war Finkbeiner sehr aufmerksam. »Hatte Ihr Mann vor, die Galerie zu wechseln?«

»Ich weiß es nicht. Ich weiß nur, dass sich die Teichmann wahnsinnig davor gefürchtet hat.«

Der Wein kam. Nach dem ersten Schluck verzog Finkbeiner das Gesicht.

»Sind Sie nicht zufrieden?«, fragte Frau Abendroth.

»Es gibt besseren Riesling.«

Sie nahm ungeniert sein Glas und nippte daran. »Stimmt«, gab sie ihm recht. Dann nahm sie einen kräftigen Schluck von ihrem Roten. »Der ist auch nicht besser. – Ich habe erstklassige Weine zu Hause. Auch eine Hinterlassenschaft meines Mannes. Wenn Sie mal wieder vorbeikommen, kredenze ich Ihnen einen davon.« Dabei legte sie ganz kurz ihre Hand auf die seine.

»Kredenzen ...« Er ließ das Wort nachklingen. »Hab ich lange nicht gehört – ein wunderbar altertümliches Wort.«

Sie lächelte ihn an. »Ich habe solche Wörter gerne. ›Trottoir‹ für ›Gehsteig‹ zum Beispiel oder ›Petitesse‹ für ›Kleinigkeit‹.« Für einen Augenblick hielt Jacqueline Abendroth Finkbeiners Augen mit ihren Blicken fest. »Sie sind kein typischer Polizist«, sagte sie dann plötzlich.

»Oh doch. Viel mehr als Peter Heiland, mein Chef, der übrigens auch aus Schwaben stammt.«

»Der lange, schlaksige Typ, mit dem Sie bei mir waren?«

»Mhm.« Finkbeiner nahm einen weiteren Schluck aus seinem Glas.

»Der ist Ihr Chef?«

Finkbeiner nickte. »Und mein Freund.«

Das Atelier Abendroths erreichte man über einen Innenhof, der von drei Seiten von fünfstöckigen Klinkerfassaden umschlossen war. Gegenüber dem Durchgang von der Straße zum Hof lagen die Räume des Künstlers. Er nutzte das Erdgeschoss und den ersten Stock. Die Decke

zwischen den beiden Stockwerken und die Zwischen-
wände hatte er herausreißen lassen. Vier kräftige Säulen
stützten das darüberliegende Geschoss. So war eine Art
Saal entstanden. Etwa in drei Metern Höhe lief eine Galerie an den Wänden entlang, die man über zwei Wendel-
treppen erreichen konnte. In der hinteren rechten Ecke
befanden sich Abendroths private Räume, die freilich
durch keine Wand und keine Tür abgetrennt waren. Ein
breites Bett mit einem riesigen Spiegel dahinter war mit
schwarzer Seide bezogen. Rechts davon blickte man in
ein Badezimmer, das ebenfalls einsehbar war, samt Toilette, die freilich hinter einer Marmormauer, etwa einen
Meter mal einen Meter, halbwegs versteckt war. Auf der
anderen Seite des Bettes stand ein Tisch mit zwölf Stühlen, ein Stück weiter eine Sitzecke mit Sesseln und einer
großen Couch. Über den ganzen privaten Bereich zogen
sich dünne Kabel, an denen handgroße Leuchten in ver-
schiedenen Formen und Farben hingen.

Jenny Kreuters und Norbert Meier sahen sich um. Vier
Staffeleien standen ohne erkennbare Ordnung in dem
Atelier herum, auf jeder ein angefangenes Bild. An den
Wänden lehnten Gemälde und große Fototafeln. Ein langer, grober Holztisch, der einer Werkbank ähnlich sah,
zog sich gut vier Meter lang vor den tief gezogenen Fenstern entlang. Farbtuben, Paletten, Gläser mit Pinseln
aller Größe und Skizzenblöcke bedeckten die Tischplatte.
»Hier hat er also gearbeitet?«, fragte Norbert Meier, um
irgendwie einen Einstieg zu finden.
»Ja, bis zu 16 Stunden am Tag. Lukas war ein Arbeits-
tier. Ein Berserker. Als Künstler genauso wie als Mensch.«

»Als Künstler – kann ich verstehen«, meldete sich Jenny Kreuters, »aber was bedeutet ›als Mensch‹?«

»Nun, er war in allem sehr rigoros. Was er sich in den Kopf gesetzt hatte, zog er gnadenlos durch. Und wenn ich *gnadenlos* sage, dann meine ich wirklich: ohne Gnade.«

»Und was bedeutete das?«

»Dass er keinerlei Rücksicht nahm, nicht auf die Menschen, die ihm nahe standen, und auch auf alle anderen nicht.«

»Aber Sie haben's trotzdem bei ihm ausgehalten?«

»Ich habe ihn bewundert. Ich war sehr froh und unendlich dankbar, dass er mich bei sich beschäftigt hat. Sie können das vielleicht nicht verstehen.«

»Ne, kann ick echt nicht!«, gab Meier grob zurück.

»Ich schon«, sagte Jenny Kreuters.

»Als Künstler war er ein Gigant, als Mensch …« Winkler redete nicht weiter.

»Ein Schwein, wa?«, vervollständigte Meier den Satz.

»Eine Enttäuschung, wollte ich sagen.«

»Aber das wurde ihm immer wieder verziehen, nehme ich an«, sagte Jenny.

»Ja, genau«, antwortete Winkler. »Sie haben absolut recht.«

Jenny hatte plötzlich eine Idee. »Wenn Sie ab Juni nicht mehr für ihn arbeiten – trennten Sie sich denn im gegenseitigen Einvernehmen?«

»Mehr oder weniger.«

»Wollte er Sie loswerden?«, fragte Meier auf seine grobe Art nach.

Winkler sagte wieder: »Mehr oder weniger.«

»Hat er Sie rausgeschmissen? Und antworten Sie jetzt bitte nicht mit ›mehr oder weniger‹.«

»Es ging einfach nicht mehr mit uns beiden.«

»Und wie geht es denn nun hier weiter?«, fragte Jenny.

»Ich werde alle fertigen Werke katalogisieren. Dann habe ich den schönen Auftrag, für die wichtigste deutsche Kunstzeitschrift einen Aufsatz über ihn zu schreiben und die Werke auszuwählen, die dort abgebildet werden sollen. Außerdem habe ich ja eine wunderbare neue Aufgabe bei der Galerie Teichmann.«

»Bei uns haben Sie auch noch 'ne Aufgabe«, sagte Norbert Meier. »Sie waren während der Tatzeit verschwunden und haben angegeben, an einem Imbissstand etwas gegessen zu haben.«

»Stimmt.«

»Und da gehen wir nu gemeinsam hin und überprüfen das.«

»Ich soll hier alles stehen und liegen lassen?«

»Ja, genau das. Ist doch schnell vorbei. Der Imbiss muss ja wohl hier ganz in der Nähe sein. Liegt doch alles eng beieinander: die Galerie, das Atelier, ›Babettes Ballhaus‹. – Wo wohnen Sie denn?«

»Hier im Haus, im Dachstock. Hat mir Lukas vermittelt.«

»Scheint ja auch ein paar gute Seiten gehabt zu haben, Ihr Lukas«, stellte Meier fest.

»Oh ja. Manchmal waren wir uns sehr nahe.«

Als Carl Finkbeiner und Jacqueline Abendroth das Literaturhaus verließen, hatte sich das Wetter verändert. Die grauen Wolken hatten sich verzogen. Die Sonne schien und hatte eine erstaunliche Kraft. Um die Gartentische saßen jetzt mehr Menschen und genossen die überraschende Frühlingsstimmung. »Ist das nicht lustig«, sagte Frau Abendroth, »kaum blinzelt die Sonne hinter den Wolken hervor, schon sitzen die Berliner draußen.« Sie öffnete ihre Handtasche und holte ihr Smartphone heraus. »Kann ich Ihre Telefonnummer haben?«

Carl Finkbeiner war leicht irritiert. »Warum?«

»Könnte doch sein, dass ich Sie irgendwann einmal anrufen möchte.«

Carl hätte am liebsten noch mal gefragt: »Warum?«, sagte stattdessen aber: »Ja gerne.« Er zog eine Visitenkarte aus der hinteren Hosentasche. »Da steht sie drauf.«

»Ach, diktieren Sie doch einfach, dann tippe ich sie gleich hier ein.«

Währenddessen schritten sie an der Buchhandlung vorbei, die im Souterrain des Literaturhauses untergebracht war, dann den schmalen Kiesweg zwischen den Rabatten hinunter bis zum Tor des Anwesens. »Wer war denn der wichtigste Käufer oder sagen wir Sammler der Werke Ihres Mannes?«, fragte Carl Finkbeiner.

»Sie lassen wohl nie locker?«

»Selten.«

»Uwe Lohberg. Er war mal Lukas' engster Freund. Ich glaube, niemand besitzt so viele Werke von meinem Mann wie er.«

»Er *war* mal sein bester Freund? – Heißt das …?«

»Ich kenne niemanden, der mit Lukas länger befreundet war, aber in diesem Fall war's besonders krass.«

»Sie haben sich also zerstritten?«

Jacqueline Abendroth legte ihre Hand auf Finkbeiners Arm. »Wenn wir uns mal besser kennen, erzähle ich Ihnen mehr darüber.« Sie winkte einem vorbeifahrenden Taxi zu, dessen Fahrer bremste und rasch ein paar Meter zurücksetzte. Bevor Carl Finkbeiner nachfragen konnte, saß Jacqueline Abendroth schon im Fond und winkte ihm zum Abschied kurz zu.

Der Kommissar blieb stehen, atmete ein paar Mal tief durch und fuhr sich mit der Hand über die Augen, als müsse er eine Erscheinung wegwischen. Dann schüttelte er plötzlich wütend den Kopf. Wann hatte er sich bei einer ermittlungstechnischen Frage mal so abschütteln lassen? Welcher Zeuge hätte sonst schon die Chance gehabt, zu sagen, »*wenn wir uns mal besser kennen, sage ich aus*«. Und warum plötzlich diese Vertraulichkeit? Was wollte diese Frau von ihm? Er konnte sich beim besten Willen nicht vorstellen, dass sie an ihm als Mann interessiert war. Das betraf allerdings jede Frau. Seitdem ihn Evelyn vor drei Jahren verlassen hatte, führte er ein Einsiedlerleben. Wenn er nicht im Büro oder bei Ermittlungen war, hielt er sich fast nur in seiner Wohnung auf. Er hatte alles so eingerichtet, dass es einfach und überschaubar war. So besaß er zum Beispiel nur drei Hosen, alle in Cordsamt, eine in Schwarz, eine in Braun und eine in Blau. Ihm genügten fünf Hemden. Auch die Zahl seiner Pullover war begrenzt. Und in seinem Kleiderschrank hing nur ein Jackett. Seine Abende verbrachte er meist in seinem Lesesessel. Finkbeiner war ein Büchernarr. Seinen Fernsehapparat schaltete er nur ein, um Nachrichten zu sehen oder wenn eine besonders interessante Kultursendung angekündigt wurde. Das war sein Leben. Aber es gefiel ihm nicht. Er hätte gerne jemanden gehabt, mit dem er über die vielen Bücher, die er las, auch hätte sprechen können. Er wäre bestimmt ins Theater, ins Kino oder in die Oper gegangen, wenn ihn jemand begleitet hätte. Aber alleine hatte er keine Lust. Er schaffte es freilich auch nicht, jemanden darauf anzusprechen. Manchmal überlegte er, ob er sich bei einer der vielen Internetplattformen für Partnervermittlung anmelden sollte. Aber er war überzeugt, dass Evelyn ihn verlassen hatte, weil er zum Partner nicht taugte, und konnte sich deshalb dann doch nicht dazu entschließen.

»Bist du blöd«, sagte er laut. »Jetzt stehst du mitten auf der Fasanenstraße und wälzt unsinnige Gedanken.« Er holte sein Mobiltelefon aus der Hosentasche und wählte Norbert Meiers Handynummer. »Seid ihr noch in dem Atelier?«

»Nein, unterwegs«, antwortete der Kollege.

»Schade, ihr solltet diesem Winkler ein paar Fragen stellen.«

»Kein Problem, er ist bei uns.«

»Gut. Frag ihn nach Uwe Lohberg. Ich habe nur diesen Namen, aber er muss der wichtigste Sammler von Abendroths Werken sein, und zudem war er wohl mal sein bester Freund. Sieht aber so aus, als ob die Freundschaft im Eimer wäre. Warum auch immer.« Finkbeiner stellte plötzlich fest, dass er mit Meier anders redete als mit Heiland zum Beispiel. *Freundschaft im Eimer* klang sehr nach Meier.

»Verstanden!«, sagte der am anderen Ende der Leitung und legte auf.

Der Besitzer des Imbissstandes erinnerte sich an Winkler als gelegentlichen Kunden, aber ob er am Vortag zwischen 10.00 und 11.00 Uhr da gewesen sei, wisse er mit dem besten Willen nicht. »So früh kommt er eigentlich nie.«

»Ist ja nicht wahr«, fuhr Winkler dazwischen. »Letzten Mittwoch zum Beispiel ...«

»Ja, stimmt, da haben wir uns noch kurz unterhalten.«

»An Mittwoch erinnern Sie sich, aber an gestern nicht mehr?«, fragte Jenny Kreuters.

»War viel Betrieb. Möglich, dass er da war. Er isst immer 'ne Currywurst ohne Pommes und ohne Brötchen.«

»Ja, war er nun gestern da oder nicht?«, fragte Meier barsch.

»Wenn er 's sagt, wird's wohl stimmen.«

»Für 'n Alibi verdammt wenig«, sagte Meier zu Winkler.

»Was denn für 'n Alibi?«, wollte der Kioskbesitzer wissen.

»Muss Sie nicht interessieren.« Meier sah auf die Uhr. »Eigentlich könnten wir auch etwas essen. Ich nehm 'ne Thüringer Bratwurst.«

»Für mich 'ne Portion Pommes ohne alles«, sagte Jenny.

»Ich hab keinen Hunger«, kam es von Winkler, »'ne Cola, bitte.«

Sie stellten sich an einen der Stehtische. Meier sagte unvermittelt: »Uwe Lohberg!«

Winkler fuhr auf. »Ich will nicht darüber reden.«

»Worüber denn? Ich hab doch nur den Namen genannt.«

Jenny Kreuters sah ihren Kollegen an, sagte aber nichts. Sie hatte natürlich mitbekommen, dass er kurz mit Finkbeiner telefoniert hatte.

»Er war doch Abendroths bester Freund, oder?«

Winkler lachte mit seltsam hoher Stimme auf. »Das ist aber schon eine Weile her.«

»Dann ist meine Information also falsch?«

»Mein Gott, da war doch nur noch Hass!«

»Ach ja?«

»Hören Sie, das hält ja wohl keine Freundschaft aus.«

»Nämlich was?«

»Lukas hatte ein Verhältnis mit Lohbergs Frau, und wie er sich von ihr getrennt hat …! – Er hat sich ja immer nach ein paar Wochen von den Damen getrennt …«

»Von den Herren auch?«, fragte Meier und wusste selbst nicht, wie er auf diese Eingebung gekommen war.

»Darüber rede ich nicht.«

»Verstehe, Sie sind selbst betroffen.«

»Ich sagte doch, da rede ich nicht drüber.«

Jenny Kreuters blickte zwischen den beiden Männern hin und her. Sie hatte Mühe, halbwegs auf die Reihe zu bekommen, was da gesprochen wurde. »Soll das heißen …?«

»Ja«, brach es aus Winkler heraus. »Er hat behauptet, er sei bi, aber ich weiß, dass er genauso schwul war wie ich. Er hat es nur kaschiert, indem er immer wieder etwas mit 'nem Weib angefangen hat. Wie gesagt: Lang gedauert hat das ja nie. Mein Gott, ich rede zu viel.«

»Ganz im Gegenteil.« Meier grinste. »Sie werden noch sehr viel mehr reden müssen. Als verschmähter Liebhaber haben Sie ein Motiv für den Mord an Lukas Abendroth. Und die Tatsache, dass Sie nicht beweisen können, wo Sie zur Tatzeit waren, macht Sie natürlich besonders verdächtig.«

»Ich könnte doch so etwas niemals tun.«

»Das ist das schwächste Argument, Herr Winkler. Herr Abendroth dürfte sich nicht gewundert haben, dass Sie plötzlich vor beziehungsweise hinter ihm gestanden haben, während er sein Koks in die Nase gezogen hat.«

»Glauben Sie wirklich, ich könnte einen Mord begehen?«

»Ja sicher glaube ich das.«

»Sie sind ja verrückt.« Winkler nuckelte an dem Strohhalm, den er in die Colaflasche gesteckt hatte. Ein paar Augenblicke sprach niemand, bis sich Jenny Kreuters meldete: »Wie hat sich Abendroth denn nun von Frau Lohberg getrennt?«

»Schrecklich. Es war ganz schrecklich.«

»Nu aber mal raus mit der Sprache«, fuhr Meier Abendroths einstigen Assistenten an.

»Er hat ...« Winkler stockte und musste noch einmal neu ansetzen. »Das müssen Sie sich vorstellen. Er hat ein Sexvideo, das er heimlich selbst aufgenommen hat, ins Netz gestellt.«

»Wie? Ein Video von sich und seiner Geliebten?«, fragte Jenny.

»Sag ich doch. Er hat sie total kompromittiert. Gibt es eine perfidere Art, einen Menschen bloßzustellen?«

»Und Sie meinen, er hat das gemacht, um so die Beziehung zu beenden?«

»Ja natürlich. Was denn sonst?«

»Steht das Video noch im Netz?«, wollte Meier wissen.

»Nein.«

»Haben Sie eine Kopie?«

Tillmann Winkler brachte die leere Colaflasche an den Kiosk zurück und trat dann wieder an den Stehtisch. »Sie können das Video haben. Aber hören Sie bitte auf mit dem schrecklichen Verdacht, ich könnte Lukas umgebracht haben.«

»Gehen Sie eigentlich regelmäßig ins Fitnessstudio?«, fragte Meier.

»Ja. Warum fragen Sie?«

»Der Mörder muss ziemlich kräftig gewesen sein.«

Plötzlich wurde Winklers Stimmer schrill: »Hören Sie auf! Hören Sie sofort auf damit! Sie versuchen, mir etwas anzuhängen, was ich nie und nimmer hätte tun können.«

Er war so laut geworden, dass die wenigen Gäste an den anderen Tischen aufmerksam wurden.

»Ich geh dann mal zahlen«, sagte Jenny. »Ihr seid alle beide eingeladen.«

Während Jenny bei dem Mann im Kiosk die Rechnung beglich, sagte Meier: »Mein Chef meint, die Bilder in der Ausstellung seien pornografisch.«

»Unsinn! Vielleicht geht eine gewisse erotische Wirkung von ihnen aus, aber …«

Meier hob abwehrend beide Hände. »Ich habe sie ja noch nicht gesehen. Aber auch ein anderer Kollege … – warten Sie, wie hat der gesagt? Lasziv. Ja, er hat gesagt, die Mädchen wirkten auf den Fotos und den Gemälden lasziv.«

»Das mag auf manche Menschen so wirken, war aber bestimmt nicht beabsichtigt.«

Jenny kam zurück. »Es muss doch auch einen Katalog zu der Ausstellung geben.«

»Ja, natürlich. Ich habe ihn selbst gestaltet.«

»Gut! Dann begleiten wir Sie jetzt zurück ins Atelier, und Sie zeigen uns den.«

»Ich habe eigentlich Wichtigeres zu tun.«

Meier legte die rechte Hand auf Winklers Schulter. »In einem Mordfall gibt es nichts Wichtigeres als den Mordfall, schöner junger Mann.«

Winkler schüttelte unwillig Meiers Hand ab.

Jenny und Norbert Meier hatten an dem großen Tisch neben Abendroths schwarz bezogenem Bett Platz genommen und blätterten den Katalog durch. Winkler saß mit einer Pobacke auf einer Ecke des Tisches.

»Der Künstler muss zu den Modellen einen sehr guten Kontakt gehabt haben«, sagte Jenny.

»Nun, er hat die Mädels natürlich gekannt.«

»Ich würde ja fast sagen: einen intimen Kontakt«, meinte Meier.

»Sie sollten ihm so etwas nicht unterstellen. Er konnte gut mit den Elevinnen. Aber das war so ein Verhältnis wie zwischen einem Vater und seinen Töchtern.«

Meier grinste. »Auch da gibt es sexuelle Übergriffe, wie man weiß.«

»Ach, hören Sie doch auf!«, empörte sich Tillmann Winkler. »Das ist ja unerträglich, was Sie Lukas alles unterstellen wollen.«

»Also die Geschichte mit dem Pornovideo haben *Sie* uns erzählt.« Meier wurde sein freches Grinsen nicht los.

»Hatte er denn zu einem der Mädchen einen besonders guten Kontakt?«, fragte Jenny so neutral wie möglich.

»Ich sagte ja schon: Er hat sich hauptsächlich für Männer interessiert. Wir beide waren ziemlich lange zusammen ...«

»Wie lange?«, fuhr Meier dazwischen.

»Fast ein Jahr.«

»Das nennen Sie lange?« Jenny Kreuters war ehrlich erstaunt.

»Bei Lukas Abendroth war es das. Und die ganze Zeit hatte ich keinen Grund daran zu zweifeln, dass er mir treu war.«

»Und da hat er schon an den Bildern von den Tänzerinnen gearbeitet?«

»Das Projekt zog sich schließlich über drei Jahre hin. Natürlich hat er zwischendurch auch anderes gemalt. Straßenszenen zum Beispiel. Da war er unerreicht. Und seine Fotos waren einmalig. Er ist da den Menschen ganz nahe gekommen. Vielleicht kennen Sie seinen Zyklus ›Nachtleben‹?«

Die beiden schüttelten den Kopf.

»Er war ja so rastlos und er hatte eine solche Energie!«

»Sie wollten uns das Video noch geben«, sagte Jenny.

»Es liegt dort auf dem Tisch.« Es war, als wollte Winkler sagen, *ich fasse es nicht an.*

Um 16.00 Uhr versammelte sich Peter Heilands Mannschaft im Büro der Kommissare. Und nachdem jeder berichtet hatte, fasste Heiland zusammen: »Tillmann

Winkler ist nach dem augenblicklichen Stand unserer Ermittlungen am dringendsten verdächtig. Er hat, wenn ich das richtig sehe, mächtig unter Lukas Abendroth gelitten. Und dann hat der ihn auch noch gekündigt. Dass Winkler auf jeden Mann und jede Frau in Abendroths Nähe eifersüchtig war, steht außer Zweifel.«

»Aber die Exfrau des Künstlers ist offenbar noch weit mehr gedemütigt worden als Winkler«, wendete Jenny ein. »Ganz zu schweigen von dieser Frau Lohberg.«

»Aber wahrscheinlich wäre keine von beiden stark genug«, mischte sich Finkbeiner ein.

»Also, wenn mein Liebhaber so mit mir umgegangen wäre, hätte ich ihn garantiert umgebracht, egal wie«, sagte Jenny Kreuters.

»Hast du denn einen?«, fragte Meier.

»Ach halt doch du den Mund!«, gab die Kollegin grob zurück.

Carl Finkbeiner sagte: »Ich hab mir das Video angesehen.«

»Rattenscharf«, ließ sich Meier noch einmal hören.

»Ich hab's auch angeguckt. Es ist das Gemeinste, was ich je gesehen habe.« Jenny erregte sich immer mehr. »Die Frau hat sich dem Kerl ganz hingegeben. Eine intimere Szene kann sich kein Mensch vorstellen. Die hat sich diesem Sauhund total ausgeliefert. Und der hat das Ganze nur inszeniert, um es aufzuzeichnen und danach übers Internet zu verbreiten. Pfui Teufel!«

»Wie muss man sich das vorstellen?«, fragte Carl Finkbeiner nachdenklich. »Die beiden lieben sich geradezu ekstatisch. Danach geht die Frau nach Hause. Sie verabschieden sich wie immer, und gleich danach stellt dieser

Kerl das Video ins Netz, nur um sich die Geliebte vom Hals zu schaffen?«

Meier wollte etwas sagen, aber Peter Heiland stoppte ihn mit einer energischen Geste. »Jetzt bitte keine Kommentare, Norbert!« Und zu Carl Finkbeiner: »Wir werden sie fragen. Ich hab mich, nachdem Carl mir den Namen Lohberg durchgegeben hat, kundig gemacht. Die Frau heißt Miriam Lohberg und wohnt in Charlottenburg, in der ...«, er schaute in seinen Notizen nach, »... in der Sybelstraße. Uwe Lohberg hat eine Firma, die auf die Herstellung von Stahlblechen spezialisiert ist. Sie hat ihren Sitz in Grünau. Er selbst wohnt seit etwa einem Dreivierteljahr in einem Haus in Schmöckwitz, direkt am See.«

»Muss man sich auch erst mal leisten können«, warf Norbert Meier ein.

»Schmöckwitz?«, fragte Finkbeiner.

»Liegt hinter Grünau Richtung KW«, wusste der alte Berliner Meier.

»Und was ist KW?«

»Königs Wusterhausen, weißt du das nicht?«

Peter Heiland nahm wieder das Wort. »Ich würde mir morgen gerne die Ballettschule von Olga Nikolajewa anschauen. Jenny und Norbert, ihr sucht mal diesen Lohberg auf. Und Carl kümmert sich um dessen Frau. Das war's dann fürs Erste.«

Just in diesem Augenblick betrat Ron Wischnewski den Raum. Bevor er zum Kriminaldirektor aufgestiegen war, hatte er die 4. Mordkommission geleitet. Seitdem verband ihn ein besonders gutes Verhältnis mit Peter Heiland und dessen Frau Hanna. Dass er in Heilands

Abteilung kam, war also keine Besonderheit. Manchmal suchte er Peter nur auf, um eine Partie Schach mit ihm zu spielen. »Na, wie sieht's aus?«, fragte er.

»Wir sind ja noch ganz am Anfang«, antwortete Peter.

»Und trotzdem gibt es schon die ersten Beschwerden!« Alle sahen ihn an.

»Ich hab da einen Anruf von einem – sagen wir mal – hohen Berliner Senatsbeamten bekommen. Er rief im Auftrag des Kultursenators an. Der habe erfahren, dass die Polizei eine der bedeutendsten Galeristinnen der Berliner Kunstszene höchst unfreundlich, ja grob behandelt habe. Der hohe Beamte mahnte *ein wenig mehr Fingerspitzengefühl* an.«

Carl Finkbeiner räusperte sich.

»Sie müssen nichts sagen. Wir sind ja nicht dem Kultursenator unterstellt. Und auch dann würde ich so etwas nicht dulden.«

»Und? Was haben Sie dem Kerl gesagt?«, fragte Meier.

»Ich habe gesagt: Wollen wir uns darauf einigen, dass wir uns nicht in Ihre Angelegenheiten einmischen, und dass Sie es umgekehrt genauso halten.«

»Klasse!«, rief Meier.

»Trotzdem schlage ich vor, dass ein anderer Kollege sich um diese Dame kümmert.«

»Okay, ich übernehme das«, sagte Peter Heiland.

3. KAPITEL

Er wusste, dass es nicht korrekt war, Hannas Wunsch nachgegeben zu haben. Peter hatte ihr am Abend zuvor ausführlich von den Ermittlungen erzählt, und er hatte ihr gesagt, dass er am nächsten Morgen die Ballettschule aufsuchen wolle. Vielleicht, hatte er gemeint, könne er auch mit dem einen oder anderen der Ballettmädchen reden.

»Das mit Steffi hat doch am Mittwoch, als wir im Kino waren, ganz prima geklappt«, sagte Hanna plötzlich.

Peter sah seine Frau leicht verwirrt an. »Ja, aber ...« Weiter kam er nicht.

»Steffi hat gesagt, sie könne auch gut mal tagsüber zum Babysitten kommen. Da könnte ich sie doch bitten, morgen Vormittag auf Heinrich aufzupassen. Die beiden verstehen sich wirklich toll.«

Langsam schwante Peter, worauf Hanna hinauswollte. »Ne, du, das geht nun wirklich nicht. Du bist nicht im Dienst.«

»Ich würde ja nur mal so mitfahren. In Marzahn bin ich noch nie gewesen.«

»Du willst mir doch nicht weismachen, dass du nur mitkommen willst, um zwischen den Plattenbauten spazieren zu gehen.«

»Kannst du dir eigentlich vorstellen«, fragte Hanna,

»wie das ist, den ganzen Tag nur zu Hause herumzusitzen, zwischendurch mal mit dem Kind spazieren zu gehen und dann wieder hier eingesperrt zu sein?«

»Nein. Aber das ist einer der Gründe, warum ich das demnächst selber ausprobieren will.«

Das Navi im Dienstwagen leitete sie zu der Adresse in Marzahn. Olga Nikolajewas Schule war in einem ehemaligen Ladenlokal untergebracht. »Was das früher wohl mal war?«, fragte Hanna. »Eine Bäckerei vielleicht oder ein ›HO Kaufladen‹?«

»›Kaufhalle‹ hieß das in der DDR«, wusste Peter. Er fühlte sich unbehaglich. Warum hatte er nur zugesagt, seine Frau mitzunehmen. Es hatte ja seinen Grund, dass sie nach Hannas Rückkehr in den Dienst nicht mehr in derselben Abteilung arbeiten durften. Wischnewski hatte ihnen unmissverständlich klargemacht, dass er auch in ihrem Fall keine Ausnahme machen werde.

Ein paar der Schülerinnen verließen fröhlich plaudernd die Ballettschule. Obwohl sie alle redeten, beschäftigten sie sich auch nahezu ausnahmslos mit ihren Handys. Sie überquerten die Straße und gingen auf ein Eiscafé zu, das etwa 50 Meter entfernt lag.

»Ich will natürlich nicht mit da reinkommen«, sagte Hanna. »Ich geh ein Eis essen.« Sie stieg rasch aus und folgte den Mädchen. Peter blieb noch ein paar Augenblicke sitzen, dann verließ auch er den Wagen und ging zu dem ehemaligen Ladengeschäft hinüber.

Die Tür war offen. Olga Nikolajewa, die an einem Klavier saß, bemerkte Heiland zunächst nicht, als der auf leisen Sohlen den Raum betrat. Zwei Tänzerinnen hatten mit dem Rücken zum Eingang Aufstellung genommen, sodass auch sie ihn nicht sehen konnten. Aber sie mussten nur einmal den Kopf wenden und in den riesigen Spiegel schauen, der die ganze rechte Wand bedeckte und vor dem sich eine Stange entlang zog, dann würden sie ihn sofort bemerken.

Peter Heiland hüstelte, aber im gleichen Moment schlug die Tanzlehrerin einen kräftigen Akkord an und rief mit ihrer fast männlichen Stimme: »En garde! Und jetzt bitte exakt im Takt.«

Peter Heiland machte einen Schritt nach vorne und stolperte über einen Stuhl, der krachend umfiel. Der Kommissar verlor das Gleichgewicht und fiel auf den Hosenboden. Die Musik brach ab. Die Mädchen drehten sich um und lachten schallend.

Olga Nikolajewa sprang auf. »Was soll das? Wer sind Sie?«, schrie sie wütend. Doch im nächsten Moment fiel es ihr ein. »Ich kenne Sie. Sie sind doch der Polizist.«

Peter rappelte sich auf und klopfte seine Kleider ab. »Die Tür war offen. Ich wollte nicht stören und hätte gewartet, bis Sie mit der Übung fertig sind.«

Frau Nikolajewa wendete sich den Tanzelevinnen zu. »Schluss für heute. Wir machen das morgen noch mal. Pünktlich 14.00 Uhr, ja?!«

Eines der Mädchen fragte: »Treten wir denn überhaupt damit auf? Ich meine jetzt, wo Lukas tot ist …«

»Für dich immer noch Herr Abendroth. Das gilt auch für dich, Tatjana!«

Das angesprochene Mädchen zog eine Schnute, sagte aber nichts.

Offenbar fühlte sich die Lehrerin aber bemüßigt, den Tänzerinnen zu erklären: »Die Ausstellung wird demnächst trotzdem eröffnet. Das hat mir Frau Teichmann gesagt. Es wäre auch in seinem Sinne gewesen. Wir werden also auftreten, wenn auch diesmal in schwarzen Kostümen. Raus jetzt, ihr zwei!«

Die beiden Mädchen traten kurz vor ihre Lehrerinnen hin, machten einen Knicks und rannten dann rasch hinaus.

»Ich muss mich noch mal entschuldigen«, hob Peter Heiland an. Aber Frau Nikolajewa winkte mit einer herrischen Geste ab. »Schon gut. Sie machen ja auch nur Ihre Arbeit. Setzen wir uns.«

Die Ballettlehrerin nahm wieder auf dem Klavierschemel Platz, und Peter holte den Stuhl, den er zuvor umgestoßen hatte, heran. »Dieses Mädchen, ich glaube, Sie nannten es Tanja …«

»Tatjana«, verbesserte die Tanzlehrerin.

»Wenn ich mich nicht sehr täusche, habe ich sie auf mehreren Bildern gesehen, sowohl auf den Fotografien als auch auf den Gemälden.«

»Mag sein. Und?«

»Sie hat etwas Besonderes, nicht wahr? Im Grunde sieht für mich eine wie die andere aus, nur sie, – wie soll ich sagen, sie sticht irgendwie hervor.«

»Ja. Tatjana ist ein begabtes und besonders ehrgeiziges Mädchen. Und sehr gewissenhaft. Sie hat noch nie eine Probe versäumt, was man von den anderen leider nicht sagen kann.«

»Hatte diese Tatjana eine besondere Beziehung zu Herrn Abendroth?«

»Wie meinen Sie das?«, fragte die Ballettmeisterin scharf.

Peter hob abwehrend die Hände. »Herr Winkler, Abendroths Assistent, sagte zu einem meiner Mitarbeiter, mit manchen der Tänzerinnen habe so etwas wie ein Vater-Tochter-Verhältnis bestanden.«

»Ja.«

»Und Tatjana war so etwas wie seine Lieblingstochter?«

»Mag sein. Ich weiß, dass sich die beiden immer wieder verabredet haben. Darin habe ich nichts Negatives gesehen. Soviel ich weiß, hat er sogar Tatjanas Familie finanziell unterstützt. Sie sind arme Aussiedler aus Russland, ihre Situation ist schwierig. Zudem soll Tatjanas Bruder Boris schon zwei Mal verhaftet worden sein. Er hat ein paar sehr dumme Fehler gemacht.«

»Er ist also kriminell geworden?«

»Ja. Auch den Anwalt hat Herr Abendroth bezahlt, sonst wäre Boris wohl nicht mehr auf freiem Fuß.«

»Aha.« Peter schrieb ein paar Worte in sein Notizbuch und fragte betont beiläufig: »Wie ist der Nachname des Mädchens?«

»Nemtschow.« Frau Nikolajewa hielt kurz inne. »Ich weiß nicht, ob ich das sagen darf.«

»Aber natürlich dürfen Sie das. Sie können mir ruhig auch die Adresse nennen.«

»Sie wohnen irgendwo in Hellersdorf in so einem Plattenbau, aber die Straße weiß ich nicht.«

»Macht nichts, die finden wir raus. – Wie geht es nun bei Ihnen weiter?«

»Bei mir? Wieso fragen Sie das?«

»Ich hatte Sie so verstanden, dass Herr Abendroth auch Ihre Schule finanziell unterstützt hat.«

Olga Nikolajewa schlug plötzlich ein paar harte Akkorde an und spielte dann einen wilden Lauf die Tastatur hinauf und wieder hinunter. Dann nahm sie die Hände vom Klavier und schlug den Deckel zu. »Ich will nicht daran denken! Ich kann diese Arbeit nicht aufgeben, aber alleine …« Sie brach ab.

»Wie nahe standen Sie denn Herrn Abendroth?«

»Wissen Sie, wann die Liebe am schwersten ist?«

Peter sah sie überrascht an, sagte aber nichts.

»Wenn man liebt und diese Liebe keine Erwiderung findet und man weiß, dass sich daran auch nie etwas ändern wird.«

Peter wollte etwas Tröstendes sagen. »Vielleicht hat er ja ein Testament gemacht und Sie darin bedacht.«

»Ich glaube nicht an Wunder«, sagte Olga Nikolajewa.

Hanna nahm sich von einem Zeitungsständer eine Frauenillustrierte und setzte sich an einen Tisch nahe dem der Mädchen aus der Ballettschule. Sie gab sich den Anschein, interessiert in der Zeitschrift zu lesen. Auf keinen Fall sollten die Mädchen bemerken, dass Hanna sie belauschte. Aber was die Tänzerinnen redeten, war ohne Belang. Das änderte sich erst, als eine der beiden, die noch länger trainiert hatten, hereinkam.

»Hallo, Sophie, wo ist denn Tatjana?«, rief eine Elevin.

»Na, dass die jetzt nicht mitkommt, ist ja wohl logo«, sagte eine andere.

Eine Dritte sprach in melodramatischem Ton. »In tiefer Trauer gedenke ich meinem geliebten Lukas …«

»Meines geliebten Lukas, heißt das!«, rief eine dazwischen.

Eine andere: »Dann muss es aber heißen, meines geliebten Lukases.«

Der Rest ging im allgemeinen Gelächter unter.

Hanna kam sich ziemlich plump vor, als sie sich mit der Frage einmischte: »Ist denn jemand gestorben?«

»Ja, was meinen Sie, warum wir so fröhlich sind?« Wieder folgte allgemeines Gelächter. Aber dann sah sie eines der Mädchen misstrauisch an. »Warum interessiert Sie das denn?«

»Tut mir leid. Sie haben Recht. Es geht mich nichts an. Kam mir halt … naja … irgendwie seltsam vor. Wie Sie über einen Trauerfall reden. Es geht doch um einen Trauerfall, oder?«

»Ich finde, Sie haben jetzt genug gefragt.« Sophie wandte sich wieder ihren Freundinnen zu. »Wir treten übrigens doch auf.«

»Echt jetzt?« Plötzlich redeten alle durcheinander: »Woher weißt du das?« »Das wäre ja super.« »Echt geil!« »Hoffentlich stimmt's!« »Cool, ey!«

»Hat die Nikolajewa zu Tatjana und mir gesagt. Wir treten auf. In schwarzen Kostümen.«

»Bei der Beerdigung?«, rief eine dazwischen.

»Quatsch! Wenn die Ausstellungseröffnung nachgeholt wird.«

Peter Heiland kam herein. An der Theke ließ er sich ein Stück Mohnkuchen geben. Auf dem Weg zu Hanna kam er an dem Tisch der jungen Tänzerinnen vorbei. »Ach, seid ihr nicht die Tanzgruppe, die gestern in ›Babettes Ballhaus‹ geprobt hat?«, fragte er.

»Doch!«, klang es ihm vielstimmig entgegen.

»Ich hab kurz zugeschaut«, log Peter, »ihr seid ja wirklich klasse.«

Die Mädchen kicherten, sagten aber nichts dazu.

»Aber ich hab gehört, die Aufführung soll ausfallen«, sagte Heiland, obwohl er es besser wusste.

»Nein, die ist nur verschoben«, sagte eines der Mädchen. »Wird so 'ne Art Gedächtnisveranstaltung für Lukas Abendroth. Der ist gestern gestorben.«

Peter Heiland stand unverändert am Tisch der Tänzerinnen, den Kuchenteller in der Hand.

Hanna mischte sich ein. »Die jungen Damen scheinen aber nicht besonders traurig darüber zu sein.«

»Heißt eine von euch Tatjana?«, fragte Peter Heiland unvermittelt.

Plötzlich wurde es ganz still am Tisch, bis eine fragte: »Warum wollen Sie das wissen?«

Peter zog einen Stuhl heran und setzte sich. »Ich will euch nichts vormachen. Ich war gestern im ›Ballhaus‹, weil ich beim Landeskriminalamt arbeite und mit dem Mordfall Abendroth beschäftigt bin.«

»Und vorhin waren Sie im Tanzstudio«, meldete sich Sophie.

»Ja, stimmt.«

»Und nun wollen Sie uns aushorchen?«

»Ja, so was in der Art.« Peter Heiland zeigte ein jungenhaftes Grinsen.

»Und warum fragen Sie nach Tatjana?«, wollte eine der Tanzelevinnen wissen.

»Ist doch klar«, rief eine andere.

»Du hältst das Maul!«, fuhr Sophie sie böse an.

»Ich weiß schon, dass Tatjana ein besonderer Liebling des Malers war«, sagte Peter Heiland. »Man kann das ja sogar auf den Bildern sehen.«

»Das ist ja jetzt zum Glück vorbei«, sagte die Tänzerin, die schon die ganze Zeit das Wort geführt hatte.

»Wieso zum Glück?«, fragte Heiland.

»Wir sagen am besten gar nichts mehr«, rief Sophie.

Peter lächelte. »Mal sehen, ob's dabei bleibt.« Er stand auf und setzte sich zu Hanna. Er deutete auf die Illustrierte: »Was liest du denn da?«

»Die 132. Diät, mit der man ohne Mühe schlank werden kann.«

Die Mädchen standen auf und gingen zum Tresen, um zu bezahlen. Gemeinsam verließen sie das Café. Und erst als sie draußen waren, fingen sie wieder an, zu reden und gleichzeitig ihre Handys zu befragen.

»Hast du irgendetwas mitbekommen?«, fragte Peter Heiland.

»Nein. Höchstens, dass die alle dem Maler keine Träne nachweinen. Im Gegenteil: Mir scheint, die sind richtig erleichtert, dass er tot ist. Und eins noch: Zwischen dieser Tatjana und dem Maler muss irgendwas gelaufen sein.« Hanna versuchte, das Gespräch zwischen den Mädchen darüber möglichst wortgetreu wiederzugeben.

»Das passt alles zusammen. Ich muss mit dieser Tatjana und ihren Eltern reden.«

»Jetzt gleich?«

»Nein. Jetzt fahre ich dich nach Hause, und dann muss ich dringend ins Büro.«

Um die gleiche Zeit stand Carl Finkbeiner in Miriam Lohbergs bescheidener Zweizimmerwohnung in der Sybelstraße. Frau Lohberg war eine sehr schlanke, hochgewachsene Frau. Ihre roten Haare fielen in sanften Wellen bis auf ihre Schultern hinab. Hohe Wangenknochen und die schmalen dunklen Augen gaben ihr ein leicht asiatisches Aussehen. Sie trug Jeans, einen blauen, tief ausgeschnittenen Pulli und ging barfuß durch die Wohnung. »Nehmen Sie doch Platz!«

Carl Finkbeiner setzte sich in einen schmalen Korbsessel, vor dem ein einfaches Glastischchen stand. »Danke«, sagte er. Er fühlte sich befangen. Es musste daran liegen, dass er das Video gesehen hatte. Nun wusste er nicht so recht, wie er das Gespräch anfangen sollte. »Es ist nicht ganz einfach für mich«, sagte er zögernd.

»Nun sagen Sie schon, worum es geht. Ich hab noch nie mit der Polizei zu tun gehabt. Übrigens: Wenn Sie sich nicht ausgewiesen hätten, hätte ich Sie nicht reingelassen.«

»Na hoffentlich nicht.« Finkbeiner lächelte. »Sie können sich also nicht denken, warum ich hier bin?«

»Nein. Keine Ahnung.« Sie setzte sich ihm gegenüber.

»Sie haben also noch nicht erfahren, dass Lukas Abendroth tot ist?«

Miriam Lohberg hob ruckartig den Kopf und starrte den Kommissar an. »Was sagen Sie da?«

»Es war schon heute Morgen in den Frühnachrichten im Info-Radio. Morgen wird es in allen Zeitungen stehen.«

»Er ist tot?«, fragte sie tonlos.

»Er wurde ermordet!«

»Wie, ermordet?«

»Mit einem Draht erdrosselt. Von hinten.«

Frau Lohberg schluckte.

So sachlich wie möglich sagte der Kommissar: »Bei unseren ersten Ermittlungen haben wir auch erfahren, dass Sie eine Zeit lang mit ihm zusammen waren.«

»Ich war fast ein Dreivierteljahr lang seine Geliebte, ja!« Frau Lohberg saß jetzt auf der vorderen Kante ihres Korbsessels und hatte die Hände zwischen ihre Knie gepresst. Sie beugte sich dabei so weit vor, dass ihr schönes Gesicht Carl Finkbeiner ganz nahe kam.

Er räusperte sich. »Wir kennen auch dieses Video.«

Mariam Lohberg antwortete nicht darauf, sie behielt ihre Körperhaltung bei und starrte Finkbeiner weiter an.

»Man sagt, Abendroth selbst habe das Video ins Netz gestellt.«

Miriam Lohberg lehnte sich zurück, schlug ihre langen Beine übereinander, behielt aber den angestrengten Gesichtsausdruck bei. »Wenn es so gewesen sein sollte, wäre es eine besonders miese Art gewesen, unsere Beziehung zu beenden, nicht wahr?«

»Und? War es so?«

»Es spricht einiges dafür.«

»Ich frage das ungern, aber haben Sie mit so etwas gerechnet?«

»Ob ich …?« Sie sah ihn aus ihren dunklen Augen ein paar Sekunden nachdenklich an und schüttelte dann so heftig den Kopf, dass ihre roten Locken flogen. »Nein, natürlich nicht.«

»Ich wollte eigentlich fragen: Hat es sich irgendwie angekündigt, dass Herr Abendroth sich von Ihnen trennen wollte?«

»Nein. Das war ja das Perfide. Er war wie immer.«

»Und wie sind Sie auf diesen Film aufmerksam geworden?«

»Mein Mann hat mich zuerst angerufen. Dann alle möglichen Freundinnen und Feindinnen und was weiß ich – jeder und jede hat sich das Maul darüber zerrissen. Und die mich bedauert haben, waren die Schlimmsten.«

»Das muss schrecklich für Sie gewesen sein.«

»Wissen Sie, dass Männer feige sind, ist ja nicht neu. Zu feige, einer Frau ins Gesicht zu sagen: ›Ich liebe dich nicht mehr. Ich will dich nicht mehr. Es ist aus.‹ Aber Lukas Abendroth gehörte eigentlich nicht zu der Sorte. Der konnte unglaublich brutal sein. Deshalb verstehe ich nicht, dass er mir nicht ins Gesicht gesagt hat: ›Ich langweile mich mit dir‹ oder ›Ich hab 'ne andere‹ oder irgend so etwas in der Art. Aber diese perfide Methode! So etwas tut einer doch nur, wenn er einen anderen Menschen vernichten will, wenn er einen unbändigen Hass auf ihn hat, aus Rache von mir aus. Aber ich finde überhaupt keinen Hinweis, dass es so gewesen sein könnte.«

»Tut mir leid«, nuschelte Carl Finkbeiner und sah auf seine Schuhspitzen hinab. »Sie müssen unglaublich wütend gewesen sein.«

»Das bin ich immer noch.«

»Sie hätten also theoretisch einen Grund gehabt, Abendroth den Tod zu wünschen«, sagte der Kommissar.

Miriam Lohberg sprang auf. »Halten Sie mich für seine Mörderin? Wie stellen Sie sich das vor? Sie haben gesagt, er sei erdrosselt worden. Der Mann war doppelt so schwer wie ich, und er war körperlich stark. Wie hätte ich das denn machen sollen?«

»Wo waren Sie zur Tatzeit?«

»Wann war denn die Tatzeit?«

»Vorgestern, zwischen 10.00 und 11.30 Uhr.«

»Da war ich hier, allerdings ganz alleine.« Sie setzte sich wieder.

Finkbeiner nahm einen Schluck Kaffee. »Wie sind Sie denn an ihn …«, der Kommissar hielt inne.

»Wie ich an ihn geraten bin, wollten Sie fragen? Er war der engste Freund meines Mannes. Als Lukas noch nicht so vom Erfolg verwöhnt war, hat ihn Uwe – also mein Mann – in jeder Hinsicht unterstützt. Er war ein absoluter Fan von ihm. Ich nehme an, er ist es heute noch – also ein Fan des Malers, nicht des Menschen. Das ganz und gar nicht.«

»Waren Sie denn … ich meine, war Ihre Ehe …?« Carl Finkbeiner unterbrach sich.

»Nein«, sagte sie. »Unsere Ehe war eigentlich gut.«

»Eigentlich?«

»Na ja. Wir hatten uns aneinander gewöhnt. Gestritten haben wir eigentlich nie. Aber das war ja vielleicht auch ein Fehler.« Mit einer anmutigen Bewegung strich sie eine Haarsträhne aus ihrer Stirn.

»Wie ist denn jetzt die Beziehung zu Ihrem Mann?«, fragte Finkbeiner.

»Wir haben absolut keinen Kontakt mehr. Wie sollte so etwas auch möglich sein nach allem, was passiert ist?«

»Ihr Mann soll ein begeisterter Sammler sein.«

»Zumindest war er's. Ich weiß nicht, ob er heute noch die Mittel hat, so teure Werke zu kaufen.«

Plötzlich hatte Finkbeiner eine Idee. »Das Bild ›Brooklyn Bridge‹ kennen Sie, nicht wahr?«

»Ja. Uwe liebt es sehr. Es war eines der ersten, die er von Abendroth gekauft hat.«

»Glauben Sie denn, dass er sich davon trennen würde?«

»Nein. Das kann ich mir nicht vorstellen.«

»Das Bild wurde gestern in der Villa ›Grisebach‹ versteigert.«

»Was? Im Ernst?«

»Ich war selber dabei.«

Frau Lohberg schüttelte den Kopf. »Das hätte ich nicht für möglich gehalten.«

»Es hat immerhin 155.000 Euro eingebracht.«

»Trotzdem!«, sagte Miriam Lohberg.

Carl Finkbeiner trat auf die Sybelstraße hinaus. Er nahm sein Handy aus der Tasche und rief Peter Heiland an. In kurzen Worten gab er das Gespräch mit Miriam Lohberg wieder.

»Man sollte immer dich losschicken, wenn man Frauen vernehmen muss«, sagte Peter Heiland am Ende.

»Außer, wenn es Frau Teichmann ist.«

Peter Heiland rief nun seinerseits Norbert Meier an, um ihn auf den neuesten Stand zu bringen.

Der Metallverarbeitungsbetrieb Lohberg lag etwas außerhalb Grünaus, nahe am Ufer der Dahme. Der Fluss war hier so breit, dass er wie ein lang gezogener See wirkte. Ein paar Hundert Meter stromabwärts lag die berühmte olympische Regattastrecke. Als Norbert Meier und Jenny Kreuters ankamen, trafen sie auf eine Gruppe Arbeiter, die sich am Tor versammelt hatten. »Ich hab schon unter dem Alten gearbeitet«, hörten sie einen Mann sagen. »Bei dem ging alles nach Augenmaß. Und seine Leute waren ihm wichtig.«

»Lass mal, das waren andere Zeiten. Der Lohberg würde es ja packen, wenn ihn die Banken nicht am langen Arm verhungern ließen.«

»Heißt das, er kriegt den Kredit nicht?«, fragte ein Dritter.

»Er bietet nicht genügend Sicherheiten. Das ist es.«

Jenny und Meier erreichten die Gruppe. »Probleme?«, fragte Meier direkt.

»Wer seid denn ihr?« Ein grauhaariger, bulliger Mann um die 60 mit einem mächtigen Schnauzbart, der seinen Mund verdeckte, trat aus der Gruppe heraus.

»Kriminalpolizei!« Meier wies sich aus. »Und Sie?«

»Horst Kaminski. Ich bin der Betriebsratsvorsitzende.«

»Ist es schon so weit, dass sich die Polizei damit beschäftigt?«, rief einer von hinten. »Insolvenzbetrug, wa?«

»Nicht unser Ressort«, sagte Meier, »darum geht es nicht. – Streikt ihr, oder was?«

»Wir sind auf Kurzarbeit«, sagte Kaminski.

Ein schwarzer Geländewagen rauschte heran und bremste dicht vor der Gruppe. Auf der Beifahrerseite sprang ein etwa 40-jähriger Mann heraus. Er war höchstens 1,65 Meter groß, trug Jeans und ein weißes Tennishemd, das über seinem Bauch spannte. »Es geht weiter,

Leute«, rief er. »Los, an die Arbeit!« Und zu dem Fahrer des Wagens: »Du holst mich um 16.00 Uhr ab. Verstanden? Und zwar pünktlich. Und kutschier nicht wieder in der ganzen Welt herum.«

»Aye, aye, Sir«, sagte der junge Chauffeur und salutierte mit dem Zeigefinger an seiner rechten Stirnseite.

Der Betriebsratsvorsitzende trat dicht vor seinen Chef hin. »Auf einmal gibt's frisches Geld?«

»Ja, auf einmal. Es ist mir gelungen, die Bank zu überzeugen. Fragt mich nicht, was mich das kostet!« Jetzt entdeckte er Jenny und Meier. Misstrauisch fragte er: »Wer sind Sie? Presse etwa?«

Jenny trat zu ihm, zeigte ihren Ausweis und sagte: »Wir müssen Sie sprechen. Wir ermitteln im Mordfall Abendroth.«

»Wo ermitteln Sie?«

»Sie wissen nicht, dass Ihr alter Freund Lukas Abendroth vorgestern ermordet worden ist?«

»Natürlich weiß ich das. Aber was hat das mit mir zu tun?«

Meier sagte: »Genau das versuchen wir rauszukriegen. Können wir irgendwo in Ruhe reden?«

»Ja natürlich. In meinem Büro.«

»Wenn's jetzt doch weitergeht«, sagte einer der Arbeiter. »Haben wir denn inzwischen wieder genug Aufträge?«

»Das lass mal meine Sorge sein. – Bitte!« Er machte eine einladende Geste in Richtung der beiden Polizeibeamten. »Ich darf vorausgehen!«

»Wie haben Sie es denn erfahren?«, fragte Jenny Kreuters.

»Was erfahren?«

»Dass Abendroth ermordet wurde.«

»Ich hab im Radio gehört, dass er gestorben sei, da hab ich die Teichmann angerufen.«

»Na, dann wissen Sie ja Bescheid«, sagte Meier, dessen Telefon in diesem Augenblick klingelte. Peter Heiland war dran. »Das müsst ihr wissen«, sagte er, »Carl hat rausgekriegt: Das Bild, das gestern so teuer versteigert wurde, gehörte Uwe Lohberg.« In kurzen Worten schilderte Heiland, was er von Carl Finkbeiner erfahren hatte.

Lohbergs Büro lag zu ebener Erde in einem zweigeschossigen, lang gezogenen Gebäude. Die großflächigen Fenster gingen auf den Fabrikhof hinaus. »Hier haben mal über 200 Leute gearbeitet«, sagte der Chef des Unternehmens. »Jetzt sind es grade noch 50.« Er ließ sich in seinen Schreibtischsessel fallen und wies auf zwei Stühle. »Setzen Sie sich doch.« Er wischte sich mit einem Stofftaschentuch den Schweiß von der Stirn. »Warm geworden. Vielleicht kommt der Frühling ja doch noch, bevor der Sommer rum ist. Wann ist denn das genau passiert mit Abendroth?«

Norbert Meier setzte sich. »Vorgestern zwischen 10.00 und 11.30 Uhr. Da kann ich Sie gleich fragen, wo Sie um diese Zeit waren.«

»In meiner Hütte am Schwarzen See. Ich bin ein leidenschaftlicher Angler.«

»An welchem Schwarzen See?«, fragte Meier. »Es gibt den bei Mirow in Mecklenburg und den kleinen bei Barnim in Brandenburg.«

»An dem kleinen hinter Barnim, das Grundstück gehört zur Gemeinde Biesenthal.«

Meier nickte: »Mitten im Naturschutzgebiet.«

»Ja, genau. Ich finde es schön dort, obwohl der See langsam verlandet.«

Meier winkte ab. »Das erleben wir zwei nicht mehr.«

»Kann jemand bezeugen, dass Sie dort waren?«, fragte Jenny dazwischen.

»Ja, sicher. Mein Fahrer. Er hat mich vorgestern in aller Herrgottsfrühe hinausgefahren. Ich hab nämlich zurzeit keinen Führerschein. ›Fahren innerhalb geschlossener Ortschaft mit 110 Stundenkilometern.‹ Ich hab ein Ortsschild übersehen.«

»Und? Ist Ihr Chauffeur bei Ihnen geblieben?«

»Nein. Er hat mich nur abgesetzt und abends wieder abgeholt.«

»Sagen Sie mir bitte, wie der Fahrer heißt und wo ich ihn erreiche?«

»Charlie Grüneberg. Das ist seine Handynummer.« Lohberg schrieb sie auf einen Zettel und schob ihn über den Tisch.

Jenny nahm wieder das Wort. »Hat es Sie nicht überrascht, dass Ihr Bild ›Brooklyn Bridge‹ so einen hohen Preis erzielt hat?«

»Doch. Und wie! Aber woher wissen Sie, dass es mir gehört hat? Ich hab es anonym verkauft.«

»Wir sind halt ziemlich schlau«, sagte Norbert Meier mit einem breiten Grinsen. »Kann es sein, dass Sie den Kredit deshalb bekommen haben, weil sie plötzlich um 155.000 Euro reicher waren?«

Lohberg lachte kurz auf. »Das kann nicht nur sein.

Das ist so. Und ich habe für die Bänker eine Aufstellung all der wertvollen Bilder und Skulpturen gemacht, die ich noch besitze und die ich im Notfall verkaufen werde. Das war denen Sicherheit genug.«

»Haben Sie denn schon gewusst, dass die Preise für Abendroth-Bilder wegen dessen Tod so drastisch ansteigen würden?«, wollte Jenny wissen.

»Als ich es zum Verkauf gestellt habe, nicht. Das war ja schon vor 14 Tagen. Aber heute Morgen in der Bank wusste ich's natürlich.«

»Und mit welchem Erlös haben Sie bei dem Bild ›Brooklyn Bridge‹ ursprünglich gerechnet?«

»Höchstens mit 35.000 Euro. Das wäre schon toll gewesen.«

»Und bei der Bank konnten Sie damit argumentieren, dass die Bilder stark im Wert steigen würden.« Es war mehr eine Feststellung als eine Frage Jennys.

Wieder lachte Lohberg. »Das musste ich denen nicht sagen. Die wissen so etwas.«

»Wie viele Werke Abendroths besitzen Sie denn?«, fragte Jenny.

»32. Ich hab früh angefangen zu kaufen. Ein guter Bekannter aus Leipzig hatte mich darauf hingewiesen, dass da ein neues Genie im Anmarsch sei. Von Kunst hab ich ja nicht viel verstanden. Ich hab's damals noch als Geldanlage gesehen.«

»Hat sich das geändert?«

»Ja. Ich hab Lukas kennengelernt. Er lebte damals in einer Wohngemeinschaft in Leipzig. Lauter Maler und Fotografen. Für mich 'ne ganz fremde Welt. Ich bin da für kurze Zeit eingezogen. Das erste Bild hab ich für

120 Euro gekauft. Der Lukas war total happy darüber. Das Geld haben wir gemeinsam versoffen. Die anderen haben auch gekokst, aber damit wollte ich nie was zu tun haben. Ich hab dann angefangen, mich für Kunst und Künstler zu interessieren. Und Lukas hat mir dabei unheimlich geholfen. Auch seine Freunde. Ich hab schon immer gerne was Neues gelernt.«

»Und als Geldanlage hat es sich ja offensichtlich gelohnt«, stellte Meier fest.

»Ja. Nur kann ich's halt heute nicht mehr so sehen. Ich liebe die Bilder. Es würde mir verdammt schwerfallen, wenn ich mich von ihnen trennen müsste. Ich weiß nicht, ob Sie das verstehen.«

»Eher nicht«, brummte Meier.

»Ich schon«, sagte Jenny Kreuters.

Lohberg stand auf und ging zum Fenster. Er atmete ein paar Mal tief durch. »Aber ob es am Ende reichen würde, weiß ich nicht. Ich bin auf der Suche nach einem potenten Partner, um die Insolvenz abzuwenden.«

»Oder Sie verkaufen den Laden«, sagte Norbert Meier.

»Ja, ganz recht. Das wäre die Lösung. Nur mein Vater würde da nicht mitziehen. Er hat sich ein Mitspracherecht einräumen lassen, als er mir den Betrieb überschrieben hat.« Lohberg kam zurück und nahm seinen Platz hinter dem Schreibtisch wieder ein. »Wissen Sie, es war für meinen alten Herrn unheimlich schwierig, den kleinen Metallbetrieb in der DDR aufrechtzuerhalten. Mehr als sieben Mitarbeiter durfte er nicht beschäftigen, sonst wäre der Laden verstaatlicht worden. Nach der Wende ist es dann allerdings erst mal verdammt steil nach oben gegangen.«

Jenny Kreuters sah den Unternehmer nachdenklich an. Warum redete der nur so viel, als ob er verhindern wollte, dass das Gespräch auf etwas anderes käme. Sie wollte etwas sagen, aber Lohberg sprach weiter. »Mein Vater war ein begnadeter Handwerker. Einmal, als er eine Schweißnaht besonders genau und sauber hingekriegt hat, hat er sie signiert.«

»Was?«, entfuhr es Meier.

»Ja, er hat seine Initialen eingeritzt. ›Aber das sieht doch keiner‹, hab ich zu ihm gesagt. ›Macht nichts‹, hat er geantwortet, ›Hauptsache, ich hab es gesehen.‹«

»Herr Lohberg …«, setzte Meier an.

»Vieles, was danach kam, hat er einfach nicht mehr verstanden. Er hat mir vorgeworfen, zu schnell zu expandieren. Aber eine andere Möglichkeit gab es nicht. Hätte ich die Aufträge ablehnen sollen? Dann wären mir die Kunden doch von der Fahne gegangen. Irgendwann hat er eingesehen, dass die Zeit ihn überholt hat. Aber er blieb gegen alles, was neu war, extrem misstrauisch.«

»Herr Lohberg«, setzte Meier noch mal an. »Wir müssen Ihnen noch ein paar Fragen stellen.«

»Und jetzt, wo es uns schlecht geht, sagt er natürlich, er habe es vorausgesehen.«

Für seine Verhältnisse hatte Norbert Meier schon zu lange geduldig zugehört. Jetzt ging er brutal dazwischen: »Lukas Abendroth hat Ihnen Ihre Frau ausgespannt!«

»Ja«, antwortete Lohberg schlicht.

»Er war mal Ihr bester Freund.«

Wieder antwortete Lohberg nur mit einem einfach »Ja«.

»Sie müssen doch einen unheimlichen Hass geschoben haben«, fuhr Meier fort.

»Ich weiß, worauf Sie hinauswollen. Ja, ich hätte ihn am liebsten umgebracht.«

»Und? Haben Sie?«

»Nein. Natürlich nicht!«

»Ihre Frau …«

»Sie hat genau gewusst, was Lukas für einer war. Er hat ja oft genug damit angegeben, wie viele Weiber er schon flachgelegt hatte.« Lohberg sah, wie Jenny Atem holte, und sagte schnell: »Das war seine Art, darüber zu reden. Und mit Männern hat er's ja außerdem getrieben. Wenn man mit ihm verkehren«, er verbesserte sich, »wenn man mit ihm befreundet sein wollte, musste man diese Dinge ausblenden. Ich verstehe bis heute nicht, wie sie sich darauf hat einlassen können. Sie hat für mich die weit größere Schuld als er.«

»Sie können ihr also nicht verzeihen?«, fragte Jenny leise.

»Nein! Nie! Never!«

Meier fragte, für Jenny völlig überraschend: »Waren *Sie* denn Ihrer Frau immer treu?«

Lohberg hob den Kopf und starrte den Kommissar an. »Was?«

»Sie haben ganz gut verstanden, was ich gefragt habe.«

»Das ist was anderes.«

Jenny lachte auf. »Ach so?«

»Sie hat es nie erfahren, und es war auch nicht wichtig!«

Jenny Kreuters sprang auf. »Und das muss ich mir alles anhören.«

Meier hob beschwichtigend die Hände und wendete

sich wieder Uwe Lohberg zu. »Hatten Sie denn in letzter Zeit noch mal Kontakt zu Abendroth?«

»Nein. Mit meiner geschiedenen Frau auch nicht! Wir verkehren über unsere Anwälte miteinander.«

»Sie sind über den Verrat Ihres besten Freundes nie hinweggekommen, nicht wahr«, sagte Meier. »Aber nach wie vor besitzen und schätzen Sie seine Bilder.«

Der Unternehmer nickte. »Er war ein Schwein, aber ein herausragender Künstler.«

»Jedenfalls hätten Sie ein starkes Mordmotiv. Wir werden Ihr Alibi überprüfen.« Meier stand auf. »Kann sein, dass wir uns noch mal bei Ihnen melden müssen.«

»Sie wissen ja, wo Sie mich finden.«

Die Kommissare waren schon auf dem Weg zur Tür, als Meier noch einmal umkehrte. »Wo genau ist denn Ihre Hütte am Schwarzen See?«

Lohberg öffnete eine Schreibtischschublade und zog einen Computerausdruck heraus. »Das ist die Aufnahme von Google Earth. Da, wo der rote Kringel ist, befindet sich mein Grundstück.«

Als Jenny und Meier die Metallfabrik Lohbergs verließen, fragte die Kommissarin den Kollegen: »Wie weit ist es denn nach Biesenthal?«

»Ich schätze 30, höchstens 35 Kilometer.« Meier wählte die Nummer von Lohbergs Chauffeur.

»Ja, Charlie hier«, meldete sich der junge Mann.

»Meier, LKA Berlin. Können wir uns irgendwo treffen?«
»Warum?«

»Wir haben gerade mit Uwe Lohberg gesprochen und würden gerne etwas klären.«

»Und das geht nicht am Telefon?«

»Nein!«

»Und warum nicht?«

»Weil ich dann nicht sehen kann, ob einer lügt.«

Der Mann am anderen Ende der Leitung lachte. »Ich bin jetzt am S-Bahnhof in Adlershof. Da kommen Sie ja auf der Rückfahrt vorbei.«

»Fahren Sie mit der S-Bahn? Sie haben doch das Auto von …«

Charlie unterbrach: »Kurzer Stopp! Hier gibt's 'ne tolle Thüringer Bratwurst!«

»Lassen Sie zwei übrig. Wir sind in zehn Minuten da.« Meier legte auf.

Charlie Grüneberg lehnte an einem Stehtisch nahe dem Eingang zum S-Bahnhof. Der Geländewagen seines Chefs stand nur wenige Meter entfernt im Halteverbot. Meier parkte dicht daneben. »Jeden Tag ein neuer Imbissstand«, sagte er zu Jenny und stapfte auf den jungen Mann zu, der eben eine Bierflasche an den Mund hob. »Prost!«, sagte Meier.

»Alkoholfrei.« Der junge Mann deutete auf das Etikett. »Ihre Bratwürste sind schon vorbereitet.«

Meier ging zu dem Imbissstand. »Heute bin ich dran«, rief er Jenny Kreuters zu. »Für dich auch ein Bier?«

»Ne, Mineralwasser mit!« Sie stellte sich zu Grüneberg, wartete aber, bis ihr Kollege wieder da war. Der eröffnete dann auch das Gespräch.

»Sie haben also vorgestern Ihren Chef nach Biesenthal gefahren?«

»Stimmt.«

»Und danach?«

»Bin ich in die Stadt zurück. Ich sollte ihn gegen Abend wieder abholen, mich aber bereithalten, falls er es sich anders überlegt. Solange konnte ich machen, was ich wollte. Er kann 'n großzügiger Chef sein – wenn er will.«

»Und was haben Sie gemacht?«, fragte Jenny Kreuters.

Charlie zog sein rechtes Augenlid mit der Kuppe seines Zeigefingers nach unten. »Na, wenn man schon mal so 'ne Karre zur freien Verfügung hat …!«

Meier nickte: »Da kann man jeder Puppe imponieren, wa?«

»Nicht nur«, Charlie lachte. »Neulich hat 'n Kumpel von mir, kommt aus Mali in Afrika, ist aber schon 'ne ganze Weile hier, also der hat sich von mir vor dem Auto«, er zeigte zu Lohbergs Geländewagen hinüber, »fotografieren lassen, meine Freundin auf der anderen Seite des Kühlers. Und das vor so 'ner kleinen Villa in Köpenick. Das Foto hat er seiner Familie geschickt und hinten drauf geschrieben: Meine Freundin, mein Auto, mein Haus.«

»Das glaubste doch nicht!«, empörte sich Meier.

»Ja denkste, dem seine Familie glaubt das?« Charlie Grüneberg vertilgte sein letztes Stückchen Wurst.

»Ihr Chef hat Sie aber am Sonnabend nicht gerufen?«, wollte Jenny wissen.

»Ne, ich war pünktlich 18.00 Uhr wieder da. Er hat den ganzen Tag geangelt.«

»Hat er was gefangen?«

»Weeß ick nich. Gezeigt hat er's mir nicht.«

»Macht er das sonst?«, fragte Jenny.

»Mal ja, mal nein. Er war in 'ner ganz miesen Stimmung. Da redet er dann nicht mit mir oder schnauzt mich nur an.«

»Wie lange fahren Sie von Biesenthal in die Stadt?«

»Bei ruhigem Verkehr 40 Minuten. Kann aber auch mal zwei Stunden gehen. War's das?«

Meier ging nicht darauf ein. »Haben Sie denn mal Lukas Abendroth kennengelernt?«

»Den Maler? – Hören Sie bloß uff mit dem. Mein Chef hat mich ein paar Mal an den ausgeliehen.«

»Und?«

»Der hat mich rumkommandiert, als ob ich sein Sklave wäre. Ein eingebildeter Laffe. Ich hab zu Lohberg gesagt, wenn ich noch mal für den fahren muss, kündige ich. Wissen Se, ick bin viel jewöhnt. Mach ja bei Lohberg das Mädchen für allet. Aber es gibt Grenzen. Und als der Arsch mir auch noch an die Wäsche gegangen ist …«

»Was denn? Ehrlich?«

»Wenn ick et Ihnen sage! Ich hab ihm eine gescheuert. Er hat sofort zurückgeschlagen. Ist 'ne richtige Keilerei geworden. Aber ich mit die bessere Kondition. Wie er dann am Boden lag, bin ich weggefahren.«

»Und Ihr Chef hat Ihnen daraufhin nicht gekündigt?«

»Das war zum Glück genau die Zeit, wo der Abendroth angefangen hat, die Alte vom … also die Frau vom Chef …« Charlie machte eine obszöne Geste, indem er beide Fäuste in schnellem Rhythmus aufeinander schlug. »Lohberg hat zu mir gesagt: Kannste jederzeit wieder machen, Charlie.«

»Und? Haben Sie's noch mal gemacht?«

»Die Gelegenheit hat sich nicht mehr ergeben.« Grüneberg nahm seinen Pappteller und brachte ihn zum Mülleimer. Als er zurückkam, sagte er noch: »Wenn Sie den Mörder haben, sagen Sie ihm einen schönen Gruß. Ich bin auf seiner Seite!« Damit stieg er in den Geländewagen, startete den Motor und ließ ihn ein paar Mal aufheulen, bevor er mit quietschenden Reifen vom Platz fuhr.

»Und wenn nun sein Chef zu ihm gesagt hat: Bring den Maler um, egal, was es kostet?«, fragte Jenny.

»Es jibt nischt, was et nich jibt«, gab ihr Kollege zurück, »aber ick jloobe, dit jibt et nich!«

»Kaum berlinert einer, musst du auch damit anfangen.«

»Manchmal muss man zeigen, wo man herkommt.« Meier trank sein Bier aus und machte sich auf den Weg zum Dienstwagen. Jenny brachte die Flaschen zum Kiosk. Dann folgte sie dem Kollegen.

Peter Heiland war, nachdem er Hanna zu Hause abgeliefert hatte, nicht ins Büro gefahren. Es war ein spontaner Entschluss gewesen, noch einmal in die Gegend zurückzukehren, aus der sie gerade gekommen waren. Diesmal allerdings nach Hellersdorf, dem Nachbarbezirk Marzahns. Es war nicht schwierig gewesen, die Anschrift der Familie Nemtschow herauszufinden. Jetzt stand er vor einem grauen Hochhaus und studierte die Schilder an vier parallelen Klingelleisten. Viermal 16 Namen, von denen die wenigsten deutsch klangen. Nemtschow stand ganz rechts. 15. Stock. Peter Heiland wartete. Er würde nicht hier klingeln. Die Gefahr war zu groß, dass man ihn gar nicht ins Haus ließ, wenn er sich über die

Gegensprechanlage meldete. Ein kleines Mädchen fuhr auf einem Dreirad heran. »Zu wem willst du denn?«

»Zur Familie Nemtschow.«

»Kenn ich nicht!« Das Kind, Peter schätzte es auf fünf Jahre, nahm einen hölzernen Rührlöffel, der an einer Schnur um seinen Hals hing, und drückte damit auf eine Klingel ziemlich weit oben. Mit der Hand wäre es nicht herangekommen.

»Das machst du aber geschickt.« Peter Heiland hielt dem Mädchen die Tür auf.

»Ich soll nicht mit fremden Männern reden«, sagte das Mädchen ernst.

»Stimmt! Da hat deine Mama ganz recht.«

»Hat aber mein Papa gesagt. Meine Mama ist weg.«

Peter wusste nicht, was er darauf sagen sollte. Das Kind stellte das Dreirad in die Ecke zwischen Kinderroller, Kinderwagen und andere Dreiräder und ging zum Aufzug. Peter folgte: »Ich nehme den anderen Aufzug.«

»Gut«, sagte das Kind.

»Ist denn dein Papa jetzt zu Hause?«

»Ja. Er arbeitet Schicht!« Die Aufzugtür ging auf, das Mädchen stieg ein. Die Tür schloss sich. Sekunden später klingelte der Nachbaraufzug, und Peter Heiland fuhr hinauf in den 15. Stock.

Eine graue Tür mit einem Spion in Augenhöhe. Der Kommissar klingelte. Er hörte Schritte und die Stimme eines Mannes, der offenbar in die Gegensprechanlage redete. »Ja bitte?« Peter klopfte gegen das Holz der Tür und hielt gleichzeitig seinen Ausweis vor den Spion. Die Tür öffnete sich einen Spaltbreit. »Was ist?« Der Kommissar sah die Hälfte eines unrasierten Gesichts. »Heiland mein Name. Ich bin Hauptkommissar beim Landeskriminalamt und muss Sie sprechen.«

»Warum?«

»Das sage ich Ihnen, wenn Sie mich reinlassen.«

»Ich nix mit Polizei.«

Von drin hörte Peter eine weibliche Stimme etwas auf Russisch rufen. Der Mann an der Tür antwortete in der gleichen Sprache, erhielt noch einmal Antwort und öffnete schließlich die Tür.

Durch einen schmalen Korridor ging es in ein Wohnzimmer, das im Wesentlichen aus einer riesigen Polstergarnitur und zwei ausladenden Sesseln bestand. Der Sitzlandschaft gegenüber stand ein großer Fernsehapparat, auf dem ein russisches Programm lief. Der Mann war fast so groß wie Peter Heiland und sehr dünn. Seine Frau war das ganze Gegenteil. Sie saß auf der Couch, und ihr massiger Körper schien auseinanderzufließen. Der Bauch ruhte auf den Oberschenkeln. Sie trug ein Kopftuch und einen grauen Trainingsanzug. Peter nickte ihr zu.

»Bitte setzen. Soll ich machen Tee?«, fragte die Frau.

Peter Heiland setzte sich in einen Sessel. »Nein, vielen Dank. Ist Ihre Tochter Tatjana da?«

»Nein. In Ballettschule.«

Peter Heiland hätte jetzt sagen können, dass sie dort schon vor Stunden weggegangen sei, hielt es aber für besser, dies erst mal für sich zu behalten. Stattdessen sagte er. »Am Samstag ist der Maler Lukas Abendroth gestorben. Wissen Sie Bescheid darüber?«

»Tatjana hat erzählt.«

»Haben Sie Herrn Abendroth gekannt?«

Die beiden sahen sich an, so als ob jeder vom anderen

erwartete, dass er entscheiden sollte, was sie antworten wollten. Schließlich nickte die Frau.

»Er hat Ihre Tochter gemalt.«

Auf Peter Heilands Fragen antwortete nur der Mann. »Er viele hat gemalt.«

»Aber keine so oft wie Tatjana.«

»Weiß nicht.«

»Ich habe gehört, er hat Sie finanziell unterstützt.«

»Wer sagt?«

»Frau Nikolajewa.«

»Sie mit ihr gesprochen?«

Peter nickte nur.

Frau Nemtschow sagte. »Nikolajewa gut Frau!«

»Wie geht es Ihnen hier in Deutschland?«

»Wir sind deutsch«, sagte der Mann. »Ich haben Arbeit.« Er deutete auf seine Brust: »Ich gelernte Schlosser. Nur seit eine Woche bin krank.«

»Wo arbeiten Sie denn?«

»Grünau – weiter Weg!«

»Bei Uwe Lohberg etwa?«

»Ja!« Herr Nemtschow sah Peter überrascht an.

»Hat Herr Abendroth Ihnen den Job vermittelt?«

»Woher wissen Sie?«

»Nun, Lohberg und Abendroth sind … nein, sie waren einmal sehr gute Freunde. Wie lange sind Sie denn schon in der Firma?«

»Ein und halbes Jahr.«

»Ja, da waren die beiden noch nicht zerstritten, glaube ich.«

»Zerstritten?« Die Frau hatte das Wort nicht verstanden. Ihr Mann übersetzte es ins Russische.

»Ah!«, machte Frau Nemtschow.

»Hat Ihre Tochter Tatjana Herrn Abendroth oft getroffen?«

»Nein, nicht oft. Nur manchmal«, antwortete der Hausherr.

»Wie oft etwa?«

»Weiß nicht. Aber geht Sie nichts an.« Nemtschows Gesicht verfinsterte sich. Der hagere Mann stand noch immer zwischen der Tür und der Wohnlandschaft, mit hängenden Armen und leicht gekrümmtem Rücken. Sein hohlwangiges Gesicht war fast schwarz, er schien sich seit längerer Zeit nicht rasiert zu haben. Eine feuchte Locke hing in seine Stirn. Jetzt zeigte er mit ausgestrecktem Arm auf die Tür. »Sie können wieder gehen.«

»Eine Frage noch. Ihr Sohn Boris …?«

»Boris nicht da.«

»Er hat Schwierigkeiten, habe ich gehört.«

»Wir immer nur Schwierigkeiten. Wir deutsch, aber Menschen uns verachten, weil Russen. Sind keine Russen. Mein Ururgroßvater ist gekommen aus Schwaben damals nach Russland.«

Peter lächelte. »Ich komme auch aus Schwaben.«

»Das was ganz anderes«, sagte Nemtschow finster.

»Gebe ich gerne zu.« Heiland deutete auf den Flachbildschirm. »Sie schauen nur das russische Programm?«

»Ja, weil ist dort Wahrheit, nicht Lüge.«

Peter ging nicht darauf ein. »Wo finde ich denn Ihren Sohn Boris?«

»Er wohnt jetzt bei Freund. Wissen nicht, wo.«

Peter sah zu dem Fernseher hin. »Ja, das ist so eine Sache mit der Wahrheit und der Lüge«, sagte er mehr zu sich selbst als zu dem Ehepaar. Er hatte Mühe, aus der Tiefe des Sessels hochzukommen. »Eins muss ich Sie noch fragen: Wo waren Sie am Samstag zwischen zehn und zwölf Uhr?«

»Hier zu Hause«, sagte die Frau schnell.

»Beide?«

»Ja, wir beide.«

»Das war's dann erst einmal. Ich denke, wir sprechen uns noch.«

»Nein. Das wird nicht nötig sein, ich habe alles gesagt.« Nemtschow ging voraus zur Wohnungstür. Peter wusste nicht, ob es angebracht war, der Frau des Hauses die Hand zu geben. Deshalb deutete er nur eine Verbeugung an und sagte: »Alles Gute, Frau Nemtschow.«

Zum ersten Mal lächelte sie. »Danke!«

Peter Heiland sah noch einmal an der tristen, grauen Fassade des Plattenbaus hinauf. Wie viele Menschen mochten in diesem Kasten leben. Wenn man die 48 Klingeln mit vier Personen multiplizierte, kam man auf 192. Er drehte sich um und stolperte über einen Kinderroller. Nur mit Mühe schaffte er es, sein Gleichgewicht nicht zu verlieren. Er sah sich rasch um, ob ihn jemand beobachtet hatte. Aber der Platz zwischen den Hochhäusern war menschenleer.

Eine Stunde später stand Peter Heiland vor dem Flipchart, den er in einer Ecke des Gemeinschaftsbüros der Kommissare aufgestellt hatte. Nacheinander schrieb er mit einem Bordmarker Namen auf das weiße Papier und kommentierte sie zugleich: »Lukas Abendroth.« Hinter dessen Namen machte er ein Kreuz. »Das Mordopfer. Seine Frau Jacqueline, beziehungsweise nunmehr Witwe, selbst Künstlerin und vernachlässigte Ehefrau. Uwe Lohberg, Unternehmer mit finanziellen Problemen, Kunstliebhaber, Sammler, eine Zeit lang engster Freund Abendroths. Lohbergs Frau Miriam, frühere Geliebte Abendroths und von ihm schrecklich gedemütigt. Tillmann Winkler, enttäuschter ehemaliger Geliebter Abendroths, aber noch immer anhänglich wie ein Hund. Sibylle Teichmann, Galeristin, für die Abendroth ihr bestes Pferd im Stall war. Olga Nikolajewa, einstige Ballettmeisterin aus Russland mit eigener Ballettschule. Sie war verliebt in den Maler, wurde aber nicht gegengeliebt und litt darunter. Möglich, dass er sie finanziell unterstützt hat. Tatjana Nemtschow, ungefähr 16 Jahre alt. Lieblingsmodell Abendroths, Tochter russischer Aussiedler. Sie hat einen Bruder, Boris, der offenbar kriminell geworden ist.«

Die Kommissare waren sich schnell darin einig, dass Uwe Lohberg das stärkste Motiv gehabt hätte, Abendroth umzubringen. Aber er hatte ein Alibi, das freilich noch zu überprüfen war. In diesem Fall musste man auch Charlie Grüneberg, Lohbergs Mädchen für alles, mit einbeziehen. Meier zeigte die Google-Earth-Aufnahme von Lohbergs Grundstück.

Finkbeiner meldete sich. »Frau Lohberg arbeitet an einem Gemälde von genau dieser Gegend, wenn ich mich nicht täusche.«

»Na ja, sie wird oft genug mit dort draußen gewesen sein. Früher, meine ich.«

»Hätte der Lohberg einen aufgebogenen Kleiderbügel benützt?«, fragte Meier dazwischen. »In seiner Fabrik liegen doch Drähte in allen Stärken herum, da hätte er doch nur einen davon einstecken müssen.«

»Und woher sollte er wissen, dass Abendroth mitten am Vormittag in seine Klause geht, um eine Linie Koks zu ziehen?«, fragte Jenny.

»Niemand kannte Abendroths Gewohnheiten wahrscheinlich so gut wie Uwe Lohberg«, sagte Peter Heiland.

»Außer Sibylle Teichmann, seiner Galeristin, vielleicht«, warf Meier ein.

»Die hat nun aber überhaupt kein Motiv, so lange Abendroth ihr als Galeristin treu war.«

»Und? War er das?«, fragte Finkbeiner überraschend.

»Was meinst du?«

»Nur mal angenommen, Abendroth wollte die Galerie wechseln …«

»Wie kommst du denn darauf?«

»Jacqueline Abendroth hat so etwas angedeutet.«

»Und das sagst du jetzt erst?«, empörte sich Meier.

»Wie gesagt, sie hat es nur vage angedeutet. Sie hat gesagt, die Teichmann sei in letzter Zeit Abendroth gegenüber regelrecht devot gewesen, weil sie sich wahnsinnig davor gefürchtet habe, dass er die Galerie wechseln könnte.«

»Dem müssen wir nachgehen«, sagte Peter Heiland.

»*Ich* rede nicht mehr mit der!«, knurrte Finkbeiner.

»Ist vielleicht auch besser so, obwohl, wenn es nicht anders ginge, müsstest auch du in den sauren Apfel beißen.«

»Gut, wenn es sein muss.«

»Nein, lass mal. Ich übernehme das. Und ich fahre

morgen auch noch mal nach Marzahn in die Ballettschule. Irgendwie müssen wir diese Tatjana zu fassen kriegen.« Er sah auf die Uhr. »Schluss für heute!«

Es war kurz nach 19.00 Uhr, als sie das Landeskriminalamt verließen.

*

»Könnte es denn sein, dass Abendroth diese Tatjana zu seiner Lolita gemacht hat und deren Eltern mitgespielt haben?«, fragte Hanna am Abend.

»Kann ich mir nicht vorstellen«, antwortete Peter, während er seinen Sohn Heinrich, der fröhlich strampelnd auf den Knien des Vaters saß, mit püriertem Spinat aus einem Glas fütterte. »Nur noch drei Löffelchen. Einen für Opa Henry, einen für Mama ...« Brav schluckte der kleine Heinrich den grünen Brei. Doch als Peter sagte: »Und jetzt noch einen für Papa«, ließ sich das Kind zwar den Löffel in den Mund schieben, doch als Peter ihn wieder herauszog, prustete das Baby los. Eine Fontäne aus grünem Spinat schoss hervor und breitete sich auf Peters weißem Hemd aus.

Hanna lachte. »Ich hab doch gesagt, du solltest dir auch einen Schlabberlatz umbinden.« Sie nahm das Kind hoch und setzte es auf dem Boden ab.

Erst als Heinrich schlief und die Eltern auf dem Balkon saßen – zum ersten Mal in diesem Jahr war es so warm, dass man sich am Abend draußen aufhalten konnte –, kam Hanna auf das Thema zurück. »So, wie die Mädchen in dem Eiscafé über diese Tatjana und den Maler geredet haben, muss man davon ausgehen, dass es mehr als nur eine Vater-Tochter-Beziehung war.«

»Na ja, was Mädchen in diesem Alter sich so ausdenken.« Peter erinnerte sich an einen seiner letzten Fälle: Zwei Mädchen hatten einen Lehrer angezeigt, weil er sie zu sexuellen Handlungen genötigt habe. Der Pädagoge verlor seinen Job, und als die beiden Girls zugaben, sie hätten sich das alles nur ausgedacht, war es schon zu spät. Der Mann hatte mit der Welt gebrochen, eine Kneipe aufgemacht, in der vor allem Jugendliche verkehrten, die er in ihren kriminellen und halbkriminellen Handlungen gewähren ließ, wenn er sie nicht gar unterstützte.[*]

Peter Heiland goss einen schweren Rotwein in zwei Gläser. Sie kosteten. »Mehr als ein Glas kann ich davon nicht trinken«, sagte Hanna.

»Geht mir genauso«, antwortete Peter und kam dann auf das Thema zurück. »Die Bilder, die Abendroth von Tatjana Nemtschow gemacht hat, zeigen sie als verführerische junge Frau. Manche haben einen starken pornografischen Reiz.«

»Auf jeden Fall waren die Mädchen im Eiscafé ganz schön eifersüchtig auf die Sonderstellung Tatjanas«, sagte Hanna. »Ich hab mich an meine Zeit im Gymnasium erinnert gefühlt, als wir alle für einen Deutschlehrer geschwärmt haben. Er war so um die 40, ein wunderschöner Mann mit einer Stimme, die uns alle verzaubert hat. Dieser Lehrer hat auch die Schultheateraufführungen geleitet. Wir wollten alle dabei sein, und jede wollte natürlich eine möglichst bedeutende Rolle spielen.«

---

[*] Felix Huby: HEILAND

»Da könnt' ich ja heute noch eifersüchtig werden«, sagte Peter.

»Ja, wär gar nicht so schlecht! – Übrigens, hat nicht der französische Präsident seine Lehrerin geheiratet, die 24 Jahre älter ist als er?«

»Doch. Und die Ehe hat sogar gehalten. Ich glaube aber nicht, dass Abendroth Tatjana Nemtschow geheiratet hätte.«

Hanna nahm einen Schluck aus ihrem Rotweinglas. »Ich würde gerne mal mit ihr reden.«

Peters Miene verfinsterte sich, sodass seine Frau schnell hinzufügte: »Ich *würde* gerne, habe ich gesagt. Aber ich weiß ja, dass es nicht geht. Es sei denn, ich würde mal ganz zufällig auf sie treffen.«

»Und du bist imstande, so einen Zufall herbeizuführen. Jetzt warte halt, bis du wieder im Dienst bist.«

»Gut. Dann lass uns über was anderes reden.« Das taten sie dann auch. Sie begannen, Urlaubspläne für den Herbst zu machen, und die Vorstellung davon, wie sie ganz weit weg von Berlin, in einem wunderbaren Licht, am Strand eines sanften Meeres in den Dünen liegen würden, animierte sie so sehr, dass sie ganz bald ins Bett gingen, um einen kleinen Vorgeschmack auf diese verwunschenen Tage zu genießen.

Am gleichen Abend hatte Carl Finkbeiner einen überraschenden Anruf bekommen. »Hier ist Jacqueline Abendroth. Ich bin auf der Suche nach einem Menschen, der noch ein Glas Rotwein mit mir trinkt.«

»Und da bin ich Ihnen eingefallen?«

»Ja, genau.«

»Nachdem Sie wie viele andere vorher gefragt haben?«

Jacqueline Abendroth lachte. »Sie waren tatsächlich der Erste.«

Finkbeiner schwieg. Er erinnerte sich an die obligatorische Warnung: Halten Sie sich privat fern von Verdächtigen und Zeugen.

»Hallo, sind Sie noch da?«, rief Frau Abendroth.

»Tja, ich weiß nicht. Wir sind mitten in den Ermittlungen, außerdienstlich …« Er wusste nicht, wie er fortfahren sollte.

»Ach, ich verstehe. Ich wollte Sie keinesfalls in Schwierigkeiten bringen.«

»Tja«, machte Finkbeiner noch einmal.

»Dann vielleicht später einmal, wenn der ganze Spuk vorbei ist.«

»Ja. Ich danke für Ihr Verständnis. Schönen Abend noch.« Finkbeiner legte auf und ärgerte sich. Was war das für ein hölzerner Satz gewesen *Ich danke für Ihr Verständnis*. Wütend schüttelte er den Kopf, ging in die Küche und öffnete eine Flasche Trollinger. Aber er trank dann nicht davon.

4. KAPITEL

Peter Heiland hatte gehört, wie Olga Nikolajewa tags zuvor zu Sophie und Tatjana gesagt hatte: »Schluss für heute. Wir machen das morgen noch mal. Pünktlich 14.00 Uhr, ja?!« Er war schon gegen 13.00 Uhr losgefahren und erreichte dennoch nur wenige Minuten vor 14.00 Uhr das ehemalige Ladenlokal, in dem jetzt Frau Nikolajewas Ballettschule untergebracht war. Nun war er schon sechs Jahre in Berlin, aber an die Größe und Weitläufigkeit der Stadt hatte er sich noch immer nicht gewöhnt. Dass man von einem Ort zu einem anderen innerhalb Berlins mit dem Auto bis zu zwei Stunden brauchen konnte, war jedes Mal wieder eine Überraschung für ihn.

Um diese Tageszeit gab es genügend Parkplätze in der Straße. Er stellte den Wagen so ab, dass er den Eingang gut im Blick hatte. Im Radio lief eine Sendung von Radio Kultur. Ein Kritiker sprach über ein Sinfoniekonzert, das am Vorabend in der Philharmonie stattgefunden hatte. Kirill Petrenko hatte Beethovens Fünfte und Tschaikowskis Klavierkonzert dirigiert. Solist am Piano war Daniel Barenboim gewesen. Seitdem er in der Stadt war, hatte Peter Heiland sich vorgenommen, einmal in ein Konzert in der Philharmonie, diesem wunderbaren Bau von Hans Scharoun, zu gehen. Aber der bekennende Liebhaber klassischer Musik hatte es immer noch nicht geschafft. Dem Radiokritiker waren die Darbietungen offenbar zu routiniert vorgekommen. Peter fragte sich, ob das ein normaler Zuhörer wohl auch bemerkt hätte.

Ein Moped fuhr knatternd dicht an seinem Wagen vorbei und stoppte vor Olga Nikolajewas Ballettschule. Peter erkannte auf dem Soziussitz Tatjana Nemtschow. Der Fahrer, der jetzt den Helm abnahm, bockte seine Maschine auf, ließ den Motor aber weiterlaufen. Er hielt das Mädchen an beiden Händen fest. Aber Tatjana wollte sich aus dem Griff befreien. Sie schrie den jungen Mann an. Peter stieg aus dem Auto und näherte sich den beiden unbemerkt. Aber was er hörte, war Russisch. Er konnte lediglich feststellen, dass offenbar beide sehr erregt waren. Endlich gelang es Tatjana, sich loszureißen. Sie rannte auf die Ballettschule zu, wandte sich an der Tür noch mal um. Und jetzt schrie sie auf Deutsch: »Ich hab dir schon 100 Mal gesagt: Das geht dich gar nichts an!« Dann verschwand sie hinter der Eingangstür. Im gleichen Moment erreichte Peter Heiland den jungen Mann. »Boris Nemtschow?«

»Ja?«

»Ich bin Peter Heiland vom Landeskriminalamt.«

Der Junge schwang sich auf sein Moped, gab Gas und raste davon. Sein Motorradhelm fiel zu Boden und kullerte den Rinnstein entlang.

»Warten Sie doch!« Aber der Mopedfahrer hörte Peter Heiland schon nicht mehr. Der Kommissar bückte sich und hob den Helm auf. Langsam ging er zu seinem Auto zurück und warf den Helm auf den Rücksitz seines Dienstwagens. Ein paar Augenblicke stand er unentschlossen neben dem Auto. Schließlich stieg er ein. Die Tanzprobe würde bestimmt zwei Stunden dauern. Die Zeit dazwischen konnte er nutzen. Er fuhr in die Auguststraße und betrat eine gute halbe Stunde später die Galerie Teichmann.

In dem hohen Ausstellungsraum saß Tillmann Winkler an einem schmalen Schreibtisch und tütete Briefe ein. Er sah nur kurz auf, als der Kommissar hereinkam. »Ich suche Frau Teichmann«, sagte Peter Heiland.

»Sie kommt erst gegen Abend wieder«, antwortete der Assistent.

»Und wo ist sie?«

»Weiß ich nicht, und ich glaube auch nicht, dass ich Ihnen das sagen dürfte, wenn ich's wüsste.«

Peter trat dicht an den Tisch heran und nahm einen der Briefe hoch. Es war die Einladung für die Eröffnung der Ausstellung »Die Elevinnen« für den nächsten Sonntag. Angekündigt wurde auch die Ballettaufführung, die den gleichen Titel trug.

»Wie viele Besucher erwarten Sie denn?«, fragte Heiland.

Winkler hob die Schultern. »Das weiß man nie genau, es ist ja so viel los in der Stadt. Aber ich denke, aufgrund der Ereignisse ...« Er unterbrach sich.

»Ja?«

»100 bis 150 dürften es schon werden.«

»Ist es denn eine Verkaufsausstellung?«

»Sollte es ursprünglich nicht sein. Aber jetzt ...«, wieder sprach Tillmann Winkler nicht weiter.

»Gibt es eine Preisliste?«

»Ist in Arbeit.« Die ganze Zeit hatte Winkler weiter Briefe eingetütet, und er hatte geantwortet, ohne aufzusehen.

Peter Heiland beugte sich vor und stützte sich mit durchgedrückten Armen auf den Tisch. Winkler sah auf und wich ein wenig zurück. »Abendroth und Tatjana Nemtschow …?«

»Bitte?«

»Was war zwischen den beiden?«

»Das fragen Sie mich?«

»Sehen Sie sonst jemanden hier?«

»Ich sagte schon …«

Peter Heiland unterbrach ihn. »Ich glaube nicht daran, dass es eine Art Vater-Tochter-Beziehung war, Herr Winkler!«

Der Assistent stand auf. »Lassen Sie es mich so sagen: Für Lukas gab es keine Tabus!«

»Er hatte also Sex mit dem Mädchen?«

Tillmann Winkler machte ein paar Schritte in den Raum hinein und blieb vor dem Bild stehen, das Tatjana zeigte, auf der Spitze des linken Fußes stehend und das rechte Bein über eine Stuhllehne gelegt. »Sie wissen, dass ich in dem Haus wohne, wo Lukas sein Atelier hat … hatte.«

»Ja, das haben Sie meinen Kollegen gesagt.«

»Ich habe einen Schlüssel zu den unteren Stockwerken. Und … – na ja – ich … ich wurde einmal Zeuge … also ich kam einmal spät abends … ach was …« Plötzlich brach es aus ihm heraus: »Die beiden haben gevögelt wie die Verrückten. Es war widerlich, abstoßend … und sie hat immer nur geschrien: Ja! Ja! Gib's mir! Mehr! Mehr!

Diese Teufelin hatte ihn total in der Hand. Lukas! Das müssen Sie sich vorstellen. Und dann diese Göre. Noch keine 16 und schon so verdorben.«

»Jetzt kriegen Sie sich mal wieder ein«, sagte Peter Heiland sachlich.

Aber Winkler schien ihn nicht zu hören. Er rannte zu dem Schreibtisch zurück, griff sich einen Briefbeschwerer und holte aus. Wäre ihm Peter Heiland nicht in den Arm gefallen, er hätte die kleine Plastik aus Marmor mit voller Wucht in das Bild geworfen.

Der Briefbeschwerer polterte zu Boden. Tillmann Winkler stand mit hängenden Armen da und begann zu schluchzen.

Peter Heiland hob den Briefbeschwerer auf und stellte ihn auf den Schreibtisch zurück.

»Wann war das?«, fragte der Kommissar.

Winkler wischte sich die Tränen mit dem Handrücken aus dem Gesicht. »Es ist noch keine vier Wochen her.«

»Aber da war doch Ihre Beziehung zu Abendroth längst beendet.«

»Von meiner Seite aus war die nie beendet.«

Heiland fiel wieder ein, was Olga Nikolajewa gesagt hatte, und er zitierte es laut: »Wissen Sie, wann die Liebe am schwersten ist? Wenn man liebt und nicht wiedergeliebt wird und weiß, dass sich daran auch nie etwas ändert.«

Winkler sah auf. Seine Tränen hatten sich mit der schwarzen Tusche vermischt, mit der er offenbar seine Wimpern verschönte.

»Ja. Sie haben recht.«

»Das stammt nicht von mir, sondern von Olga Nikolajewa«, sagte Peter Heiland.

»Sie hätte es verhindern können.«

»Was hätte sie verhindern können?«

»Das mit dem Mädchen und Lukas.«

»Das glaube ich nicht.«

»Sie ist sonst so eine strenge Lehrerin.«

»Mag sein. Sie war selbst in Abendroth verliebt. Aber
er hat sich nicht für sie interessiert. Ihm galten nämlich diese Sätze über die unerwiderte Liebe. Und Tatjana,
fürchte ich, ist eine junge Frau, die sich von niemandem
etwas vorschreiben lässt.«

Gegen 16.00 Uhr parkte Peter Heiland sein Auto wieder
vor der Ballettschule. Er stieg aus und warf einen Blick
durch eines der Fenster im Erdgeschoss. Es schien, als
verabschiede sich die Lehrerin gerade von Sophie und
Tatjana. Heiland ging ein paar Schritte die Straße hinunter und stellte sich hinter einen Lieferwagen, der dort
schon seit sehr langer Zeit geparkt sein musste. Fenster und Karosserie waren über und über mit gelbem
Staub bedeckt. Es war die Zeit, in der der Blütenstaub
der Rapsfelder rund um Berlin vom Wind übers Land
getragen wurde. Und die Kiefernsamen aus dem Grune-
wald gesellten sich dazu. Wenn es länger nicht regnete,
überzog rasch eine dichte, gelbliche Schicht die ganze
Stadt. Inzwischen war zwar ein paar Mal ein Regen nie-
dergegangen, aber er hatte wohl nicht gereicht, um den
Schmutz von dem Lieferwagen abzuwaschen.

Die Tür zur Ballettschule schwang auf. Die beiden
Mädchen kamen heraus, unterhielten sich noch kurz,

verabschiedeten sich und gingen in verschiedene Richtungen davon. Tatjana kam direkt auf Peter Heiland zu. Als sie den Lieferwagen erreichte, trat er dahinter hervor. »Hallo, Tatjana.«

Sie starrte ihn an. »Was wollen Sie von mir?«

»Du weißt doch, wer ich bin.«

Sie nickte. »Der Polizist.«

»Genau. Ich muss mit dir reden.«

»Ich will nicht!« Sie warf den Kopf in den Nacken und ging schnell weiter.

Heiland blieb neben ihr. »Ich kann dich auch vorladen. Dann musst du zu uns ins LKA kommen und dort aussagen.«

»Warum?«

»Weil du möglicherweise eine wichtige Zeugin bist. – Aber das können wir dir ersparen. Ich fahr dich nach Hause, und unterwegs unterhalten wir uns.«

Tatjana blieb stehen und überlegte einen Moment. »Na gut«, sagte sie, »von mir aus!«

Peter Heiland ließ den Motor an, fuhr aber nicht gleich los.

»Wissen Sie denn, wo ich wohne?«, fragte die Tänzerin.

»Ja. Ich habe gestern deine Eltern besucht, haben sie das nicht erzählt?«

Tatjana schüttelte den Kopf. »Wir reden zurzeit nicht viel miteinander.«

»Und mit deinem Bruder?«

»Den sehe ich ja kaum.«

Heiland schenkte es sich zu sagen, dass er die beiden erst vor zweieinhalb Stunden zusammen beobachtet hatte. Er legte den ersten Gang ein und fuhr langsam los. »Ist es sehr schlimm für dich, dass Lukas Abendroth gestorben ist?«

»Nein, warum?«

»Ich habe gehört, dass ihr euch besonders nahe gestanden hättet.«

»Nein!«

»Nein?«

»Nein«, bekräftigte das Mädchen noch mal.

»Aber er hat dich viel häufiger fotografiert und gemalt als alle anderen Mädchen.«

»Ich bin eben ein gutes Modell.«

»Und mehr warst du nicht für ihn?«

»Nein.«

»Na ja, immerhin hat er deine Familie finanziell unterstützt.«

»Wer sagt das?«

»Es steht in unseren Protokollen. Da steht auch, dass er deinem Bruder einen Anwalt bezahlt hat, als der in Schwierigkeiten geraten ist.«

»Kann sein. Ich hab keine Ahnung!« Tatjana starrte noch immer nach vorne. Sie hatte dem Kommissar noch kein Mal das Gesicht zugewandt.

»Und deinem Vater hat er den Job bei Lohberg verschafft.«

»Was Sie alles wissen.«

Langsam begann sich Heiland über Tatjana zu ärgern. »Ich habe Abendroth leider nie kennengelernt, aber nach allem, was ich über ihn weiß, war er nicht der Mann, der etwas gegeben hat, ohne im Gegenzug etwas dafür zu verlangen.«

»Ich verstehe nicht, was Sie meinen.«

Die Ampel vor ihnen sprang auf Rot. Heiland bremste und blieb stehen. Er entschloss sich, zum frontalen Angriff überzugehen: »Haben deine Eltern und dein Bruder gewusst, dass du mit Abendroth geschlafen hast?«

»Arschloch!« Tatjana stieß die Tür auf, sprang hinaus und rannte über den Zebrastreifen, obwohl die Fußgängerampel auf Rot gewechselt hatte und genau in diesem Moment die Autos anfuhren. Ein Kleinwagen erwischte sie. Das Mädchen stürzte auf die Straße, kam aber sofort wieder hoch und rannte weiter. Peter sprang aus dem Auto. Inzwischen floss der Verkehr wieder. Die nachfolgenden Fahrzeuge kurvten hupend um den Dienstwagen herum. Tatjana stand auf der anderen Straßenseite. Im Augenblick war es unmöglich, die Fahrbahn zu überqueren. Peter Heiland sah, dass Tatjana am Kopf blutete. »Warte!«, schrie er. Aber das Mädchen zeigte ihm den Stinkefinger, drehte sich um und verschwand in einer schmalen Seitenstraße. Peter Heiland kehrte zu seinem Wagen zurück. Das Hupkonzert und die wütenden Rufe aus offenen Autofenstern – »Blödmann!«, »Idiot!«, »Hast du sie auch noch alle?« – ignorierte er, stieg wieder ein, aber just in diesem Augenblick sprang die Ampel wieder auf Rot.

Peter Heiland wählte die Büronummer. Er erreichte Carl Finkbeiner und gab über seine Freisprechanlage einen kurzen Bericht über sein Gespräch mit Tillmann Winkler und seinen missglückten Versuch, mit Tatjana zu reden. »Es ist ganz klar, dass sie ein Liebesverhältnis mit Abendroth hatte, aber sie wird das nie zugeben.«

»Meinst du, ihre Eltern haben darüber Bescheid gewusst?«, fragte Finkbeiner.

»Keine Ahnung, aber das kriege ich alles noch raus.«
Heiland merkte, dass er noch immer wütend war.

»Was steht denn nun an?«

»Wir müssen diesen Boris Nemtschow finden. Die
Eltern behaupten, sie wüssten nicht, wo er sich rum-
treibt. Aber er hat seine Schwester zum Ballettunterricht
gebracht, also mussten die beiden in Kontakt stehen.«
Er wollte das Telefonat schon beenden, da fiel ihm noch
etwas ein: »Die Vernissage findet übrigens am Sonntag
statt. Ich denke, da sollten wir dabei sein.«

»Auf jeden Fall«, antwortete Finkbeiner. Er überlegte einen Moment, ob er Heiland von dem abendlichen
Anruf Jacqueline Abendroths erzählen sollte, schob es
aber auf, bis sie unter vier Augen darüber reden konnten.

Peter Heiland fuhr nach Hellersdorf. Er klingelte bei
der Familie Nemtschow, aber es antwortete niemand.
Danach versuchte er es bei den Nachbarn. Über die
Gegensprechanlage sagte eine Frau, dass das Ehepaar
vor etwa einer halben Stunde weggegangen sei. Wohin,
wisse sie natürlich nicht. Man spreche nicht viel miteinander in diesem Haus. Früher, zu DDR-Zeiten, sei
das ganz anders gewesen. »Da hat man sich gut gekannt
und immer gegenseitig geholfen. Aber inzwischen sind
die, die es sich leisten konnten, hier weggezogen, und
solche wie die Nemtschows und noch schlimmere sind
eingezogen.« Es machte *klack*. Die Gegensprechanlage
wurde ausgeschaltet.

Langsam schlenderte Peter Heiland zu seinem Auto
zurück. Er musste an seinen ehemaligen Chef in Stuttgart
denken, den leitenden Hauptkommissar Ernst Bienzle.

Der hätte sich jetzt irgendwo hingesetzt und gewartet. Die Kollegen hatten ihn immer mit einer Katze verglichen. »Der kann das Gefühl für die Zeit ausschalten«, hieß es. Peter Heiland hatte diese Fähigkeit nicht.

Der Platz zwischen den gleichförmigen Hochhäusern war verödet. Das Gras lag welk am Boden. Dazwischen keine Blumen oder Büsche, nur Müll: weggeworfene Coladosen, aufgerissene Stanniolverpackungen, in denen einmal Wurst oder Fleisch gewesen sein mochte, leere Pizzakartons, zusammengeschnurrte Kondome. Heiland erinnerte sich an eine Aktion in Stuttgart, die der einstige Oberbürgermeister Schuster ins Leben gerufen und der er den sinnigen Namen »Let's putz« gegeben hatte. Zwar hatten sich die Menschen darüber lustig gemacht, aber sich dann doch in großer Zahl beteiligt, sodass die Stadt nach ein paar Wochen tatsächlich weitgehend vom Straßenschmutz und dem Müll in den Anlagen gereinigt war. Heiland konnte sich nicht vorstellen, dass ein solches Unterfangen in diesem Teil Berlins viel Erfolg gehabt hätte.

»Pass doch uff, Mann!« Heiland hatte den Skater nicht gesehen. Um ein Haar wären sie zusammengeprallt. Der Rollbrettfahrer war beim Versuch, auszuweichen, von seinem Board gekippt und lag nun auf dem Rücken im Gras.

Heiland reichte ihm die Hand und zog ihn hoch. »Tut mir leid«, sagte er.

Der Junge, er war vielleicht 16 Jahre alt, spuckte dem Kommissar vor die Füße.

»War keine Absicht. Ich war in Gedanken«, versuchte es Heiland noch mal.

»Leck mich, du Arsch!« Der Skater warf sein Board wieder auf die Rollen.

Peter Heiland grinste. »Genau genommen wäre das jetzt Beamtenbeleidigung.«

»Hä?«, machte der Junge.

Heiland winkte ab. »Kennst du Boris Nemtschow?«

»Wer will das wissen?«

Heiland zog seinen Dienstausweis heraus, hielt ihn dem Skater unter die Nase und sagte: »Ich möchte das wissen.«

»Der wohnt nicht mehr hier.«

»Irgend 'ne Ahnung, wo er hingezogen ist?«

Der junge Mann hatte wohl beschlossen, dass es besser war, mit seinem Gegenüber zu reden. »Ne. Aber Dienstag und Donnerstag ist er abends beim Boxtraining.«

»Wo?«

»Bei Hardy in der Koloskistraße. Aber von mir haben Sie das nicht!«

Heiland grinste. »Ich kenn dich ja gar nicht.« Er nickte dem Skater zu und ging zu seinem Auto. Heute war Dienstag. Während er ins Auto stieg, überlegte Heiland, ob er Carl Finkbeiner oder Meier in das Boxcamp schicken sollte. Er wollte Hanna am Abend nicht alleine lassen. Heiland sah auf die Uhr. Zeit, ins Präsidium zurückzukehren.

Norbert Meier wusste Bescheid. »Hardy kenn ick. Mit ganzem Namen heißt der Eberhard Kienhorst. War mal 'n großer Hoffnungsträger, wie man so sagt. Mittelgewicht.«

Sie saßen im Zimmer der Kommissare. Draußen hatte

sich der Himmel verfinstert. Regen trommelte gegen die Fensterscheiben.

»Aber schon die ersten Erfolge sind ihm zu Kopf gestiegen«, fuhr Norbert Meier fort. »Hat den großen Maxe gemacht. Zum ersten Mal in den Knast eingefahren ist er wegen gefährlicher Körperverletzung. Weil einer nicht glauben wollte, dass Hardy der große Maxe ist, hat er ihn zusammengeschlagen. Später hatte er dann mit Falschspiel und auch mal mit Drogen zu tun. War erstaunlich, dass er immer wieder 'n Comeback hinge-kriegt hat. Aber sobald es aufwärtsging, sorgte er prompt dafür, dass er wieder abstürzte.« Meier schüttelte den Kopf. »Unbelehrbar, haben alle gedacht. Stimmte aber nicht. Irgend so 'n Gefängnispfarrer hat ihn aufs rich-tige Gleis gesetzt.«

»Und jetzt?«, fragte Jenny Kreuters.

»Kümmert er sich um Jugendliche, die – genau wie er – abgerutscht sind. Manche haben schon ihre erste Knast-erfahrung hinter sich, andere versucht er, davor zu ret-ten. Macht er zusammen mit diesem Gefängnispfarrer und ein paar freiwilligen Gutmenschen.« So wie Meier das Wort *Gutmenschen* aussprach, wurde klar, dass er keine besonderen Sympathien für solche Leute empfand.

Carl Finkbeiner meldete sich. »Ich hab da mal was drü-ber gelesen. Besser, die werden im Boxring ihre Aggres-sionen los als auf der Straße.«

»Genau das ist das Konzept.«

»Kennst du diesen Hardy persönlich?«, fragte Peter Heiland.

»Nicht besonders gut, aber ich bin ihm schon ein paar Mal begegnet.«

»Dann wäre es gut, du übernimmst das. Carl kann dich begleiten.«

Beide nickten zustimmend.

»Ich hab in meinem Auto noch den Motorradhelm von Boris Nemtschow. Den könnt ihr gleich mitnehmen.«

Jenny Kreuters sagte: »Ich wollte übrigens auftragsgemäß das Alibi von Jacqueline Abendroth nachprüfen. Die Fußpflegerin ist ein paar Tage im Urlaub.«

»Wie lange schon?«, fragte Peter Heiland.

»Erst seit dem Wochenende.«

»Und da hat sie Frau Abendroth am Samstag noch einen Termin gegeben?«

»Das lässt sich erst überprüfen, wenn sie wieder da ist.«

»Und wann ist das?«

»Am Freitag. Auf ihrer Website schreibt sie, dass sie die Samstagstermine alle einhalten könne.«

»Okay, du bleibst dran, ja?«

»Ich hatte auch nicht viel mehr Erfolg«, meldete sich Norbert Meier. »Ich hab in Biesenthal recherchiert, wo Uwe Lohberg seine Hütte hat. Aber da ist selbst an den Wochenenden fast niemand da. Um diese Jahreszeit ist verdammt wenig los dort draußen. Ich habe nur zwei alte Männer gefunden, die zwar bestätigen konnten, dass Lohberg von seinem Fahrer abgeliefert und später auch wieder abgeholt wurde. Aber was er dazwischen gemacht hat, weiß keiner genau. Einer meinte, er habe ihn mit einem Boot auf dem See gesehen. Beim Angeln. Aber ob das der Lohberg gewesen sei oder ein anderer, sei auf die Entfernung schwer zu sagen. Und ein Fernglas habe er nicht.«

»Hardys Boxcamp« war früher mal eine Autowerkstatt gewesen. Sie habe so einem Schrauber gehört, der alle Fahrzeuge repariert habe, besser, billiger und schneller als jede Vertragswerkstatt. Warum der plötzlich aufgehört habe, wisse er auch nicht. Vielleicht sei ja auch an dem Gerücht was dran, dass er gestohlene Autos umfrisiert und nach Polen vertickt habe. Jedenfalls lebe er jetzt auf den Bahamas, »und ick überweise die Miete an seine geschiedene Frau«. Hardy, der Boxer, lachte und zeigte dabei, dass ihm ein paar Zähne fehlten. Boris Nemtschow sei nicht da. »Noch nicht. Ich nehme an, er kommt noch. Hat er was ausgefressen?«

»Wissen wir nicht«, sagte Meier. »Eigentlich brauchen wir ihn nur als Zeugen.«

»Kein begabter Boxer, aber stark«, sagte Kienhorst. »Und sehr verschlossen. An den kommste nicht ran. Ich wenigstens bis jetzt noch nicht. Kann ja aber vielleicht noch werden.« Damit stieg Hardy in den Ring, zog zwei Gummiplatten über die Hände und forderte einen etwa 14-Jährigen auf, gegen ihn zu boxen. Geschickt fing er die Schläge mit den Platten ab und korrigierte den Jungen jedes Mal.

Carl Finkbeiner bummelte durch den Raum. Den Motorradhelm Boris Nemtschows hatte er unter den Arm geklemmt. Drei Boxringe standen in einer Reihe. Zwischen ihnen drei bis vier Meter Abstand. Rechts im Hintergrund hingen ein paar Sandsäcke, an denen sich einige der Jugendlichen abarbeiteten. Links davon sah er ein paar Kraftmaschinen und zwei Laufbänder, wie er sie aus Fitnessstudios kannte. Die Einrichtung war bestimmt nicht billig gewesen, und so, wie es aussah, war sie gut in Schuss. Finkbeiner trat zu einem jungen Mann, den er auf 18, 19 Jahre schätzte und der sich an einem der Sandsäcke abkämpfte.

»Kennen Sie Boris Nemtschow?«

Der Boxer nickte, wobei ihm Schweißperlen von der Stirn sprangen.

»Er soll schon ein paar Mal straffällig geworden sein«, sagte Finkbeiner.

»Wie kommen Sie darauf?«

»Ich bin Polizist.«

»Ja, da müssen Sie doch nur in den Strafregistern nachschauen.«

Carl Finkbeiner sah den jungen Mann überrascht an. »Sie haben recht.«

Der Boxer hielt den Sandsack mit beiden Fäusten fest und wendete sich ganz dem Kommissar zu. »Bernd Leutheuser, Justizreferendar«, stellte er sich vor. »Ich gehöre hier zum Betreuerteam.«

»Und ich hab Ihnen 18, höchstens 19 Jahre gegeben.«

Der andere lachte. »Schlechte Karten für einen Polizisten. Ich bin 27. Übrigens, dort kommt er.« Leutheuser zeigte zum Eingang hin. Carl Finkbeiner ging rasch auf Boris zu. »Hallo, Herr Nemtschow, ich hab hier Ihren Motorradhelm.«

Verwirrt starrte der Junge den Kommissar an, wollte sich dann umdrehen und davonmachen, aber da lief er förmlich in Norbert Meier hinein. »Keine Panik«, sagte der, »niemand will Ihnen was. Wir haben nur ein paar Fragen.« Er zeigte seinen Ausweis und nickte zu Finkbeiner hin. »Ein Kollege von mir.«

Hardy verließ den Ring und gesellte sich dazu. »Wenn

ihr euch in Ruhe unterhalten wollt – mein Büro steht zur Verfügung.« Und zu Boris: »Wenn du Unterstützung brauchst, sagste Bescheid.«

Der Junge nickte nur. Hardy ging voraus. Boris Nemtschow folgte ihm, flankiert von Norbert Meier und Carl Finkbeiner.

Das Büro war ein Glaskasten in der hintersten Ecke der Halle. Harry deutete auf eine Kaffeemaschine, die auf einem schmalen Sideboard stand. »Bedient euch, wenn ihr wollt.« Damit ließ er Boris mit den Kommissaren alleine.

»Wollen wir uns setzen?«, fragte Finkbeiner.

Boris Nemtschow schüttelte den Kopf und stellte die Füße etwas breiter auseinander. Den Helm hatte er inzwischen an sich genommen und aufgesetzt.

»Gut!« Finkbeiner setzte sich halb auf den Schreibtisch. Außer dem Tisch gab es nur noch drei Stühle und einen alten Autositz als Möbelstücke in dem kargen Raum.

Meier nahm das Wort. »Sie wissen, dass der Maler Lukas Abendroth ermordet wurde.«

Boris nickte, sagte aber nichts.

»Wo waren Sie am Samstag zwischen 10.00 und 12.00 Uhr.«

Der Junge zuckte die Achseln.

»Sie wissen es nicht?«

Boris breitete die Arme aus, als ob er sagen wollte: Keine Ahnung.

»Aber dass Ihre Schwester Tatjana mit Abendroth befreundet war, wissen Sie?«

Der junge Russe starrte Finkbeiner nur an. Dabei rötete sich sein Gesicht, und sein Blick verfinsterte sich.

»Sie lieben Ihre Schwester, nicht wahr?«, fuhr Finkbeiner sanft fort.

Keine Antwort.

»Und Sie beschützen Tatjana, wenn das nötig sein sollte.«

Schweigen.

Plötzlich fragte Meier scharf: »Aber gegen Abendroth konnten Sie Tatjana nicht beschützen, stimmt's?«

Boris fuhr zu Meier herum. Der erste Schlag kam ansatzlos. Die rechte Faust des Jungen knallte gegen Meiers Schläfe. Blitzschnell folgte ein Haken mit der Linken auf Meiers Nase. Der Kommissar taumelte, verlor das Gleichgewicht und stürzte mit dem Rücken gegen die Glaswand des Büros. Boris riss die Tür auf. Aber da stand schon Hardy Kienhorst. Der junge Nemtschow rannte gegen den Trainer, der ihn mit beiden Händen festhielt. »Jetzt mach bloß keinen Scheiß!«

Boris wollte sich aus Hardys Griff herauswinden, aber das gelang ihm nicht. Finkbeiner hatte inzwischen die Handschellen von seinem Gürtel gehakt. Er riss die Arme des Jungen auf dessen Rücken, die Fessel schloss sich um die Handgelenke.

In der Boxhalle herrschte plötzlich gespenstische Ruhe. Jeglicher Betrieb war eingestellt. Alle schauten zu der Ecke, in der Hardys Büro untergebracht war. Finkbeiner telefonierte und forderte Kollegen der Schutzpolizei an, um den Festgenommenen abzuholen. Danach führte er Boris Nemtschow in Kienhorsts Büro zurück und zwang ihn auf einen Stuhl. Meier blutete aus der Nase, und an seiner Schläfe bildete sich eine Beule. Zur Überraschung Finkbeiners grinste der Kollege. Zu dem Jungen sagte er:

»Wenn alles überstanden ist, gibst du mir Revanche, und zwar zu fairen Bedingungen.« Und zu Harry Kienhorst sagte er: »Und Sie machen den Ringrichter.«

Harry lachte. Er hatte inzwischen einen Erste-Hilfe-Kasten in der Hand. »Ja, mach ich, aber jetzt stillen wir erst mal das Blut. Und ich hab auch 'ne gute Salbe gegen die Schwellung an Ihrer Schläfe.«

Versuche Finkbeiners, mit Boris Nemtschow zu reden, scheiterten freilich auch jetzt. Der Junge starrte nur noch vor sich hin und schien seine Umwelt gar nicht wahrzunehmen. Zehn Minuten später kamen zwei uniformierte Beamte und nahmen ihn mit.

Kurz nach 21.00 Uhr kam Finkbeiner nach Hause. In seiner kleinen Küche hackte er ein Stück Ingwerwurzel klein und übergoss es mit heißem Wasser. Sein Festnetztelefon klingelte. Er ging in sein Arbeitszimmer und sah auf das Display. Die Nummer war ihm nicht bekannt. »Ja, bitte?«, meldete er sich.

»Herr Finkbeiner?« Die Stimme erkannte er sofort.

»Frau Abendroth – so spät noch?«

»Ich habe es schon ein paar Mal versucht«, sagte sie.

»Aha«, machte Finkbeiner lahm und kehrte mit dem Telefon am Ohr in die Küche zurück.

»Ich war heute beim Notar.«

»Aha«, sagte Carl noch einmal. Er probierte vorsichtig den Ingwertee und beschloss, ihn noch ein wenig ziehen zu lassen.

»Er hat mich über das Testament meines Mannes unterrichtet.«

»Also gibt es doch eines?«

»Ja, es war bei diesem Notar hinterlegt. Und nicht nur das, auch noch ein Packen Unterlagen. Und da ist eben auch dieser Drohbrief dabei gewesen.«

»Ein Drohbrief?« Finkbeiner war plötzlich sehr aufmerksam.

»Ja. Ich weiß nicht, warum er den ausgerechnet mir hinterlassen hat. Aber vielleicht war ich dann doch am Ende der einzige Mensch, dem er vertraut hat.«

Carl Finkbeiner war plötzlich nicht mehr müde. »Könnten wir uns denn vielleicht noch kurz sehen? Ich weiß, es ist sehr spät, aber ...«

»Ja. Natürlich«, unterbrach sie ihn. »Es ist ja grade mal 21.30 Uhr. Wenn Sie wollen, kommen Sie vorbei. Ich sagte Ihnen ja, ich hab ein paar sehr gute Weine im Keller.«

»Gut. In einer halben Stunde kann ich da sein«, sagte Finkbeiner, aber da hatte Frau Abendroth schon aufgelegt. Carl ging ins Schlafzimmer und öffnete seinen Kleiderschrank. Er musterte sein einziges Jackett und ein hellblaues Hemd, das über einem Bügel hing. »Was soll's«, sagte er und beschloss, in den Kleidern zu bleiben, die er schon den ganzen Tag getragen hatte.

40 Minuten später klingelte er an der Haustür, Kastanienallee 17. »Herr Finkbeiner?«, tönte es aus der Gegensprechanlage.

»Ja«, antwortete er knapp und drückte gegen die Tür, die sich kurz danach mit einem leisen Knarren öffnete.

Jacqueline Abendroth trug ein knöchellanges Kleid aus roter Seide, das hochgeschlossen war, aber auf einer Seite einen Schlitz bis zur Hüfte aufwies. Auf dem Couchtisch standen eine Flasche Rotwein und zwei Gläser. Frau Abendroth setzte sich auf die Couch und schlug die Beine übereinander, sodass sich der Schlitz im Kleid öffnete und ihren rechten Schenkel den Blicken fast bis zur Hüfte hinauf freigab. »Gießen Sie bitte ein?«

»Ich darf aber nur ein Glas trinken«, sagte Finkbeiner. »Ich muss ja noch fahren.«

Frau Abendroth ging nicht darauf ein. Stattdessen sagte sie: »Tragen Sie eigentlich immer die gleichen Sachen?«

Der Kommissar sah an sich hinab. »Ist praktisch.«

»Und Ihre Frau ist damit einverstanden?«

»Ich lebe alleine.« Finkbeiner nahm das Glas und prostete der Hausherrin kurz zu. »Ihr Mann hat einen Drohbrief erhalten, sagten Sie?«

Frau Abendroth lachte. »Nur nicht persönlich werden, ja?«

»Ja«, sagte er ernst. »Also, kann ich den Brief bitte sehen.«

»Er liegt dort drüben auf dem Schreibtisch. In diesem gelblichen Umschlag aus grobem Papier.«

Finkbeiner zog ein Paar Plastikhandschuhe aus der Hosentasche, streifte sie über und ging dann zu dem Schreibtisch. Vorsichtig nahm er das Kuvert in die Hand und zog ein Stück Papier heraus, doppelt so groß wie eine Postkarte. Es war offenbar ein Computerausdruck. »Tatjana lass in Ruhe, du Scheißkerl, sonst zahlst du mit Leben.« Mehr stand da nicht.

»Ich habe keine Ahnung, wer diese Tatjana ist«, rief Jacqueline Abendroth von der Couch herüber. »Allerdings ist ihr Name heute schon mal aufgetaucht. Tatjana Nemtschow.«

»Wo ist der aufgetaucht?«

»Im Testament meines Mannes.«

»Tatjana ist ein Mädchen aus der Ballettgruppe, die zur Ausstellungseröffnung tanzen sollte«, erklärte Finkbeiner. »Eine Schülerin von Olga Nikolajewa, die Sie sicher kennen.«

Jacqueline Abendroth nickte und nahm einen Schluck aus ihrem Weinglas. »Eine Frau, die einmal bessere Zeiten gesehen hat, nicht wahr? Sie erbt übrigens auch etwas von meinem Mann. Aber ich gönne es ihr.«

»Darf ich Sie fragen, ob sonst noch jemand im Testament Ihres Mannes auftaucht?«

»Nein. Nur diese beiden. Der ganze Rest geht an mich. Ich bin jetzt eine richtig gute Partie.«

Finkbeiner gefiel es nicht, dass sie Witze damit machte. »Darf ich Sie fragen, was noch in dem Paket war, das Ihnen der Notar übergeben hat?«

»Nichts, was Sie interessieren könnte.«

»Das weiß man vorher nie.«

»Na gut. Aber es handelt sich wirklich nur um sehr persönliche Erinnerungen aus der Zeit, in der … nun, in der er sich noch für mich interessiert hat. Der Packen liegt dort auf dem Regal.« Sie zeigte auf ein Brett, das auf zwei Böcken lag. Finkbeiner wäre es nicht in den Sinn gekommen, diesen Aufbau Regal zu nennen. Er behielt die Handschuhe an und blätterte den kleinen Stoß durch. Handgeschriebene Briefe und Fotos wechselten sich ab. Die Bilder waren sehr freizügig, auf einigen davon war Frau Abendroth nackt zu sehen, und ein kurzer Blick in die Briefe zeigte Finkbeiner, dass die Texte nicht weniger erotisch waren. Er legte die Papiere und die Fotos rasch wieder weg und drehte sich zu der Hausherrin um. »Ist ja süß«, rief sie, »jetzt sind Sie richtig rot geworden.«

Finkbeiner versuchte ein Grinsen, was ihm aber ziemlich verrutschte. »Nun«, sagte er steif, »Sie leben eben in einer anderen Welt als ich.«

»Sagen Sie das nicht. Von mir aus hätte ich mich nicht so verhalten. Aber damals hätte ich alles getan, um ihm zu gefallen.« Sie rückte ihr rotes Kleid so zurecht, dass ihr Bein nun bedeckt war.

»Diesen Drohbrief muss ich mitnehmen«, sagte Carl Finkbeiner.

»Ja, natürlich.«

Der Kommissar zog aus der Hosentasche eine zusammengefaltete Plastiktüte, öffnete sie, versenkte den Brief darin und verschloss sie mit einem Klettverschluss.

»Wirkt irgendwie sehr professionell«, sagte Frau Abendroth.

Finkbeiner lächelte. »Nun, es ist Teil meines Berufs. Sagen Sie: War eigentlich die Affäre Ihres Mannes mit Miriam Lohberg der Grund für die Trennung? Nach allem, was ich erfahren habe, hatte es solche Anlässe auch schon früher gegeben.«

»Es ging gar nicht so sehr um Miriam.«

»Sondern?«

»Um diese widerliche Beziehung zwischen Lukas und Tillmann Winkler!«, sagte Jacqueline Abendroth.

»Was war er denn nun – hetero oder schwul?«

»Vermutlich beides«, antwortete Jacqueline. »Vielleicht auch gar nichts. Lukas hat seine Beziehungen völlig emotionslos betrieben. Sex ohne Gefühl. Je nachdem, was ihm gerade Spaß machte oder was ihm nutzte.«

Carl Finkbeiner schickte sich an zu gehen. »Ja, das war's dann wohl«, sagte er.

»Nein, nein. So kommen Sie mir nicht davon. Ich habe extra für Ihren Besuch diesen wunderbaren Spätburgunder aufgemacht, und den trinken wir jetzt noch zusammen.«

Finkbeiner stand unentschlossen im Raum. »Ich weiß nicht …«, brachte er mühsam hervor.

»Jetzt setzen Sie sich doch endlich mal hin, Menschenskind, und leisten Sie mir wenigstens noch ein paar Minuten Gesellschaft.« Sie hielt ihm ihr leeres Glas hin, und er goss ein. Dann setzte er sich in einen Sessel der Hausherrin gegenüber. Sie stießen mit ihren Gläsern an.

»Wenn der Fall abgeschlossen ist«, sagte Frau Abendroth, »und Sie mich vielleicht als eine gute Freundin akzeptieren könnten, möchte ich einmal mit Ihnen einkaufen gehen.«

»Einkaufen?«

»Es gibt so schicke Sachen für Männer, und Sie haben doch eine gute Figur. Größe 58 nehm ich an.«

»56«, korrigierte er.

»Egal. Ich kenne einen Herrenausstatter, da finden wir die tollsten Klamotten für Sie.«

»Ich fühle mich in meinen Kleidern eigentlich ganz wohl.«

»Was meinen Sie, wie Sie sich fühlen werden, wenn Sie erst mal richtig angezogen sind? Das verändert den ganzen Menschen.«

»Ich will mich aber gar nicht verändern.«

»Das glaube ich Ihnen nicht. Sie haben vielleicht noch nie darüber nachgedacht. Aber glücklich wirken Sie nicht auf mich.«

Finkbeiner stand auf. »Ich muss wirklich gehen.«

»Bin ich Ihnen zu nahe getreten?« Auch Frau Abendroth erhob sich.

»Nein. Aber ich bin solche Gespräche schon lange nicht mehr gewohnt. Außerdem bin ich dienstlich hier.«

»Hat Ihnen der Wein wenigstens geschmeckt?«

»Er war exzellent. Und davon verstehe ich nun wirklich etwas.«

Frau Abendroth brachte ihn zur Tür. Als er ihr die Hand reichen wollte, stellte sie sich auf die Zehenspitzen, zog mit der rechten Hand seinen Kopf etwas herab und küsste ihn auf die Wange. »Gute Nacht, Brummbär«, sagte sie und drückte rasch die Wohnungstür hinter ihm zu.

Finkbeiner nahm nicht den Aufzug, sondern stieg die sechs Etagen zu Fuß hinunter. Auf der Straße blieb er erst einmal stehen und sah zum Himmel hinauf. Dünne Wolkenfetzen zogen schnell vor dem Licht eines fahlen Mondes vorbei. Plötzlich hatte Finkbeiner das Gefühl, einen Fehler gemacht oder doch zumindest etwas versäumt zu haben. Am liebsten hätte er geklingelt und gesagt: »Kann ich noch mal hochkommen?« Aber natürlich entschied er sich anders.

5. KAPITEL

»Norbert ist doch immer für eine Überraschung gut«, sagte Carl Finkbeiner am nächsten Morgen zu Peter Heiland. Die Kollegen hatten sich zu ihrer täglichen Frühkonferenz eingefunden. »Sagt der doch zu diesem Boris Nemtschow: Wenn alles überstanden ist, gibst du mir Revanche. Ich glaube, in dem Moment war der Junge zum ersten Mal wirklich beeindruckt.«

Jenny meldete sich. »Ich hab heute Morgen schon in der Arrestzelle nach ihm gesehen. Ich dachte, vielleicht redet er mit mir. Aber wisst ihr, was er gesagt hat?«

Alle sahen sie fragend an.

»Wenn ich überhaupt mit jemandem rede, dann mit diesem Meier.«

»Dem Manne kann geholfen werden«, sagte Peter Heiland fröhlich. »Musst du aber schnell machen, Norbert. Wir können den Jungen wegen deiner blutenden Nase und dem Horn an deiner Stirn nicht länger festhalten.«

»Okay«, sagte Meier. »Mach ich dann gleich!«

Finkbeiner legte die Plastiktüte mit dem Drohbrief auf den Tisch. »Das müsst ihr euch ansehen.«

Nachdem sie alle den Drohbrief studiert hatten, sagte Peter Heiland: »Wie kommst du zu dem Schrieb?«

»Frau Abendroth hat ihn mir gegeben.«

Alle sahen ihn an. Keiner sagte etwas. »Ja!«, rief Finkbeiner plötzlich etwas zu laut. »Sie hat mich gestern Abend angerufen und gesagt, der Notar habe ihr einen Packen persönlicher Sachen ihres verstorbenen Mannes übergeben. Und da war dieser Brief darunter.«

»Heißt das, sie war gestern noch bei dir?«, fragte Heiland.

»Nein, ich war bei ihr.« Er begann zu schildern, was passiert war. Aber er kam nicht weit. Die Tür wurde aufgerissen.

Kriminaldirektor Ron Wischnewski erschien. »Das ist 'ne absolute Scheiße!«, rief er, bevor er ganz im Zimmer war.

»Guten Morgen!«, sagte Peter Heiland, leichten Tadel in der Stimme.

»Ja, hat sich was mit gutem Morgen!« Wischnewski ließ sich auf einen Stuhl fallen. »Sie melden sich in der nächsten Stunde bei der Staatsanwältin Doktor Meineke.«

»Ich?«, fragte Heiland.

»Ja, Sie. Es liegt eine Anzeige vor, und die hat sich die Meineke sofort unter den Nagel gerissen.«

»Gegen mich liegt …?« Peter unterbrach sich und schüttelte den Kopf. »Warum denn das?«

Alle sahen den Kriminaldirektor an.

»Sexuelle Nötigung!«

»Hä?«, machte Peter Heiland völlig konsterniert.

Wischnewski holte tief Luft und zwang sich zur Ruhe. »Sie sollen gestern, kurz nach 16.00 Uhr, in Ihrem Dienstwagen eine gewisse Tatjana Nemtschow unsittlich belästigt haben. Die Anzeige wurde vom Vater erstattet. Bei einer Polizeidienststelle in Berlin-Hellersdorf. Pflichtgemäß haben die Kollegen die Staatsanwaltschaft benachrichtigt und dort … wir kennen Frau Doktor Meineke, nicht wahr? Die hat sich auf den Fall gestürzt wie, wie …«

»D' Gas uf da Apfelbutza«, ergänzte Carl Finkbeiner in breitem Schwäbisch und übersetzte auch gleich: »›Wie die Gans auf einen Apfelgriepsch‹, würdet ihr wohl sagen.«

Aber niemand war zum Lachen zumute.

»Na ja, sie ist für interne Ermittlungen zuständig«, meinte Norbert Meier.

»Unglaublich«, rief Jenny Kreuters.

Peter Heiland sagte: »Diese Tatjana Nemtschow war gestern tatsächlich bei mir im Auto. Sie ist uns ja bislang aus dem Weg gegangen. Da hab ich ihr nach ihrer Trainingsstunde im Ballett angeboten, sie nach Hause zu fahren …« Und nun erzählte er haarklein, wie die gemeinsame Fahrt verlaufen beziehungsweise unterbrochen worden war. »Ich hab das Mädchen nicht angerührt.«

»Sie hat eine Verletzung an der Schulter und der Hüfte und eine verschorfte Wunde im Gesicht«, knurrte Wischnewski. »Der Vater hat die Bestätigung eines Arztes vorgelegt.«

Meier lachte kurz auf. »Das sind ja eigentlich nicht die typischen Verletzungen bei einem Vergewaltigungsversuch.«

»Ich sagte doch, dass sie von einem Auto angefahren wurde.«

»Sie werden doch nicht im Ernst glauben, dass Peter …«

Wischnewski unterbrach Finkbeiner. »Das habe ich

natürlich keinen Augenblick für möglich gehalten.« Er wendete sich direkt Peter Heiland zu: »Aber jetzt droht die Staatsanwaltschaft, dass ich Sie gegebenenfalls mit sofortiger Wirkung von dem Fall abziehen muss.«

»Das gibt's doch nicht!«, entfuhr es Jenny Kreuters.

»Wenn Sie mal so lange in dem Job sind wie ich, werden Sie merken, dass es alles gibt, auch das, was man für absolut unmöglich hält. Im Übrigen muss ich Ihnen ja nicht sagen, dass wir gegenüber der Staatsanwaltschaft weisungsgebunden sind. – So, und jetzt bringt mich mal auf den neuesten Stand der Ermittlungen.«

Als Finkbeiner ihm den Drohbrief zeigte, sagte der Chef: »Der muss sofort zur Spurensicherung. Und wenn er von diesem Boris Nemtschow stammt, bleibt er erst mal in Gewahrsam, und wir versuchen, einen Haftbefehl gegen ihn zu bekommen.«

Peter Heiland nickte. Das alles hätte er ohnehin veranlasst, aber er schenkte es sich zu sagen, dass das ja wohl selbstverständlich sei. Stattdessen meinte er: »Wenn man Frau Doktor Meineke dazu bringen könnte, Herrn Nemtschow zu dem Gespräch mit mir vorzuladen, könnte ich ihn gleich mit der Drohung konfrontieren.«

»Gut, ich rede mit der Dame. Neuerdings ist sie ja etwas zugänglicher.«

»Vielleicht hat sie 'nen neuen Lover«, warf Norbert Meier ein. Alle sahen ihn an. Jenny schüttelte ärgerlich den Kopf.

»Ich mein ja nur, so was hat schon mal seine Auswirkung«, schob Meier nach.

Bevor er sich auf den Weg zu der Staatsanwältin Meineke machte, ging Heiland bei der Spurensicherung vorbei. Er ließ dort den Drohbrief fotokopieren und bat, die Fingerabdrücke, falls welche auf dem Schreiben waren, mit denen zu vergleichen, die bei der Einlieferung von Boris Nemtschows genommen worden waren. Als er die technischen Räume verließ, meldete sich sein Mobiltelefon. »Ich habe die Meineke erreicht.« Es war unverkennbar Wischnewskis Stimme. »Wir treffen uns in der Tiefgarage. Ich komme mit.«

Zwar war der Kriminaldirektor für seine unorthodoxen Methoden bekannt, aber dass er einen einfachen Hauptkommissar zu einer Vernehmung begleitete, war nun doch mehr als ungewöhnlich.

»Frau Doktor Meineke hatte Herrn Nemtschow bereits vorgeladen, sozusagen in weiser Voraussicht«, sagte Wischnewski, als er den Wagen aus der Tiefgarage fuhr.

»Wenn Nemtschow etwas mit dem Mord an Abendroth zu tun hat, wäre er wohl kaum auf die Idee gekommen, mich anzuzeigen. Damit macht er doch nur auf sich aufmerksam«, gab Peter Heiland zu bedenken.

»Was ist das überhaupt für einer?«, wollte der Kriminaldirektor wissen.

»Aussiedler aus Russland, aber enttäuscht von Deutschland. Er und seine Familie haben sich wohl das Leben hier ein bisschen anders vorgestellt. Einerseits ist er stolz, deutschstämmig zu sein, andererseits gucken er und seine Familie nur russisches Fernsehen. Sie glauben, dass dort allein die Wahrheit berichtet wird und die deutschen Medien nur Lügen verbreiten. Er arbeitet übrigens bei Uwe Lohberg, der in unserem Fall auch eine wichtige Rolle spielt.«

»Ist das der Sammler, mit dessen Frau der Maler ein Verhältnis hatte?«

Peter Heiland grinste. »Ich sehe, Sie haben unsere Berichte gelesen.«

»Ist ja schließlich mein Job«, knurrte Wischnewski.

Sie hielten direkt vor dem Gebäude der Staatsanwaltschaft in der Turmstraße.

Doktor Andrea Meineke war eine Frau Mitte 30 und kaum kleiner als Peter Heiland, Wischnewski überragte sie mithin gut um einen Kopf. Ihre durchtrainierte Figur kam in dem grauen Hosenanzug gut zur Geltung. Unter der Jacke trug sie eine weiße Bluse, und ihre Füße steckten in Schuhen, die man wohl Ballerinas nannte. Die rötlichen Haare waren sehr kurz geschnitten. Ihr Gesicht wirkte straff und beherrscht. Als sie Peter Heiland die Hand gab, entdeckte er sehr helle Augen, die ihn eisig fixierten. Am liebsten hätte er gerufen: »Ich war's nicht! Das müssen Sie mir glauben.« Als ihm das bewusst wurde, musste er unwillkürlich lächeln, was die Juristin, offenbar irritiert, zur Kenntnis nahm. Wischnewski begrüßte sie als alten Bekannten. Peter Heiland registrierte, dass der Ton zwischen den beiden ausgesprochen kollegial war. »Im Besprechungszimmer warten Herr Nemtschow und seine Tochter. Ich habe den beiden nicht gesagt, dass ich sie mit Ihnen konfrontieren werde.«

Wischnewski nickte zustimmend. »Sehr gut!«

Frau Meineke überging das Lob. »Nun zu Ihnen, Herr

Heiland.« Sie schüttelte kurz den Kopf. »Schon dieser Name!«

»Ja, was ist damit?«, fragte Peter Heiland scharf.

»Nichts, nichts. Das passiert Ihnen doch sicher öfter, dass Sie darauf angesprochen werden.«

»Ja. Aber noch nie hat jemand gesagt, *schon* dieser Name. Das klingt, als hätten Sie Ihr Urteil bereits fertig.«

»Habe ich natürlich nicht. Wie in allen Fällen gilt auch bei Ihnen die Unschuldsvermutung, Herr ... ähem, Herr Heiland. Aber wer, wie ich, ständig mit internen Fällen zu tun hat – da ist es nun mal meine Aufgabe ...«

»Vorsicht!«, rief Wischnewski.

»Bitte?«, die Staatsanwältin fuhr zu ihm herum.

»Ich mahne nur zur Vorsicht, falls Ihr Satz so weitergehen sollte ... ›Wer wie ich ständig mit solchen Fällen zu tun hat, kann daraus seine Schlüsse ziehen‹.«

Frau Meineke sah Peter Heiland aus ihren eisblauen Augen an. »Sie haben einen guten Anwalt mitgebracht. Dachten Sie, das sei nötig?«

Peter Heiland räusperte sich. »Sie sind sicher nicht voreingenommen«, sagte er mit einem ironischen Ton in der Stimme. »Ich darf Ihnen vielleicht einfach schildern, was gestern Nachmittag passiert ist?«

»Bitte!«

In kurzen, präzisen Sätzen erzählte Peter Heiland von der Fahrt mit Tatjana und wie das Mädchen plötzlich aus dem Dienstwagen gesprungen war, als er ihr auf den Kopf zugesagt hatte, er wisse über ihr Verhältnis mit Lukas Abendroth Bescheid, und wie sie dann von einem anfahrenden Auto niedergestoßen worden war. Als er fertig war, sagte Frau Doktor Meineke: »Gut. Das war also Ihre Version. Lassen Sie uns nun hinübergehen ins Besprechungszimmer und die der anderen Seite hören.«

Es ging nur wenige Meter den Korridor hinunter. Die Staatsanwältin öffnete die Tür und ließ den beiden Männern den Vortritt.

Piotr Nemtschow saß an dem langen Besprechungstisch. Seine Tochter lehnte am Fensterbrett. Als sie Peter Heiland sah, begann sie zu zittern.

»Sie haben nicht gesagt, dass er dabei sein wird«, fuhr sie die Staatsanwältin an.

»Nun, wie ich die Untersuchung führe, ist meine Entscheidung«, gab Frau Doktor Meineke sachlich zurück.

Aber Tatjana achtete nicht auf sie, sondern war mit wenigen Sätzen bei dem Besprechungstisch und beugte sich weit nach vorne ihrem Vater entgegen. Ein Schwall russischer Sätze ergoss sich über ihn.

»Was soll das?«, fragte Frau Doktor Meineke scharf.

»Sie sagt, er habe alles falsch gemacht«, meldete sich Wischnewski. »Sie habe ja gleich gesagt, dass das nicht gut gehen könne.«

Plötzlich herrschte Stille in dem Raum.

»Sie sprechen Russisch?«, fragte Frau Meineke den Kriminaldirektor überrascht.

»Wir haben es damals in der Schule gelernt, und ich fand die Sprache so schön, dass ich auf eigene Faust weitergemacht habe. Manchmal hat mir das schon etwas genützt. Zu Zeiten der DDR und auch noch danach.« Er setzte sich an den Tisch neben Nemtschow und legte seine Hand auf dessen Unterarm. Dann sagte er etwas auf Russisch zu ihm.

»Sprechen Sie Deutsch. Ich bin Deutscher!«, entgegnete Nemtschow finster.

Wischnewski schnipste mit dem Finger und ließ sich von Peter Heiland die Kopie des Drohbriefs geben.

»Augenblick mal«, schnappte Frau Doktor Meineke. »Ich führe hier die Vernehmung.«

Aber der Kriminaldirektor blieb unbeeindruckt. »Haben Sie das geschrieben?«

Nemtschow schüttelte den Kopf.

Frau Meineke riss das Papier an sich.

»Ein Drohbrief, den wir unter den Sachen des Malers Lukas Abendroth gefunden haben«, erklärte Peter Heiland.

»Ich nichts wissen«, rief Nemtschow dazwischen.

»Dann war es vermutlich Ihr Sohn Boris.«

»Nein!«

»Woher wollen Sie das wissen?«, mischte sich Peter Heiland ein. »Sie wissen doch nicht einmal, wo er ist.«

Nemtschow begann zu schwitzen.

»Wissen *Sie* es denn?«, fragte Wischnewski Tatjana.

»Nein, keine Ahnung.«

»Dann will ich es Ihnen sagen. Ihr Bruder ist bei uns.«

»Was sagt er?«, fragte Nemtschow seine Tochter, als ob er es nicht verstanden hätte.

Frau Doktor Meineke wurde das alles zu viel. »Stopp!«, sagte sie laut. »Wir verhandeln hier den Fall sexueller Belästigung durch Herrn ... ähem ... Herrn Heiland.« Sie wendete sich Tatjana zu. »Schildern Sie doch mal, was da gestern Nachmittag im Dienstwagen des Kommissars Heiland geschehen ist.«

»Ich will gehen«, sagte Tatjana.

»Beantworten Sie meine Frage!«, fuhr die Staatsanwältin sie scharf an.

»Er hat gesagt, ich hätte mit Lukas gebumst. Da war ich so sauer, dass ich aus dem Auto gesprungen bin …«

Peter Heiland sagte in betont ruhigem Ton. »Wir haben einen Zeugen, der bestätigen kann, dass Tatjana Nemtschow und Lukas Abendroth sexuell miteinander verkehrt haben. Der Assistent Abendroths, Tillmann Winkler, hat die beiden im Atelier dabei beobachtet.«

»Dieses Schwein!«, zischte Tatjana.

»Vielleicht belegt ja auch die Tatsache, dass Herr Abendroth in seinem Testament Tatjana Nemtschow bedacht hat …«

»Er hat was …?« Tatjana starrte Peter Heiland an.

»Also ich denke, diese Tatsache«, fuhr Peter Heiland ungerührt fort, »belegt, dass zwischen den beiden ein besonderes Verhältnis bestanden hat.«

Frau Doktor Meineke fühlte sich mehr und mehr zur Statistin degradiert. »Augenblick!« Ihre Stimme klang jetzt schneidend. »Wir reden hier über die Anschuldigung gegen Herrn Heiland, Tatjana Nemtschow sexuell belästigt zu haben.«

»Ich ziehen Anzeige zurück«, sagte Piotr Nemtschow dumpf.

»Das heißt, Sie haben die Anzeige wissentlich fälschlich erstattet?«, fragte die Staatsanwältin.

»Wissentlich? Fälschlich? Ich nicht verstehen.«

»Vorschlag zur Güte«, ließ sich nun Kriminaldirektor Wischnewski hören: »Wir legen den Fall wegen Geringfügigkeit zu den Akten.«

»So einfach ist das nicht«, sagte Frau Doktor Meineke,

»wenn die Geschichte nicht stimmt und Herr Nemtschow sie womöglich erfunden hat, hat er sich strafbar gemacht.«

»Ich denke, die Justiz ist eh überlastet. Und da uns diese Verhandlung hier ermittlungstechnisch ein gutes Stück weitergebracht hat, rate ich zu einer Güterabwägung.«

Frau Doktor Meineke schien mit sich zu ringen.

Peter Heiland sagte: »Ich wüsste aber doch noch gerne, wessen Idee das war. Ihre?«, fragte er zu Piotr Nemtschow gewandt, »oder die Ihrer Tochter?«

»Ich Tatjana fragen, woher Verletzungen kommen. Sie gesagt, der Polizist versucht, sie zu vergewaltigen. Ich gleich: Anzeige. Sie dagegen. Aber ich hart bleiben.«

»Eine dumme Ausrede Ihrer Tochter also«, konstatierte Wischnewski.

Frau Doktor Meineke schien zu einem Ergebnis ihrer Überlegungen gekommen zu sein. »Sie sollten sich wenigstens bei Herrn Heiland entschuldigen, Herr Nemtschow, und hoffen, dass er es damit gut sein lässt.«

Nemtschow sah zu Peter Heiland auf. »Tut mir leid!«

»Ist gut. Aber ich rechne damit, dass Sie ab jetzt mit uns zusammenarbeiten. Das gilt auch für dich«, sagte er zu Tatjana.

Das Mädchen nickte.

Als sie auf die Straße hinaustraten, fragte Tatjana: »Was ist mit Boris?«

»Wir werden feststellen, ob er den Drohbrief geschrieben hat oder doch Ihr Vater. Oder glauben Sie, dass sonst noch jemand infrage kommt?«

»Weiß nicht.«

»Es könnte auch eine Finte sein«, meinte Wischnewski. »Den Brief könnte jemand geschrieben haben, der

Abendroth umbringen und Ihrem Vater oder Ihrem Bruder die Tat in die Schuhe schieben wollte. Fällt Ihnen da jemand ein?«

Tatjana schüttelte den Kopf.

Norbert Meier hatte die Vernehmung Boris Nemtschows in Peter Heilands Büro gelegt, das eine gewisse private Atmosphäre ausstrahlte. Auch er hatte inzwischen eine Kopie des Drohbriefs von der Spurensicherung bekommen. Die schob er jetzt über den Tisch und sagte: »Wie bist du nur auf die Idee gekommen, so einen Zettel zu schreiben und an Abendroth zu schicken?«

»Zeig mal!« Boris zog den Wisch zu sich her.

»Kenn ich nicht. Also ich hab das nicht geschrieben.«

»Wer könnte es sonst gewesen sein – dein Vater?«

Boris schüttelte den Kopf. »Das ist doch mit dem Computer gemacht. Ne, Mann, mein Alter kann damit nicht umgehen.«

»Du musst doch zugeben, so was kann nur aus eurer Familie kommen.«

»Auf die Idee, dass das einer gemacht hat, um uns in Verdacht zu bringen, biste noch nicht gekommen, was?«

Meier machte es nichts aus, dass der Junge ihn duzte. Wenn er ihn damit provozieren wollte, lief er ins Leere. Wenn nicht, schaffte es eine gewisse Vertrautheit, die er im Verhör nutzen konnte.

»Ach so, du meinst …? Clevere Idee. Jetzt müsste man wissen, wer die Geschichte von deiner Schwester und Lukas Abendroth kennt.«

Das Gesicht des Jungen verfinsterte sich. »Was denn für eine Geschichte?«

»Na ja, die beiden haben sich doch sehr gut gekannt.«

»Was willst du damit sagen?«

Meier ging nicht darauf ein. »Dir hat das nicht gefallen, oder?«

Boris biss sich auf die Unterlippe und warf seinen Körper gegen die Stuhllehne zurück, aber er sagte nichts.

Meier beugte sich weit über den Tisch. »Wir haben gehört, Abendroth habe deine Familie finanziell unterstützt.«

Der junge Mann schlug mit der Faust ein paar Mal auf den Tisch. »Er hat sie gekauft!«

»Tatjana meinst du?«

»Ja, wen denn sonst? Wie ich gemerkt habe, dass meine Eltern da mitmachen – und alles nur wegen dem Geld –, bin ich abgehauen. Ich will mit denen nichts mehr zu tun haben.«

»Verstehe. Und du hast versucht, deine Schwester davon zu überzeugen, dass sie die Finger von dem Maler lassen soll.«

Boris wurde immer erregter. »Er soll seine Finger von ihr lassen, habe ich gesagt, sonst …«

»Sonst was?«

»Ich hätt ihn zusammengeschlagen.«

Meier grinste: »So wie mich?«

»Nein, viel schlimmer!«

»Ist dir eigentlich klar, dass das fast ein Geständnis ist, Boris?«

»Ja, aber ich hab's ja nicht gemacht.«

Die Tür ging auf. Jenny Kreuters kam herein. Sie legte einen Zettel vor Meier auf den Tisch. Er las die Notiz: *Keine identischen Fingerabdrücke auf dem Drohbrief.*

»Ja, ich glaube, das war's. Du kannst gehen«, sagte Meier zu Boris Nemtschow. »Eins wäre aber noch verdammt wichtig.«

»Ja?« Boris sah den Kommissar aufmerksam an.

»Dass du dich genau erinnerst, wo du letzten Samstag zwischen 10.00 und 12.00 Uhr warst.«

»Ich sag doch, ich bin rumgefahren.«

»Ja. Aber irgendwo musst du ja rumgefahren sein, und irgendwer könnte dich doch gesehen haben. Denk doch bitte noch mal genau darüber nach.«

»Ja, gut!«

»Und noch eins!«

»Ja?«

»Überleg dir, wann unser Revanchekampf stattfinden soll.«

»Ich hab das doch nicht ernst genommen.«

»Aber ich!« Meier ging voraus zur Tür und öffnete sie für Boris Nemtschow.

»Hat die Spurensicherung denn gar keine Fingerabdrücke auf dem Drohbrief gefunden?«, fragte Peter Heiland, als später die ganze Mannschaft wieder zusammensaß.

»Doch. Und mit der Datei abgeglichen. Keine Übereinstimmung.«

»Wir sollten versuchen, von allen, die mit dem Fall zu tun haben, die Abdrücke zu bekommen.«

»Und wie soll das gehen?«, fragte Meier.

»So, dass es möglichst keiner von denen bemerkt.«

Gegen 18.00 Uhr machten Meier und Jenny Kreuters gleichzeitig Schluss und verließen das Büro. Als sie nebeneinander den Korridor hinuntergingen, sagte Jenny: »Eins versteh ich nicht.«

Meier grinste. »Dann frag mich!«

»Warum bist du so nett zu diesem Boris Nemtschow? Das ist doch bei Vernehmungen sonst überhaupt nicht deine Art.«

Meier blieb einen Moment stehen. »Du hättest mich in seinem Alter kennen sollen.«

»Du meinst, du warst ihm ähnlich?«

»Ja, genau. Mich musste einer nur schief ankucken, schon hab ich zugeschlagen. Wenn damals einer gesagt hätte, dass ich einmal Polizist werde, wäre das Gelächter groß gewesen, kannste mir glauben.«

Jenny lachte. »Warten wir's ab. Vielleicht wird Boris auch Polizeibeamter.«

»Könnte durchaus sein, dass wir das noch erleben.« Meier nahm den Aufzug zur Tiefgarage. Jenny verließ das Landeskriminalamt durch das Haupttor. Sie hatte ihr Fahrrad draußen an einem Laternenpfahl angeschlossen.

Bevor Peter Heiland sein Büro verließ, rief er Tillmann Winkler an. »Ich habe eine eher private Frage. Wissen Sie, wo ich Frau Teichmann treffen kann, ohne gleich wieder polizeilichen Aufwand zu betreiben?«

»Heute Abend speist sie sicher im ›Manzini‹ in der Ludwigkirchstraße. Dorthin geht sie in aller Regel am Mittwoch und am Freitag zum Abendessen.«

»Und um wie viel Uhr ungefähr?«

»Exakt um 20.00 Uhr. Sie ist eine Pünktlichkeitsfanatikerin.«

Peter Heiland verzog das Gesicht. »Danke! Wie geht es Ihnen denn?«

»Ich versuche zu funktionieren«, antwortete der einstige Geliebte des Malers Abendroth.

»Ist es Ihnen denn gelungen, einen Zeugen für Ihr Alibi zu finden?«

»Ob es mir …, ich bitte Sie, da hab ich überhaupt nicht mehr drüber nachgedacht.«

»Sollten Sie aber.«

Peter legte auf und rief Hanna an. »Hast du Lust, um 20.00 Uhr bei einem Italiener abendessen zu gehen?«

»Ja. Ja natürlich. Ich hab eigentlich schon damit gerechnet.«

Peter war überrascht. »Ach ja? – Lässt sich das mit Steffi noch organisieren?«

»Ich hatte sie sowieso gefragt, ob sie heute Abend kann.«

»Wunderbar!« Peter machte sich weiter keine Gedanken darüber, dass Hanna ausgerechnet für diesen Abend den Babysitter bestellen wollte.

Kurz vor 20.00 Uhr stiegen Hanna und Peter Heiland ins Auto. »Zu welchem Italiener gehen wir denn?«, fragte Hanna.

»Ins ›Manzini‹ in der Ludwigkirchstraße in Charlottenburg.«

»Oh!«

»Du kennst es?«

»Vergiss nicht, ich bin seit 27 Jahren Berlinerin. Das ›Manzini‹ klingt zwar italienisch, ist aber eigentlich ein französisches Bistro und verfügt über eine tolle internationale Küche. Ich hoffe nur, du hast genügend Geld eingesteckt.«

»Im Zweifel zahle ich mit der Karte.«

Peter Heiland bog in die Uhlandstraße ein und kurz danach links in die Ludwigkirchstraße.

Es war 20.10 Uhr, als sie das Lokal betraten. Fast jeder Tisch war besetzt. Glücklicherweise hatte Peter reserviert. Sibylle Teichmann saß in einer der Nischen, in denen an kleinen Tischen, um die an drei Seiten eine Polsterbank herumlief, maximal drei Gäste Platz hatten. Sie beugte sich über einen Ausstellungskatalog und nippte dabei an einem Aperitif. Das Ehepaar Heiland ging vorbei, dann gab Peter vor zu stutzen, machte drei Schritte zurück und sagte: »Na, wenn das kein Zufall ist.«

Sibylle Teichmann schaute auf und runzelte die Stirn. »Kennen wir uns?« Doch dann erinnerte sie sich. »Herr Kommissar!«

»Darf ich vorstellen, meine Frau.«

Sibylle Teichmann nickte Hanna zu.

»Sind Sie alleine?«, fragte Peter Heiland die Galeristin.

»Ja«, sagte sie und hätte am liebsten hinzugefügt: Und das würd ich auch gerne bleiben. Stattdessen sagte sie: »Möchten Sie sich zu mir setzen?«

»Wir wollen Sie nicht stören. Aber für einen Aperitif vielleicht.«

»Gut. Sagen wir, bis mein Essen kommt!«, antwortete sie schmallippig. Hanna und Peter Heiland setzten sich. Er bestellte ein kleines Bier und Hanna ein Glas Sekt. Peter Heiland überlegte, ob er Frau Teichmann auf ihre Beschwerde beim Kultursenator ansprechen sollte, ließ es dann aber lieber.

Nachdem sie sich zugeprostet hatten, fragte die Galeristin: »Wie weit sind Sie denn mit Ihren Ermittlungen?«

»Die gestalten sich schwierig. Zu viele Menschen haben ein Motiv, und die wenigsten davon haben ein Alibi.«

»Ich kann mir vorstellen, dass das öfter so ist.« Frau Teichmann trank aus, schob ihr Glas auf einen kleinen Beistelltisch und bestellte mit einem Handzeichen ein weiteres.

»Da haben Sie recht«, sagte Hanna.

Die Galeristin sah Heilands Frau missbilligend an. »Verstehen Sie denn auch etwas davon?«

Hanna lächelte. »Ich bin Hauptkommissarin im Landeskriminalamt, zurzeit allerdings im Mutterschutz.«

»Ach!«, entfuhr es Frau Teichmann.

»Ich muss mich einen Augenblick entschuldigen.« Peter Heiland stand umständlich auf. Dabei stieß er gegen das Beistelltischchen. Frau Teichmanns leeres Glas rollte vom Tisch und schlug auf dem Boden auf, ging aber nicht zu Bruch. Peter bückte sich schnell, hob das Glas auf, indem er es ganz unten am Fuß anfasste. »Ich nehm's gleich mit zur Theke!«, sagte er schnell und verschwand Richtung Toilette. Der Weg führte am Tresen entlang. Hanna beugte sich zu Frau Teichmann hinüber. »Ich würde lieber heute als morgen wieder arbeiten«, sagte sie.

»Das verstehe ich!«

Der Kellner brachte ein neues Glas für die Galeristin.

»Sind Sie denn auch mit dem Mordfall vertraut?«, fragte Frau Teichmann.

»Nicht komplett, aber natürlich interessiere ich mich dafür.«

»Und, was glauben Sie, wer es war?«

»Ich habe da keine Theorie«, antwortete Hanna vorsichtig. »Man muss immer fragen, wer denn den größten Nutzen davon hat.«

»Jacqueline, seine Frau, natürlich. Ich weiß nicht, wie viele Werke von ihm sie erbt. Von seinem sonstigen Besitz ganz zu schweigen. Sie sind getrennt, aber nicht geschieden. Den Pflichtanteil erbt sie auf jeden Fall, aber ich denke, so wie Lukas Abendroth war, hat er gar kein Testament gemacht.«

»Und Sie als Galeristin, profitieren Sie nicht auch? Ich meine, Frau Abendroth wird ja manches der Werke verkaufen wollen, jetzt, da die Preise so angezogen haben. Das ist doch auch eine ganz gute Situation für Sie, denke ich.«

Frau Teichmann lachte bitter auf. »Ja, sie wird bestimmt verkaufen. Aber ich werde nichts davon haben. Frau Abendroth wird nicht mit mir zusammenarbeiten. Die hat längst einen anderen Galeristen, der sich jetzt eine goldene Nase verdient. Trotzdem: Wenn sie es war, habe ich totales Verständnis dafür, dass sie ihn umgebracht hat.«

»Glauben Sie denn, dass es tatsächlich Lukas Abendroth war, der das Home-Sexvideo ins Netz gestellt hat?«

»Ob ich das glaube? Ich weiß es! Mir gegenüber hat dieser fürchterliche Mensch sogar damit geprahlt.«

Peter Heiland war es gelungen, das Glas unbeschadet bis zur Toilette zu bringen. Dort wickelte er es behutsam in zwei Papierhandtücher ein und schob es in die Außentasche seine Jacketts. Dass ihm das gelungen war, machte ihn stolz, galt er doch sonst als ausgesprochen linkisch und ungeschickt. Er kehrte ins Restaurant zurück und sah, dass die beiden Frauen offenbar in einem angeregten Gespräch waren. Als er sich wieder zu ihnen setzte, sagte Hanna gerade: »Aber das ist ja dann doch ein großer Verlust für Sie, wenn sich Frau Abendroth einen anderen Galeristen sucht.«

Peter begriff, dass dieser Satz vor allem für ihn bestimmt war.

Sibylle Teichmann winkte ab. »Meine Galerie ist gut etabliert. Ich vertrete zum Glück noch andere erfolgreiche Künstler. Und ich habe noch ein paar Bilder, die mir Abendroth anvertraut hat.«

»Mich würde interessieren, wie wird eigentlich aus einem Maler ein Star?«, fragte Peter Heiland. »Ich kann bei manchen wirklich nicht erkennen, warum die besser sein sollen als andere. Und dann erzielt so einer für ein einziges Bild einen Preis von einer Million Euro oder mehr.«

Frau Teichmann sah den Kommissar an, als hätte sie genau auf diese Frage gewartet. »Ein erfolgreicher Künstler wird heute gemacht«, sagte sie und lehnte sich ein wenig zurück. Ein selbstgefälliges Lächeln überzog ihr Gesicht. »Im Grunde sind es Leute wie ich, die dafür sorgen, dass so ein Maler oder Bildhauer berühmt und wirtschaftlich erfolgreich wird. Zuerst muss man ein angesehenes Museum dazu bringen, ein Werk anzukaufen, was wirklich nicht einfach ist. Da gehören gute Verbindungen und erstklassige Überredungskünste dazu. Wenn das gelungen ist, muss man sofort dafür sorgen, dass eine einschlägige Kunstzeitschrift darüber berichtet, und zwar möglichst so, dass man sich in jedem anderen Museum fragt, warum haben wir diesen Künstler nicht entdeckt? Dann kommt es darauf an, dass man den einen oder anderen spektakulären Verkauf vermelden kann, auch wenn der nur simuliert ist.«

»Und wie geht so etwas?«, fragte Hanna.

»Man überredet einen Menschen mit Geld, sich ein Werk zu kaufen, oder man bittet ihn mitzuspielen.«

»Wie mitzuspielen?«

»Nun, man sagt, er habe ein Bild gekauft, und er bestätigt das. Aber in aller Regel ist das nicht nötig. Es gibt genug Anleger, die ein Gespür dafür haben, dass ein Künstler demnächst reüssieren wird. Und die kaufen ganz von selbst, wie jemand Aktien kauft, wenn er sicher ist, dass sie demnächst steigen werden, weil die Firma große Gewinne machen wird.«

»Und Sie kennen solche Leute?«, fragte Peter Heiland.

»Das ist Teil meines Geschäfts. Ich muss Kontakte zu Menschen haben, die gerne in Kunst investieren wollen. Die darf ich natürlich nicht enttäuschen. Und das ist mir bisher auch immer – oder sagen wir, fast immer – geglückt.«

Sibylle Teichmann nahm einen Schluck aus ihrem Glas. Ihre Wangen hatten sich gerötet. Peter Heiland hatte den Eindruck, dass sie es genoss, diesen kleinen Vortrag zu halten.

»Das Nächste ist dann eine Soloausstellung für den

Künstler oder die Künstlerin und so weiter«, fuhr die Galeristin fort.

»Und das haben Sie mit Lukas Abendroth geschafft.«

»Die Schau, die wir jetzt vorbereitet haben, war bereits die dritte in vier Jahren. Man könnte fast sagen, das ist ein Rekord.«

»Jetzt habe ich wirklich etwas gelernt«, sagte Peter Heiland.

Sibylle Teichmann hob ihr Glas in seine Richtung. »Sie können jeden Schritt verfolgen. Lukas ist geradezu ein Musterbeispiel. Die Ausstellungseröffnung mit diesem Ballett wäre das nächste wichtige Event gewesen.«

»Ich höre, es findet trotz seines bedauerlichen Todes statt.«

»Ja. Ja, natürlich. Man muss das Eisen schmieden, solange es heiß ist.«

Der Kellner kam. »Darf ich Ihnen Ihr Essen servieren, Frau Teichmann?«

Peter Heiland stand rasch auf. »Das war jetzt sehr nett«, sagte er, »dass wir Ihnen ein wenig Gesellschaft leisten durften. Einen schönen Abend noch.«

»Eigentlich schade. Es war ein angenehmes Gespräch«, sagte die Galeristin und reichte Hanna die Hand: »War interessant, Sie kennenzulernen.« Peter nickte sie nur zu, entfaltete die Stoffserviette und breitete sie über ihren Knien aus.

Als die beiden an ihrem reservierten Tisch Platz genommen hatten, sagte Hanna: »Wusstest du, dass Frau Abendroth mit ihren ererbten Bildern die Galerie wechseln wird?«

»Nein. Vielleicht arbeitet sie einfach lieber mit einem Mann zusammen als mit einer Frau, die sich nur für Frauen interessiert.«

Hanna nahm die Speisekarte. »Ich fand es toll, wie sie in wenigen Sätzen das ganze Erfolgskonzept einer Kunstgalerie beschrieben hat.«

»Ich glaube, jeder Mensch redet gerne über seine Arbeit. – Ich nehme die Fischsuppe und danach das Roastbeef.«

»Und ich den Tafelspitz«, entschied Hanna.

»Und was trinken wir dazu?« Peter blätterte in der Getränkekarte. »Mensch«, rief er plötzlich. »Da gibt es den Trollinger mit Lemberger vom Rotenberg!«

»Und?« Hanna verstand nicht, warum ihr Mann geradezu darüber jubelte.

»Den gab's an unserer Hochzeit letztes Jahr, und Opa Henry hat ihn uns zu den Maultaschen geschickt.«

»Hab ich vergessen«, sagte Hanna.

»Wie kannst du so was vergessen?«

Sie lachte. »Weißt du eigentlich, was heute für ein Datum ist?«

»Warum fragst du das?«

»Und ich habe gedacht, du lädst mich deshalb ins ›Manzini‹ ein.«

Peter Heiland starrte seine Frau an. »Warte mal! Heute ist …, heute ist der 17. Mai!« Er sprang auf und schrie. »Wie hab ich das vergessen können?«

Im ganzen Lokal wurde es still. »Unser erster Hochzeitstag!« Er riss Hanna von der Polsterbank hoch, schloss sie fest in die Arme und küsste sie. Ein paar Leute im Lokal applaudierten. Just in diesem Moment kam ein

Rosenverkäufer herein. Peter drückte ihm einen Schein in die Hand. »Ich nehme alle, ich hoffe, das Geld reicht.«

»Wenn nicht, helfe ich gerne aus.« Sibylle Teichmann war aus ihrer Nische herausgekommen und neben das Paar getreten. Kommentarlos reichte auch sie dem Blumenverkäufer einen Schein. Dann gab sie Hanna die Hand. »Herzlichen Glückwunsch.« Und zu Peter Heiland sagte sie: »Aber dass Sie diesen Termin vergessen konnten ...«

»Ich verstehe das«, sagte Hanna, »wenn er an einem schwierigen Fall arbeitet, vergisst er alles drum herum.«

»Dann frage ich mich, warum Sie überhaupt hier sind? War das etwa meinetwegen?«

»Woher hätte ich wissen sollen, dass wir Sie hier treffen?«, fragte Heiland und bemühte sich um einen harmlosen Gesichtsausdruck.

»Wer weiß?« Frau Teichmann ging an ihren Tisch zurück.

6. KAPITEL

»Das ging aber schnell«, sagte Jenny Kreuters.

»Ich möchte wissen, was da dahintersteckt«, knurrte Carl Finkbeiner wütend.

»Ist doch ganz einfach«, meldete sich Meier. »Peter hat doch gesagt, er übernimmt diese Spinatwachtel.«

»Wo ist er überhaupt?«

Meier holte sich einen Kaffee von der Maschine auf dem Fensterbrett. »Wird schon noch kommen.«

»Was hat denn nun Wischnewski genau gesagt?«, fragte Finkbeiner.

»Der hohe Senatsbeamte habe angerufen und sich dafür bedankt, dass man die Galeristin Sibylle Teichmann nun wohl so behandle, wie es angemessen sei.«

»Ich wüsste schon, was für die angemessen wäre«, sagte Carl wütend.

Die Tür ging auf. Peter Heiland kam herein. »Morgen allerseits. Das müsst ihr euch vorstellen. Hab ich doch tatsächlich meinen ersten Hochzeitstag vergessen.«

»Du wirst dich nicht darüber wundern, dass wir uns nicht darüber wundern«, sagte Carl Finkbeiner finster.

»Was ist denn mit dir los?« Peter Heiland holte sich einen Kaffee.

»Hast du mit der Teichmann geredet?«, fragte Carl.

»Ja. Woher weißt du denn das? Gestern Abend im ›Manzini‹.«

»Du warst mit der essen?«

»Nein, ich war mit Hanna essen, aber die Teichmann war auch da.«

»Ganz zufällig, ja?«

»Ich habe mich vorher kundig gemacht, wo ich sie wohl antreffen könnte.« Peter Heiland setzte sich auf einen freien Stuhl und erzählte die ganze Geschichte des gestrigen Abends.

»Die Teichmann ist also raus aus dem großen Geschäft mit Abendroths Werken?«, fragte Jenny.

»Nicht ganz. Sie hat ja noch einen ordentlichen Restbestand. Aber ich denke doch, dass es ein großer Verlust für sie ist. Sie hat übrigens Jacqueline Abendroth ziemlich ungeniert verdächtigt, ihren Mann umgebracht zu haben.«

»Schwachsinn!«, ließ Finkbeiner von sich. »Die Frau wäre zu so etwas nie und nimmer fähig!«

Heiland ging nicht darauf ein. »Lasst uns noch mal rekapitulieren: Abendroth war in der Galerie und hat gemeinsam mit Frau Teichmann die Bilder aufgehängt. Als das Fernsehteam kam, hat er die Galerie verlassen …«

Finkbeiner unterbrach. »Sag mal, hat eigentlich jemals einer von uns gesehen, was die gefilmt haben?«

»Na, die Bilder, die an der Wand hingen«, sagte Meier.

»Aber das heißt ja, dass die Kamera möglicherweise die ganze Zeit lief. Da müsste man doch vielleicht sehen, wann Tillmann Winkler weggegangen und wann er wiedergekommen ist.«

»Einen Versuch ist es wert«, meinte Peter Heiland.

»Ich seh mal zu, ob wir an die Fernsehaufnahmen rankommen.« Er kramte das eingewickelte Glas aus seiner Jackentasche und stellte es behutsam auf Jennys Schreibtisch. »Da sind die Fingerabdrücke von Frau Teichmann drauf.«

Meier pfiff durch die Zähne. »Clever, Chef! Ich bring die gleich zur Spurensicherung.«

»Wir brauchen noch die Abdrücke von Uwe Lohberg, von Frau Lohberg, von Tillmann Winkler, von Frau Abendroth …«

»Na, die sind sowieso auf dem Drohbrief. Schließlich hat sie ihn ja im Nachlass ihres Mannes gefunden«, warf Carl Finkbeiner ein.

»Und natürlich die der ganzen Familie Nemtschow«, schloss Peter Heiland.

Anschließend rief er den Fernsehreporter Graf an, und der war sofort bereit, dem Kommissar seine Aufnahmen aus der Galerie Teichmann zu zeigen, »allerdings ungeschnitten, weil ich den Beitrag erst nach der Vernissage bearbeite. Bringen Sie also Geduld mit.«

Das sei kein Problem, antwortete Heiland, »obwohl Geduld nicht grade als meine besondere Stärke gilt. Kann ich mit einem Kollegen kommen?«

»Kein Problem. Sagen wir um 11.00 Uhr?«

Peter Heiland sah auf seine Armbanduhr. »Okay, dann müssen wir gleich los.«

»Melden Sie sich einfach an der Pforte. Ich sag denen Bescheid.« Graf legte auf.

Bis zum RBB in der Masurenallee waren es keine zehn Minuten. Heiland und Finkbeiner waren etwas zu früh

da und mussten in der großen, sehr hohen Eingangs-
halle noch ein paar Minuten warten. Die wenigen Sessel und Bänke standen ziemlich verloren herum. Um
einen kleinen Tisch unter einer der Treppen, die sich
zu einer umlaufenden Galerie im ersten Stock hinauf-
schwangen, saßen drei Schauspieler, die Heiland vom
Fernsehen kannte. Sie bereiteten sich offenbar auf ein
Hörspiel vor. Alle drei hatten ein Manuskript vor sich,
und ihre Stimmen klangen nicht so, als ob sie sich nur
unterhalten würden. Immer wieder wurde einer laut und
begleitete seine Worte mit großen Gesten.

»Da sind Sie ja!« Der kleine dicke Reporter stand
plötzlich hinter ihnen.

Finkbeiner und Heiland standen auf und reichten ihm
nacheinander die Hand. »Ich bin Ihnen sehr dankbar«,
sagte Peter Heiland.

Graf winkte ab. »Ist doch selbstverständlich. Weiß
man denn schon, wer den Abendroth umgebracht hat?«

»Nein. Wir sind noch mitten in den Ermittlungen.
Vielleicht sind wir ja ein Stück weiter, wenn wir Ihre
Aufnahmen gesehen haben.«

Sie stiegen die Treppe hinauf und gingen durch einen
langen Korridor, von dem immer wieder Gänge abzweig-
ten. »Ob wir da je wieder rausfinden?«, fragte Finkbeiner.

Graf lachte. »Ja, da haben sich schon viele verlaufen.
Aber ich komm dann mit. Hier rein!« Er deutete auf eine
schmale Tür, über der »Schneideraum 3« stand. Ein kleines, fensterloses Zimmer mit mehreren Monitoren empfing sie. »Schneidetische gibt's wohl gar nicht mehr?«,
fragte Finkbeiner.

»Doch, schon, im Filmbereich, aber wir hier, beim

Aktuellen, bearbeiten inzwischen alles elektronisch«, sagte Graf und bat seine Besucher, Platz zu nehmen. Dann gab er Finkbeiner eine Fernbedienung in die Hand. »Geht wie zu Hause: Auf ›Start‹ drücken, dann auf die Vorwärtstaste, hier halten Sie an, und da ist der Rücklauf. Unten rechts auf dem Bildschirm, sehen Sie? Da läuft der Timecode mit. Die Zahl ganz rechts ist die Originaluhrzeit der Aufnahme.«

»Was ist denn nun alles drauf?«, fragte Peter Heiland.

»Ich habe in der Zeit, in der Abendroth abwesend war, meinen Kameramann die Bilder der Ausstellung filmen lassen. Die Gelegenheit war günstig. Keine Besucher. Nur Frau Teichmann und ihr Assistent.«

»War der denn die ganze Zeit da?«, fragte Finkbeiner.

»Daran kann ich mich mit dem besten Willen nicht erinnern. Ich hab den Kameramann machen lassen und mich in eine Ecke gesetzt, um die ersten Formulierungen aufzuschreiben, die mir zu den Bildern eingefallen sind.« Er ging zur Tür. »Die Gesamtlaufzeit ist eine Stunde, zehn Minuten. Ich schau dann wieder rein.« Damit ließ er die beiden alleine.

»Ganz schön langweilig«, sagte Finkbeiner nach etwa 20 Minuten. »All diese Fotos und Gemälde aus allen möglichen Perspektiven.« Aber dann hielt er plötzlich den Film an. »Da, der Winkler!« Der Assistent war zum ersten Mal ins Bild gekommen. Er saß an einem Tischchen und steckte Prospekte in Briefkuverts. Frau Teichmann trat zu ihm, legte ihm die Hand auf die Schulter und sagte etwas zu ihm. Winkler nickte, schob aber weiter die Flyer in Briefumschläge. Sibylle Teichmann verließ den Raum.

»Und wenn die nun rübergegangen ist in ›Babettes

Ballhaus‹ und den Maler erdrosselt hat?«, fragte Finkbeiner.

»Wir waren uns doch einig, dass für Frau Teichmann
ein lebender Lukas Abendroth viel wertvoller gewesen
wäre als ein toter.«

»Aber nur, wenn er auch weiterhin ihr Klient geblieben wäre.«

»Man bringt doch keinen Menschen um, nur weil er
vielleicht die Galerie wechseln will.«

»Wer weiß, was zwischen den beiden vorgefallen ist …?«

»Lass mal weiterlaufen!«, Peter Heiland hatte keine
Lust, den Disput fortzuführen.

Bei Minute 32 war der kleine Schreibtisch plötzlich
unbesetzt. Offenbar hatte auch Tillmann Winkler die
Galerie verlassen. Kurz sah man den Reporter Graf
auf einem Stuhl in einer Ecke sitzen und sich Notizen
machen.

»Also der hat wenigstens die Wahrheit gesagt«, meinte
Finkbeiner.

Peter Heiland sagte nichts dazu. Es dauerte eine Zeit,
bis Finkbeiner plötzlich rief: »Da! Winkler kommt wieder.« Offenbar hatte der Kameramann Lust, den jungen Mann zu filmen, denn Abendroths Assistent blieb
eine ganze Weile im Bild. Er setzte sich wieder an den
Schreibtisch und holte aus einer Umhängetasche, welche die ganze Zeit über der Lehne des Stuhls gehangen
hatte, eine Colaflasche und eine kleine rechteckige Dose,
öffnete sie und entnahm ihr ein belegtes Brot.

»Hoppla!«, machte Peter Heiland. »Ich denk, er hat an
der Imbissbude eine Currywurst ›ohne alles‹ gegessen.«

Carl Finkbeiner hielt den Film an. »Da ist er wohl nicht

satt geworden davon.« Er ließ den Film nach einer kurzen Pause weiterlaufen.

Winkler hatte gerade damit begonnen, seine Stulle zu verzehren, als Frau Teichmann wieder auftauchte. Sie schien verärgert zu sein. Mehrfach hob sie warnend den Zeigefinger. »Die schulmeistert den ganz schön«, sagte Finkbeiner. Der Film lief weiter. Winkler packte sein Brot rasch in die Dose und versenkte sie in der Umhängetasche. Die Colaflasche, die er noch nicht geöffnet hatte, ließ er folgen. Dann wendete er sich wieder seiner Arbeit zu.

Bis zum Ende der Filmaufnahmen sahen die beiden Kommissare nur noch Fotografien und Gemälde des Meisters Lukas Abendroth. Carl Finkbeiner ließ den Film noch mehrmals zurücklaufen und notierte die Zeiten: Frau Teichmann verschwindet um 10.22 Uhr, kommt wieder um 11.13 Uhr. Das sind 51 Minuten Abwesenheit. Tillmann Winkler ist ab 10.33 Uhr nicht mehr da und kommt wieder 11.08 Uhr. Das sind 35 Minuten. »Er kann auch länger weg gewesen sein, wir haben ja nicht gesehen, wann er verschwunden ist. Auf jeden Fall fällt alles in die Zeit, die der Gerichtsmediziner als möglichen Tatzeitraum errechnet hat.«

Die beiden Kommissare fuhren von der Masurenallee direkt in Abendroths Atelier. Tillmann Winkler öffnete die Tür. Er trug einen roten Hausanzug aus einem weichen Stoff. Seine Füße steckten in silbernen Pantoffeln. Als er die erstaunten Blicke seiner beiden Besucher wahrnahm, sagte er. »Ich bin hier runter gezogen. Meine Klause unterm Dach ist ja doch ziemlich eng. Und ich weiß, Lukas wäre damit einverstanden gewesen.«

»Bei uns brauchen Sie sich nicht zu entschuldigen«, sagte Peter Heiland. »Höchstens dafür, dass Sie uns angelogen haben.«

Tillmann Winkler starrte ihn an. »Sie haben doch gar nicht mit mir geredet.«

»Aber in unseren Protokollen steht alles, was Sie ausgesagt haben, egal gegenüber welchem Kollegen auch immer.« Die beiden Kommissare drängten an Winkler vorbei in Abendroths Atelier.

»Und wo soll ich gelogen haben?«

»Sie waren zur Tatzeit nicht am Imbissstand.«

»War ich wohl!«

»Und Sie haben dort eine Currywurst gegessen?«, fragte Finkbeiner dazwischen.

»Genau. Hab ich ja Ihren Kollegen schon gesagt.«

»Aber Sie hatten danach immer noch Hunger.«

»Quatsch!«

»Na immerhin wollten Sie dann noch eine Stulle essen.«

»Was wollte ich?«

Peter Heiland hatte keine Lust, das Katz-und-Maus-Spiel weiterzutreiben. Deshalb erklärte er Winkler, was sie auf dem Film des Fernsehteams gesehen hatten. »Sie waren zwar mindestens eine halbe Stunde weg«, schloss er, »aber Sie waren nicht am Imbissstand. Also, wo waren Sie?«

»Auf jeden Fall nicht in ›Babettes Ballhaus‹!« Winklers Gesicht bekam einen trotzigen Zug. Er hatte damit begonnen, verschiedene Dinge auf dem großen Tisch, der einer Werkbank glich, hin und her zu schieben. Eine Ordnung entstand dadurch allerdings nicht.

»Ich wollte von Ihnen nicht wissen, wo Sie *nicht* waren, sondern *wo* Sie waren!«, sagte Peter Heiland laut.

»Ich wüsste nicht, was Sie das angeht.«

»Mann, sind Sie so begriffsstutzig oder tun Sie nur so?«, mischte sich Finkbeiner ein. »Es geht um Ihr Alibi!«

»Ich brauche kein Alibi. Ich hab mit dem Mord an Lukas Abendroth nichts zu tun.«

»Dann frag ich mich aber, warum Sie diese Falschaussage gemacht haben, Sie seien an dem Imbissstand gewesen.«

»Ich hab da nicht lange drüber nachgedacht. Meistens bin ich um diese Zeit dort.«

»Und, wo waren Sie nun wirklich?«

»Das ist sehr privat, und ich rede nicht darüber. Es sei denn, ich würde dazu gezwungen.« Der Trotz in Winklers Gesicht war einem hochmütigen Ausdruck gewichen. Er stand mit dem Rücken an den Tisch gelehnt und sah Peter Heiland mit herausfordernden Blicken an.

Finkbeiner versuchte es noch mal auf die freundliche Tour: »Sie können Vertrauen zu uns haben. Wenn es um ein intimes Geheimnis geht – wir werden nicht weiter drüber reden.« Er grinste. »Ist fast wie beim Beichtgeheimnis in der katholischen Kirche.«

Winkler sah zu Boden, hob den Blick aber gleich wieder. »Ich glaube nicht, dass eine Situation eintreten wird, die mich dazu zwingt, Ihnen zu sagen, wo ich wirklich war. Kann ich jetzt bitte weiterarbeiten?«

Heiland und Finkbeiner sahen sich an und hoben fast synchron die Schulter. Dass sie hier nicht weiterkamen, war klar.

»Könnten wir noch mal einen Ausstellungskatalog haben?«, fragte Peter Heiland überraschend.

»Der kostet 48 Euro.«

Finkbeiner zog sein Portemonnaie heraus, entnahm ihm einen Fünfzigeuroschein, reichte ihn Winkler und sagte: »Stimmt so!«

Winkler nahm von einem Stapel voluminöser Bände ein Exemplar, wiegte es in den Händen und reichte es dem Kommissar.

»Ich hätte mir den Katalog ohnehin zugelegt«, sagte Carl Finkbeiner.

»Er ist der Einzige von uns, der sich wirklich für Kunst interessiert«, fügte Peter Heiland hinzu.

Winkler reichte Finkbeiner eine Papiertüte. »Ach bitte, halten Sie doch noch mal«, sagte der Kommissar und drückte den Katalog, den er mit spitzen Fingern an der oberen und unteren Kante festhielt, in Winklers Hände zurück. Er schüttelte die Tüte auf und hielt sie dem Assistenten so hin, dass er den Katalog hinein-schieben konnte.

Vor Abendroths Atelier sagte Finkbeiner. »Na hoffent-lich sind die Fingerabdrücke was geworden.«

Als sie ins Büro zurückkamen, empfing sie Jenny Kreu-ters mit der Nachricht, der Fernsehreporter Graf habe angerufen. Sie zog einen Notizzettel zu sich her. »Bei Sotheby's in New York werde bei einer international beachteten Auktion ein großformatiges Bild von Lukas Abendroth angeboten. Titel ...« Jenny hob den Zettel vor die Augen und las ab: »Das kretische Labyrinth.«

»Was immer das sein mag«, sagte Norbert Meier.

Carl Finkbeiner wusste es. »König Minos hat sich in Knossos von dem Baukünstler Daidalos ein Gefängnis für den Minotaurus bauen lassen mit einem verzweigten Gangsystem, sodass einer, der da mal drin war, nie wieder rausgefunden hat. Die Anlage heißt auch ›Das kretische Labyrinth‹.«

»Ich erinnere mich. War das nicht die Geschichte mit dem Ariadnefaden?«, rief Peter Heiland.

»Genau! Theseus bot sich an, den Minotaurus, ein gefährliches Stierwesen, das dort gefangen war, zu töten. Aber da musste er erst einmal an ihn herankommen und – was schwieriger war – wieder durch das Labyrinth herausfinden. Da kam seine Freundin Ariadne, die Tochter von König Minos, auf die Idee, ihm einen aufgerollten langen Faden zu schenken. Theseus hat dem Minotaurus den Garaus gemacht und danach den Weg zurückgefunden, indem er dem abgespulten Faden folgte.«

»Wäre schön, wenn wir auch so 'n Faden hätten, um den richtigen Weg bei unseren Ermittlungen zu finden«, sagte Jenny Kreuters.

»Wer verkauft wohl das Bild in New York?«, fragte Finkbeiner.

»Wir fragen Uwe Lohberg«, schlug Meier vor. »Wenn es ein Bild von früher war, weiß keiner besser darüber Bescheid als er.«

»Vielleicht ist es ja er selber, der verkauft«, gab Peter Heiland zu bedenken.

»Möglich. Das Geld kann er gut gebrauchen«, antwortete Meier, der inzwischen seinen Computer hochgefahren hatte. »Wartet mal, ich hab's gleich. Wie hieß das Auktionshaus noch mal?«

»Sotheby's New York«, sagte Jenny und buchstabierte den Namen des Auktionshauses.

Meier gab ihn ein. Die anderen kamen nach und nach zu seinem Schreibtisch und schauten ihm über die Schulter.

»Die Versteigerung ist morgen 11.00 Uhr Ortszeit.« Meier klickte weiter. Jetzt folgte die fotografische Wiedergabe jedes Objektes, das unter den Hammer kommen sollte.

»Da! Das muss es sein!«, rief Finkbeiner plötzlich. Meier zoomte die Darstellung bis auf die ganze Breite des Bildschirms.

»Wenn man eine Weile hinschaut, kann man einen Mann in einer Art Lendenschurz und mit einem langen Speer entdecken. Dann dieses Fabelwesen, halb Mensch, halb Stier. Dahinter, das ist wohl ein Boot mit einem weißen Segel. Und was sich über das ganze Bild kringelt, muss der Ariadnefaden sein.«

»Größe drei auf zwei Meter«, las Norbert Meier ab. »Ganz schöner Schinken. Mindestgebot 120.000 Dollar.«

»Kann man rauskriegen, wer das Bild verkauft?«, fragte Peter Heiland.

»Ne. Anbieter anonym, steht da.«

»Druckst du die Ansicht bitte aus, Norbert.«

Langsam ruckelte das Bild aus dem Vierfarbdrucker – ein schwacher Abglanz der Darstellung auf dem Bildschirm, und die gab sicher das Originalbild nur unzulänglich wieder. Meier wiederholte den Vorgang noch drei Mal und verteilte die DIN-A4-Blätter, auf denen »Das kretische Labyrinth« zwar in schwachen Farben und mit einem unnatürlichen Rotstich, aber doch klar zu erkennen war, an seine Kollegen.

»Wie weit sind wir denn mit den Fingerabdrücken?«

»Die Prints von Frau Teichmann sind auf dem Drohbrief nicht drauf. Und die auf dem Ausstellungskatalog, die Tillmann Winkler hinterlassen hatte, müssen noch untersucht werden.«

»Wir fahren mal zu Uwe Lohberg«, sagte Norbert Meier und sah Jenny Kreuters dabei auffordernd an, »fragen, ob er über dieses Labyrinthbild Bescheid weiß. Da wird's schon eine Möglichkeit geben, an seine Fingerabdrücke heranzukommen.«

Meier rief in Lohbergs Firma an. Der Chef sei nicht da, sagte seine Sekretärin.

»Ist er in seinem Wochenendhaus am Schwarzen See?«

»Nein, er besucht einen Kunden in Magdeburg. Aber morgen Vormittag können Sie ihn sicher hier erreichen.«

Meier wollte das Ergebnis seines Telefonats an Peter Heiland weitergeben, aber der reagierte nicht. »Halloooo!«, rief Norbert mit sanfter Stimme.

»Entschuldige«, sagte Heiland, »ich war mit meinen Gedanken ganz woanders.« Er sah Carl Finkbeiner an. »Frau Abendroth sagte doch, der Drohbrief sei unter den Sachen gewesen, die ihr der Notar übergeben habe.«

»Ja!«

»Und wenn das nicht stimmt?«

»Wie? Wenn was nicht stimmt? Du meinst …?«

»Er meint, sie könnte den Mord begangen haben. Dann hätte sie uns bewusst auf die falsche Spur geführt, indem sie den Drohbrief selbst angefertigt und dir untergejubelt hätte«, erklärte Norbert Meier.

Carl Finkbeiner schüttelte verständnislos den Kopf. »Das glaubst du doch selber nicht!«

»Ihr Alibi können wir erst am Samstag überprüfen, wenn ihre Fußpflegerin wieder erreichbar ist«, sagte Jenny Kreuters sachlich.

Finkbeiner ärgerte sich über den kleinen Gedankenaustausch und sagte sich gleichzeitig, dass es dafür gar keinen Grund gab, außer vielleicht … Er stoppte seine Gedanken und schüttelte den Kopf über sich selbst. Er sah auf die Uhr. »Ich mach dann mal Feierabend«, sagte er.

Was er nicht sagte: Jacqueline Abendroth hatte ihn kurz vor 17.00 Uhr angerufen und gefragt, ob sie vielleicht miteinander abendessen gehen könnten.

»Um wie viel Uhr?«, hatte er nur gefragt.

»Sagen wir um 19.00 Uhr. Aber wir könnten vorher bei einem Herrenausstatter vorbeigehen, wo man mich gut kennt. Ich werde da sehr zuvorkommend bedient und kriege einen ordentlichen Rabatt.«

Als Peter Heiland nach Hause kam, war Hanna ganz aufgeregt. »Gut, dass du kommst. Da war ein Anruf aus Riedlingen.«

»Ist etwas mit Opa Henry?«

Hanna nickte. »Er ist in der Klinik. Eine Nachbarin hat angerufen.«

»Paula Sigloch, nehme ich an.«

»Ja, ich glaube, das war ihr Name.«

»Ja, und, was hat sie gesagt?«

»Sie schaut wohl jeden Tag mal nach ihm.«

Peter nickte. »Das stimmt. Ich hab das selbst mit ihr vereinbart. Aber was sagt sie denn nun?«

»Als sie heute Vormittag zu ihm kam, hat er kaum mehr Luft gekriegt und muss ganz schreckliche Hustenanfälle gehabt haben. Die Frau hat dann gleich den Notarzt gerufen. Und im Krankenhaus haben sie festgestellt, dass die Lunge voller Wasser war. Sein Herz leiste einfach zu wenig – so hat sie's mir erklärt.«

Peter tigerte im Zimmer auf und ab. »Ich muss da hinfahren.«

»Geht das denn? Ich meine, ihr steckt mitten in diesen Ermittlungen.«

»Ich rede mit Wischnewski.«

Carl Finkbeiner wusste nicht, warum er spontan zugesagt hatte, noch weniger konnte er sich erklären, warum ihn plötzlich so eine seltsame Unruhe erfasste. Direkt nach dem kurzen Telefongespräch war er zur Toilette gegangen, hatte sich eine Weile in dem Spiegel betrachtet und mehrfach als »alten Dackel« beschimpft.

Auf dem Weg zu dem Herrenmodehaus auf dem Ku'damm hatte er sich ausschließlich mit dem Gedanken befasst, wie er am besten noch absagen könnte, aber es war ihm kein triftiger Grund eingefallen. Als er vor den edel gestalteten Schaufenstern ankam, begann er die Auslagen zu studieren. Er konnte sich nicht erinnern, jemals Interesse an so etwas gehabt zu haben. Er musterte die Gesichter der Schaufensterpuppen und überlegte, was für Menschen die wohl darstellten. Er jedenfalls war nicht darunter, so viel stand fest.

»Hallo!« Sie stand plötzlich neben ihm.

»Guten Abend«, antwortete er steif.

Jacqueline Abendroth schob ohne Umstände ihren Arm unter den seinen und sagte: »Das da ist alles nichts für Sie. Aber ich bin sicher, wir finden das Richtige.«

»Eigentlich brauche ich nichts.«

»Aber uneigentlich brauchen Sie ganz dringend so einiges!« Sie lachte und zog ihn zur Tür des Ladens.

Im Geschäft wurde Frau Abendroth wie eine gute alte Bekannte begrüßt, und Finkbeiner entging es nicht, dass die Frau an der Kasse und ein junger Verkäufer, der sofort auf sie zugeeilt war, ihn leicht befremdet ansahen.

Die Frau an der Kasse, die wohl auch die Geschäftsführerin war, sprach der Witwe ihr *tief empfundenes Beileid* aus. Wenn sie übers Wetter geredet hätte, hätte es vermutlich nicht anders geklungen.

»Danke«, sagte Frau Abendroth, »aber Sie wissen ja ...«

Weiter sprach sie nicht. Die Geschäftsführerin nickte zustimmend und sagte dann: »Wie kann ich Ihnen helfen?«

»Lassen Sie mal«, antwortete Jacqueline Abendroth, »wir suchen erst mal auf eigene Faust, ja?!«

»Selbstverständlich«, sagte die andere.

Als Erstes zog Jacqueline ihren Begleiter zu den Hosen. Zielsicher griff sie drei heraus und hielt sie nacheinander hoch. »Die müssten passen. Dort drüben sind die Umkleidekabinen.« Zögernd nahm ihr der Kommissar die Kleidungsstücke aus der Hand.

»Ich kenne natürlich Ihre finanziellen Möglichkeiten nicht«, sagte Jacqueline Abendroth.

»Keine Sorge. Ich verdiene gut und lebe sparsam. So gesehen können wir richtig zuschlagen«, antwortete Finkbeiner mit einem schiefen Grinsen.

Als sie das Geschäft verließen, schleppte er schwer an zwei edel gestalteten Einkaufstüten. Darin befanden sich drei Hosen, ebenso viele Hemden und zwei Jacketts, dazu seine alte Cordhose und sein Pulli. Finkbeiner trug jetzt elegante neue Jeans, dazu ein weißes Polohemd und einen hellgrauen Blazer, in dessen Innentasche die Quittung über nahezu 3.000 Euro steckte.

»Jetzt noch die Schuhe!«

Finkbeiner stöhnte auf. Seine Begleiterin deutete auf die dicken Treter, die er an den Füßen hatte. »Aber das sehen Sie doch ein, dass die zu Ihrem neuen Outfit nicht passen. Gleich dort drüben ist ein schicker Schuhladen.«

Finkbeiners Widerstand war längst gebrochen. »Na gut«, sagte er, »aber es müssen keine Handgenähten aus Budapest sein.«

Frau Abendroth schaute ihn überrascht an. »Sie kennen sich ja aus!«

»Gelegentlich schnappt man etwas auf, auch wenn man sich nicht für Mode interessiert«, gab er zurück.

Am Ende landeten sie in der Leonhardtstraße, dicht beim Stuttgarter Platz, in einer hübschen italienischen Trattoria. Es war ein Vorschlag Finkbeiners gewesen. Zwar ging er selten aus, aber dann immer in dieses Lokal. Er kannte den Wirt und dessen ganze Familie. Giannis Brüder, Söhne, Neffen und Cousinen arbeiteten ausnahmslos für das Restaurant. Die Familie stammte aus Mazedonien dicht an der albanischen Grenze. Aber da der Chef früher ausschließlich als Kellner bei Italienern gearbeitet hatte und wusste, dass die Berliner lieber in ein italienisches als in ein mazedonisches oder gar albanisches Lokal gingen, hatte er sich geschickt diesem Verhalten angepasst.

Gianni begrüßte den Kommissar herzlich, obwohl

er ihn lange nicht gesehen hatte, nickte anerkennend in Frau Abendroths Richtung und sagte leise, sodass sie es nicht hören konnte: »Gratuliere!«

»Bestellen Sie. Ich verlasse mich ganz auf Sie«, sagte Frau Abendroth, als sie Platz genommen hatten.

»Dann nehmen wir die Capellini mit Trüffeln und dazu einen Luganer Weißwein.«

Eine ganze Weile schwiegen beide. Endlich sagte Carl Finkbeiner: »Wenn Sie mir jetzt bitte verraten würden, was Sie veranlasst hat, diesen gemeinsamen Abend vorzuschlagen.« Es klang, als habe er sich diesen Satz schon die ganze Zeit zurechtgelegt und regelrecht auswendig gelernt.

Frau Abendroth sah ihn eine ganze Zeit lang mit ihren hellen, blauen Augen an, bevor sie sagte: »Ich muss Ihnen ein Geständnis machen.«

Carl Finkbeiner erschrak. »Bitte nicht! Bitte nicht hier!«

Sie lachte hell auf. »Aber doch nicht so eins, Sie Polizist. Ich habe kein Verbrechen begangen, das ich gestehen könnte, es sei denn, es ist eins, dass ich Sie einfach nett finde. Seitdem mein Mann sich von mir getrennt hat, bin ich Männern weiträumig aus dem Weg gegangen. Im Übrigen hatte ich auch den Eindruck, dass es den Männern umgekehrt mit mir nicht anders ging. Sie sind der Erste ... wie soll ich sagen ... der Erste, zu dem ich ein wenig Vertrauen habe.«

Sie atmete aus, als ob sie die ganze Zeit die Luft angehalten hätte. »So! Ende des Geständnisses.«

Carl Finkbeiner war froh, dass in diesem Augenblick eine kleine Vorspeise kam – ein Gruß aus der Küche: Oliven, sauer eingelegtes Gemüse sowie dunkles und helles warmes Brot in kleinen Scheiben.

»Ich habe mir zwar vorgenommen, nicht über meine Arbeit zu reden«, sagte Carl Finkbeiner nach einer Weile, »aber eine Frage würde ich doch gerne stellen.«

Jacqueline Abendroth sah ihn nur an, sagte aber nichts.

Finkbeiner räusperte sich ein paar Mal. Schließlich sagte er: »Kennen Sie ein Bild Ihres verstorbenen Mannes, das den Titel trägt ›Das kretische Labyrinth‹?«

»Natürlich. Eigentlich müsste es bei den Gemälden sein, die ich jetzt erbe.«

»Aber es wird morgen in New York versteigert.«

»Was?« Das kam so laut, dass sich einige Gäste an den Nebentischen nach Frau Abendroth umsahen.

»Was wundert Sie denn so daran?«

»Was mich daran wundert? ›Das kretische Labyrinth‹ gehört zu den Werken, von denen er sich nie getrennt hätte.«

»Hat er aber offensichtlich doch.« Finkbeiner dachte einen Moment nach und sagte dann: »Vielleicht hat er es ja selbst noch zum Verkauf gestellt.«

»Nein. Das hätte ihm sein Vertrag verboten.«

»Sein Vertrag mit Frau Teichmann?«

»Ja, der läuft noch bis Ende dieses Jahres.«

»Sind Sie denn an diesen Vertrag gebunden?«

»Nein. Mein Rechtsanwalt sagt, die Karten werden jetzt ganz neu gemischt.«

»Aber Sie bleiben bei Frau Teichmann?«, fragte Finkbeiner, obwohl er es wusste, dass sie wohl die Absicht hatte zu wechseln.

»Mal schauen. Ich lass mich da noch beraten. – Wissen Sie denn schon, von wem der Drohbrief stammt?«

»Jetzt sind wir doch mittendrin.«

»Aber Sie haben angefangen.« Eine steile Falte bildete sich zwischen den schön geschwungenen Augenbrauen von Frau Abendroth.

»Okay. Und schon höre ich auf. Erzählen Sie doch mal ein bisschen von sich selbst.«

»Wäre das denn nicht auch ein Teil Ihrer Recherchen?«

»War eigentlich nicht so gedacht.« Carl Finkbeiner wurde langsam sicherer. Der leichte Plauderton war nicht seine Sache, aber er hatte plötzlich das Gefühl, dass er ihn ganz gut hinbekam.

»Sie wissen also nicht, wer den Drohbrief geschrieben hat?«

»Nein. Zugegeben, wir tappen da noch im Dunkeln. Und bevor Sie weiter fragen: Das gilt für den ganzen Fall. Zu viele Verdächtige, zu wenig Indizien. Das kann sich noch hinziehen. – Sie wollten ein wenig von sich selbst erzählen.«

Frau Abendroth schüttelte lachend den Kopf. »Nicht ich, Sie wollten, dass ich etwas von mir erzähle. Aber da gibt es nicht viel. Bis zum Abitur war ich die brave Tochter eines halbwegs fortschrittlichen Pfarrers in Dresden. Danach wollte ich Kunst studieren, was meine Eltern hart getroffen hat. Vor allem mein Vater war ganz selbstverständlich davon ausgegangen, dass ich Theologie studieren würde. Dazu kam, dass er meine künstlerischen Fähigkeiten nicht besonders hoch einschätzte. Ich bin dann auch prompt durch die Aufnahmeprüfung gefallen. Danach hab ich mich erst einmal als Modell verdingt.«

»Ach!«, entfuhr es Finkbeiner. Vor seinem geistigen Auge tauchte das Bild eines Malersaals auf, in dem mindestens ein Dutzend Kunstschüler hinter ihren Staffeleien standen und in der Mitte, auf einem Podium, die nackte Jacqueline, oder wie sie damals auch immer geheißen hatte, in allen möglichen Haltungen posierend. Ein Bild, das ihn plötzlich sehr erregte.

»Vorsicht«, rief Jacqueline, »ich sehe, was hinter Ihrer Stirn vor sich geht.«

»Wie bitte?«

»Sie finden, so etwas macht man nicht, oder? Sich nackt ausziehen vor all diesen Studentinnen und Studenten.«

»Ich hab da überhaupt keine Vorurteile.« Finkbeiner merkte, dass er rot geworden war.

»Na ja, wie auch immer. Ein Jahr später bin ich dann doch auf der Kunsthochschule angenommen worden. Und einer meiner Lehrer war Lukas Abendroth. Er war 32 und ich grade mal 20 Jahre alt. Mehr ist dazu nicht zu sagen.«

»Und Uwe Lohberg haben Sie damals auch kennengelernt?«

»Sie lassen nicht locker, was? Aber gut. Die beiden waren ja die dicksten Freunde. Für Uwe waren Lukas' Bilder … ich weiß nicht, wie ich das beschreiben soll … Er war richtig verliebt in alles, was Lukas gemalt oder fotografiert hat. Er muss ein Vermögen ausgegeben haben für die Werke meines Mannes, die er gekauft hat.«

»Zum Beispiel für das Bild ›Brooklyn Bridge‹.«

»Ich sagte Ihnen doch …«

Finkbeiner winkte ab. »Wir wissen inzwischen, dass er es war, der es versteigern ließ.«

»Ach ja?«

Carl Finkbeiner vermied es zu sagen: »Ich war neulich schon sicher, Sie wussten, dass es ihm gehörte.« Stattdessen fuhr er fort: »Vielleicht gehörte ihm ja auch ›Das kretische Labyrinth‹.«

Jacqueline Abendroth schüttelte heftig den Kopf. »Das wüsste ich. Lukas hat immer und immer wieder gesagt: Das gebe ich nicht her. Es gehörte zu den wenigen Werken, die er niemals aus der Hand gegeben hätte.«

»Nun wird es aber trotzdem verkauft, und das nicht von ihm.«

»Ich habe keine Ahnung, wer ihn bequatscht haben könnte, es dennoch herzugeben. Er ließ sich ja doch nie überreden. Es ist ein Mysterium.«

»Ja, das Bild selbst und die Tatsache, dass es nun in New York verkauft wird«, sagte Finkbeiner. »Wie finden Sie denn den Wein?«

»Ich muss nachher den Wirt fragen, wo er den herhat«, antwortete sie und widmete sich ihrem Essen.

Nach einer Weile schaute sie auf. »Sie kommen aus einer Winzerfamilie in Schwaben, haben Sie neulich gesagt.«

Finkbeiner nickte. »Ganz recht!«

»Und Ihnen gefällt es in Berlin?«

»Wenn ich ehrlich bin …«, er unterbrach sich.

»Und warum bleiben Sie dann?«

»Irgendwann werde ich sicher zurückgehen. Berlin wird mir nie zur Heimat werden«, sagte er bedächtig.

»*Heimat*, was ist das überhaupt, *Heimat*?« Jacqueline Abendroth nahm einen Schluck aus ihrem Weinglas.

»Das Dorf oder das Viertel in einer Stadt, wo man aufgewachsen ist, die Nachbarschaft, die Landschaft, die Dinge, die man als Kind gesehen hat, der Ausblick aus dem Fenster – das alles bedeutet viel mehr *Heimat* als die Zugehörigkeit zu einem Staat. Deshalb glaube ich auch, dass es viele Migranten schwer haben werden, hier heimisch zu werden. In der dritten oder vierten Generation sicher, aber vorher ...« Er sprach nicht weiter.

»Ich habe es Ihnen gleich angesehen, Sie sind ein kluger und nachdenklicher Mensch«, sagte Jacqueline Abendroth. »Sie würden sich gut mit meinem Vater verstehen.«

Dieser letzte Satz wirkte höchst seltsam auf Carl Finkbeiner, aber er sagte nichts dazu.

»Meinst du, ich kann Wischnewski noch anrufen?«

»21.30 Uhr? Warum nicht? Der ist bestimmt noch nicht im Bett«, antwortete Hanna ihrem Mann.

Der Kriminaldirektor hob schon nach dem zweiten Klingeln ab. »Ja?«, bellte er ins Telefon, aber seine Stimme wurde sofort weicher, als er hörte, wer am anderen Ende war. »Mensch, das tut mir aber leid«, sagte er, nachdem Peter ihm erzählt hatte, was mit seinem Opa geschehen war. Der alte Heiland und Ron Wischnewski hatten sich auf Anhieb gemocht, seitdem Opa Henry bei seinem ersten Besuch vor fünf oder sechs Jahren in das Büro des heutigen Kriminaldirektors geplatzt war. Und wann immer Peters Großvater in die Hauptstadt kam, die er im Übrigen überhaupt nicht mochte, bemühte sich Wischnewski, ihn wenigstens ein Mal zu treffen. »Wir setzen uns morgen früh gleich zusammen. Sie referie-

ren mir noch einmal den ganzen Fall, dann übernehme
ich selbst die Verantwortung, und Sie fahren anschließend am besten gleich los.« So war Ron Wischnewski.
Seine Entscheidungen ließen nie lange auf sich warten.
Zwar war er manchmal auch zu schnell entschlossen.
Aber er war der Meinung, 51 Prozent seine Entscheidungen müssten richtig sein, und diese Marke hatte er
noch allemal erreicht.

Gegen 23.00 Uhr an diesem Abend verließen Jacqueline Abendroth und Carl Finkbeiner die Trattoria »Da
Gianni«. Sie hatten noch eine zweite Flasche »Lugana
San Vigilio« getrunken und zum Nachtisch eine Zabaione bestellt. »Weinschaumcreme hieß das bei uns zu
Hause«, erzählte Jacqueline. Ihre Mutter habe sie manchmal am Sonntag gemacht, aber ihr strenger Vater habe
immer gewarnt, da sei mehr Alkohol drin, als den Kin-
dern guttue, was ihre Mutter freilich immer ignoriert
habe. »Ich weiß aber bis heute nicht, was da drin ist.«
»Ist eigentlich ganz einfach«, sagte Carl Finkbeiner.
»Eigelb und Zucker aufschlagen, mit Marsala, Rum und
etwas Zimt abschmecken, dann im Wasserbad schau-
mig schlagen, Zucker drüberstreuen, und fertig ist die
Zabaione.«
»Toll!«, rief Jacqueline Abendroth, »Sie sind also auch
einer von diesen Hobbyköchen?«
»War ich mal. Aber seitdem ich alleine lebe, koche
ich nur noch schnelle Gerichte. Für mich alleine lohnt
es sich ja nicht.«
»Vielleicht laden Sie mich ja mal ein«, sagte Jacqueline
Abendroth mit einem koketten Lächeln.

»Wenn der Fall abgeschlossen ist, gerne«, antwortete Carl Finkbeiner und wunderte sich, wie leicht ihm der Satz von der Zunge ging.

7. KAPITEL

Die Mannschaft hatte sich im Gemeinschaftsbüro der Kommissare versammelt. Wischnewski saß auf der breiten Fensterbank, Peter Heiland hatte auf einem Besucherstuhl Platz genommen. Die anderen drei saßen an ihren Schreibtischen. Nachdem Peter einen zusammenfassenden Bericht über die bisherigen Ermittlungsergebnisse gegeben hatte, sah der Kriminaldirektor in die Runde. »Jetzt frag ich mal rum: Wen haltet ihr für den Täter oder die Täterin? Meier zuerst!«

»Also die Familie Nemtschow schließe ick für mein' Teil aus.« Als Wischnewski etwas sagen wollte, hob Meier die Hände. »Ick weeß schon, Sie wollen nicht wissen, wen ich nicht für den Täter halte, sondern wen ick dafür halte. Okay. Am ehesten jloobe ick, es war dieser Tillmann Winkler.«

»Begründung?«

»Der war total in den Abendroth verknallt, hatte 'ne schöne Zeit mit ihm, aber er hat es nicht ausgehalten, dass der sich von ihm abgewendet hat. So, wie dieser Maler geschildert wird, war er Weltmeister im Demütigen. Und Winkler ist det jeborene Opfer. Man kann sich leicht vorstellen, wie der Abendroth mit seinem Adlatus umgegangen ist. Und irgendwann hat der's nicht mehr ausgehalten. Zur Tatzeit ist der aus der Galerie verschwunden. Das wissen wir. Aber an dem Imbiss-stand war er nicht, wie er angegeben hat. Er weigert sich zu sagen, wo er wirklich war. Er wusste genau, wo er Abendroth findet, kannte auch den Weg durch die Hintertür zu dem seinem Kabuff in ›Babettes Ballhaus‹. Wir nehmen an, dass Abendroth nicht sonderlich über-rascht war von dem Besuch. Stark genug ist der Winkler, um jemanden zu erdrosseln. Er geht immerhin regelmä-ßig ins Fitnessstudio.«

Wischnewski nickte. »Klingt ziemlich überzeugend. Frau Kreuters?«

»Im Unterschied zu Norbert glaube ich, dass es entwe-der Boris Nemtschow oder dessen Vater war. Wenn man die Mentalität dieser Leute in Rechnung stellt, dann müs-sen die einen unheimlichen Hass auf den Mann gehabt haben, der ihre Tochter beziehungsweise ihre Schwester zu seiner kleinen Hure gemacht hat.«

Norbert Meier hob den Zeigefinger. »Boris sagt: Die Eltern seien einverstanden gewesen und hätten dafür kassiert. Abendroth hat dem Vater sogar 'nen Job ver-schafft.«

»Lassen Sie die Kollegin ausreden, bitte«, rief Wisch-newski.

»Dafür, dass die Eltern mitgemacht haben sollen, haben wir nur die Aussage des Jungen«, fuhr Jenny fort. »Wir haben doch alle mitgekriegt, wie der alte Nemt-schow ausgerastet ist, als seiner Tochter behauptet hat, Peter habe sie sexuell belästigt.«

»Sind denn da alle Alibis überprüft?«, wollte der Kri-minaldirektor wissen.

Peter Heiland antwortete: »Boris behauptet, er sei mit

seinem Moped rumgefahren. Und seine Eltern bestätigen sich gegenseitig, dass sie zu Hause waren.«

»Also hat von denen keiner ein brauchbares Alibi. Ihre Meinung, Herr Finkbeiner?«

»Wenn wir schon von Demütigung reden, dann war ja wohl Miriam Lohberg am stärksten betroffen. Nachdem er dieses Sexvideo ins Netz gestellt hatte.«

»Trauen Sie der Frau denn einen Mord zu?«, fragte der Kriminaldirektor.

»Ja«, sagte Carl Finkbeiner unumwunden.

»Sie müsste es ja nicht selbst getan haben«, ließ sich Peter Heiland hören.

»Wer dann? Ihr Mann?«

»Nein«, meldete sich nun wieder Carl Finkbeiner, »die beiden verkehren nur noch über ihre Anwälte miteinander.«

»Woher wissen wir das?«

»Das hat Frau Lohberg ausgesagt.«

»Und, haben Sie's überprüft?«

»Dazu sind wir noch nicht gekommen«, sprang Peter seinem Kollegen bei.

»Und was glauben Sie, Schwabe, wer es war?«

»Ich neige am ehesten zu Norbert Meiers Version. Das stärkste Motiv hat allerdings Jacqueline Abendroth, die Witwe. Sie war ja kaum weniger gedemütigt als Frau Lohberg, außerdem erbt sie nun fast alles.«

»Das hat sie aber vorher nicht gewusst!«, rief Finkbeiner dazwischen.

»Und woher wissen Sie das?«, fragte Wischnewski.

»Sie hat es mir gesagt«, erwiderte Finkbeiner.

»Wie steht es mit dem Alibi dieser Dame?«

»Können wir erst morgen überprüfen. Dann ist die Fußpflegerin, bei der sie angeblich zur Tatzeit war, aus ihrem Urlaub zurück.«

»Okay, machen Sie das, Jenny!« Der Kriminaldirektor sprang mit einem kleinen Satz von dem Fensterbrett herunter. »Kennt Frau Abendroth eigentlich diese Miriam Lohberg?«

»Ja«, wusste Finkbeiner.

»Und wie steht sie zu ihr?«

»Wie soll sie zu ihr stehen. Sie hat ihr den Mann weggenommen«, sagte Jenny Kreuters.

»Nach allem, was wir wissen, hat es dieser Maler schon lange immer wieder mit anderen Frauen getrieben«, sagte Meier, »war also nichts Neues für sie.«

Finkbeiner meldete sich: »Frau Abendroth sagt, sie habe Frau Lohberg nur flüchtig gekannt.«

Peter Heiland sah seinen Kollegen an. »Hast du noch mal mit ihr gesprochen?«

Finkbeiner nickte nur.

Bevor jemand fragen konnte, wann und wo, sagte Heiland schnell: »Gut so!«

»Und was ist mit diesem Uwe Lohberg?«, fragte der Chef.

»Hat ein Alibi. Das ist zwar nicht bombensicher, aber es spricht einiges dafür, dass es stimmt«, sagte Peter Heiland.

Wischnewski klatschte in die Hände. »Also gut. Der Kollege Heiland fällt für ein paar Tage aus. Ich leite solange selbst die Ermittlungen.«

»Du fällst aus?«, fragte Finkbeiner überrascht. »Steckt da diese Staatsanwältin Meineke dahinter?«

Peter lächelte. »Nein, ich muss nach Riedlingen. Mein Großvater liegt ziemlich schwer krank in der Klinik, und man weiß nicht, ob er es überlebt.«

Jeder im Raum kannte den alten Mann, und er war den Kollegen Peter Heilands nicht weniger sympathisch als ihrem Chef Wischnewski. Entsprechend war ihre Anteilnahme.

Bevor Peter das Büro verließ, bat er Carl Finkbeiner noch in sein Büro. »Ich habe das Gefühl, du müsstest mir etwas erzählen«, sagte er.

Carl Finkbeiner nickte. »Das hatte ich die ganze Zeit schon vor, aber es hat sich noch keine Gelegenheit ergeben.«

»Na, dann raus mit der Sprache!«

»Ich habe Jacqueline Abendroth schon zwei Mal getroffen. Privat, wenn du so willst. Aber natürlich versucht man dann auch, das eine oder andere rauszukriegen, was uns in den Ermittlungen weiterbringen könnte.«

»Hast du dich verliebt?«, fragte Peter direkt.

»Was? Wie kommst du denn auf so was?«

»Na hör mal, es kommt jeden Tag Tausende Mal vor, dass sich ein Mann in eine Frau verliebt oder umgekehrt.«

»Ich weiß doch gar nicht mehr, wie das geht!«

»Das muss man nicht wissen. Das kommt von ganz alleine.«

Carl Finkbeiner zog ein Taschentuch heraus und wischte sich den Schweiß von der Stirn. »Ehrlich, Peter, ich weiß es nicht. Aber ich kann dir versichern, ich werde deshalb keinen Fehler in der Arbeit machen.«

Peter trat zu dem Freund, legte seinen Arm um dessen Schultern und sagte. »Aber vielleicht wär's besser, ihr trefft euch in nächster Zeit nicht mehr privat.«

»Wenn ich zurück bin, werde ich eventuell nötige Termine mit ihr wahrnehmen. Und du hältst dich von ihr fern, okay?«

»Versprochen.« Carl Finkbeiner atmete sichtlich auf.

»Kommen Sie ruhig rein!«, rief Uwe Lohberg. Norbert Meier hatte kurz geklopft und gleichzeitig die Tür zum Büro des Fabrikanten ein Stück geöffnet. »Sie haben noch Fragen?«

»Eigentlich nur eine«, sagte Jenny, die dicht hinter Meier hereinkam.

»Ich höre!«

»Kennen Sie das Bild ›Kretisches Labyrinth‹?«

»Natürlich. Lukas hat es als sein *Opus Magnum* bezeichnet.«

»Und was heißt das?«, wollte Meier wissen.

»Sein größtes Werk«, übersetzte Jenny.

»Ja«, bestätigte Lohberg. »Er hat sich immer geweigert, es zu verkaufen, sonst würde ich es heute besitzen. Als er es gemalt hat, hatte ich noch das Geld dafür. Später habe ich mir eine Kopie anfertigen lassen.«

»Wie? Von wem?«, fragte Meier.

»Von einem bekannten Kopisten eben.«

»So etwas gibt's?«

»Ja sicher. Gehen Sie nie in ein Museum?«

»Nö«, kam es entschieden von Norbert Meier.

»Manchmal sieht man die nämlich bei der Arbeit. – Und was ist nun mit dem Original?«

»Es wird heute in New York versteigert«, gab Jenny Kreuters Auskunft.

»Ehrlich? Dann muss er es selber zum Verkauf gestellt haben. Ich kann mir nicht vorstellen, dass er es aus den Händen gegeben hat.« Uwe Lohberg hatte einen kleinen Gegenstand in die Hand genommen, der neben anderen Dingen, bei denen es sich offensichtlich um Erinnerungsstücke handelte, auf einem silbernen Teller an der Schreibtischecke des Unternehmers gestanden hatte. Meier hatte eine kleine Maus aus Bronze entdeckt, ein gläsernes Schneckenhaus, eine winzige Spieluhr und einen Drachen aus grün bemaltem Gips.

»Warum sollte er das getan haben?«, fragte Jenny. »Geld hatte er ja nun wirklich genug.«

Lohberg hob die Schultern. »Was weiß ich? Vielleicht hat er sich über etwas geärgert oder ein neues Bild gemalt, das er nun für sein *Opus Magnum* hielt. In dem Fall hätte ihn das alte nicht mehr so sehr interessiert.«

»Was schätzen Sie – welchen Preis kann das Bild erzielen?«, wollte Jenny wissen. Die ganze Zeit spielte Lohberg mit dem kleinen Gegenstand in seiner Hand.

»Ne Dreiviertelmillion mindestens. Ich kenne einige Leute, die wahnsinnig scharf auf das Gemälde waren. Genauso wie ich. Die sitzen garantiert jetzt alle in den Startlöchern. Und es kommen bestimmt Neue hinzu. Schließlich wird auch in den Feuilletons internationaler Zeitungen über den Tod von Lukas berichtet.«

»Kann also auch 'ne ganze Million dabei rumkommen?«, fragte Meier.

»Nicht auszuschließen.«

»Damit wären Sie gerettet.«

Lohberg stellte das Ding, das er die ganze Zeit in seiner Hand hin und her gedreht hatte, auf die Schreibtischplatte. Es war ein kleiner Elefant aus einem glatten, weißen Material. »Ja, damit wäre ich gerettet, wenn das Bild mir gehören würde.«

Jenny hob den Elefanten mit spitzen Fingern hoch. »Aus was ist denn der?«

»Aus Alabaster. Ein Geschenk meiner Frau. Haben wir mal aus Marokko mitgebracht. Alabaster ist eigentlich nichts anderes als Kaliumsulfat, also Gips, wenn Sie so wollen. Hat eine gewisse Ähnlichkeit mit Marmor. Bildhauer arbeiten gerne mit dem Material. Aber die Werke dürfen nicht der Witterung ausgesetzt werden und kommen deshalb nur für Innenräume infrage.«

Jenny überlegte fieberhaft, wie sie den kleinen Elefanten verschwinden lassen könnte, ohne dass Lohberg es merkte, da zog er eine Schreibtischschublade auf und holte ein kleines Kamel aus dem gleichen Material heraus. »Da, schenk ich Ihnen.« Er drückte Jenny das weiße Tierchen in die Hand. Sie gab es ihm sofort wieder zurück. »Das geht nicht!«

»Hören Sie mal: Beamtenbestechung fängt später an. Die Dinger kriegt man in Marrakesch für 'n Appel und 'n Ei!«

»Nimm ruhig«, sagte Meier, »bringt bestimmt Glück!«

»Ja!« Lohberg lachte. »Und ein langes Leben.«

Peter Heiland hatte um 12.20 Uhr einen Flug nach Stuttgart bekommen. Zwar hatte er sich schon vor längerer Zeit geschworen, im Inland nur noch mit dem Zug zu fahren, aber *besondere Situationen erfordern besondere Maß-*

nahmen, lautete einer seiner Merksätze. Am Flughafen Echterdingen nahm er einen Mietwagen. Die Fahrt über Reutlingen, die Honauer Steige hinter Pfullingen hinauf und über die weite Albhochfläche hätte er sonst genossen. Mit großem Vergnügen wäre er durch die vertraute Landschaft gebummelt. Nun aber fuhr er stets an der Grenze des Erlaubten und hatte keinen Blick für die Schönheiten links und rechts der Straße. Dabei war es ein sonniger Tag. Die Wälder zeigten sich in frischem Maiengrün. Die ersten Schlehenbüsche blühten im Schatten hoher Bäume. Er registrierte es, konnte die Bilder aber nicht, wie sonst, in sich aufnehmen. Eine starke Unruhe hatte ihn gepackt. Der Gedanke, sein Großvater könnte bald nicht mehr da sein, war unerträglich für ihn. So viele Jahre hatten sie zusammen verbracht, so eng waren sie immer beieinander gewesen, dass Peter glaubte, ein Stück von ihm selbst werde verloren gehen, wenn Opa Henry starb.

Es war kurz vor 15.30 Uhr am Nachmittag, als er den kleinen Mietwagen vor dem Krankenhaus parkte.

Die Frau an der Anmeldung kannte er. Sie waren zusammen in die Grundschule gegangen und auch später, als er das Gymnasium besuchte, hatten sie sich immer wieder gesehen. Sie hatten sogar die Tanzstunde zusammen gemacht. Peter hatte für sie geschwärmt. Sie galt als das schönste Mädchen von allen damals. Trotzdem konnte er sich jetzt nicht an ihren Namen erinnern. Erst als sie rief: »Peter! Das ist ja eine Überraschung!«, fiel ihm beim Klang ihrer Stimme ihr Name wieder ein.

»Inge! Wie geht's dir denn?« Sie war dick geworden, aber die Schönheit ihres Gesichts hatte nicht darunter gelitten.

»Es geht so. Muss ja!«, sagte sie. Er sah ihr in die Augen, die noch immer von diesem seltsamen Grün waren, das ihn schon damals so fasziniert hatte.

»Klingt aber nicht so begeistert.«

»Na ja, frisch geschieden. Da kannst du dir's ja denken. Dein Opa liegt auf Station 4 im zweiten Stock«, sie sah in einer Liste nach. »Zimmer 216.«

»Danke!« Peter wendete sich der Treppe zu, kehrte aber noch mal um. »Wann hast du denn Feierabend?«

»Um 18.00 Uhr, warum?«

»Hättest du denn Zeit und Lust, mit mir eine Kleinigkeit zu essen? Ich stell mir's nicht leicht vor, heute Abend alleine zu sein.«

»Ja, daran muss man sich gewöhnen«, sagte sie. »Wo und wann?«

»Ich schau nachher bei dir vorbei.« Peter stieg die Treppe hinauf, suchte Zimmer 216 und trat nach kurzem Klopfen ein.

Heinrich Heiland lag tief in den Kissen. Sein Gesicht war schmal geworden und wurde von mehr und tieferen Falten durchzogen, als Peter sie in Erinnerung hatte. Die Augen hatten allen Glanz verloren, sie wirkten, als schwämmen sie in der Tränenflüssigkeit.

»Peterle! Na so was!« Müde hob der Alte die Hand. Als Peter sie ergriff, wirkte sie schlaff, und er hatte das Gefühl, jeden Fingerknöchel dicht unter der Haut zu spüren. »Des wär aber net nötig gwesa, dass du extra kommscht.«

Peter wusste nicht, was er darauf sagen sollte. »Hent's die so eilig g'macht?«, fuhr der Alte fort.

»Nein. Frau Sigloch hat angerufen und nur gesagt, dass du in die Klinik gekommen seist.«

»Die Schwatzbas. Des hätt se grad au lasse könne!«

»Jetzt sag, wie geht's dir?«

»Siehscht es ja. Ich bin grad noch mal davongekomme. Aber jetzt meinen die Ärzte, ich pack's noch a Weile. Oiner hat sogar g'sagt, ich könnt 90 werda.«

»Sag doch 95, dann bist du nicht so im Zeitdruck!«

Opa Henry versuchte zu lächeln, aber es wurde nur eine schiefe Grimasse daraus. »Hast du Schmerzen?«, fragte sein Enkel.

»Geht so. Erzähl! Was schaffst du zurzeit?«

Peter Heiland berichtete ausführlich von den Ermittlungen im Fall Abendroth. Er wusste, wie sehr sich sein Großvater für seine kriminalistische Arbeit interessierte. Manchmal hatten seine Klugheit und sein gesunder Menschenverstand sogar geholfen, den einen oder anderen Fall zu lösen.

Am Ende sagte Opa Henry: »Weißt, was ich nicht glaub?«

Peter sah ihn nur fragend an.

»Dieser Lohberg und seine Frau ... dass die bloß noch über Anwälte miteinander verkehren.«

»Wie kommst du denn darauf?«

»Wahrscheinlich hent die doch beide a schlechtes G'wissa.«

»Ja und?«

»Jeder von dene zwoi hat zudem sicher das Gefühl, etwas verloren zu haben. So was kann einen ganz schön reuen! Wenn die bloß noch amal ein Gläsle Wein miteinander tronka hent ...« Opa Henry schob sich ein bisschen in seinen Kissen hoch. Sein Gesicht hatte plötzlich Farbe bekommen, und seine Augen wirkten jetzt klarer.

»Beide haben ausgesagt, dass sie keinerlei Kontakt mehr miteinander haben«, wendete Peter ein.

»Gelogen wird viel. Nicht nur in Kriminalfällen.«

Peter kannte seinen Opa gut. Wenn er sich einmal einen Gedanken in den Kopf gesetzt hatte, war er nur schwer wieder davon abzubringen. Und warum sollte er auch? Also sagte Peter: »Das ist eine interessante Idee. Der werde ich nachgehen, sobald ich wieder in Berlin bin.«

»Gut!« Heinrich Heiland glitt wieder etwas tiefer unter die Bettdecke und machte plötzlich einen müden Eindruck. »Ich hab beim Friedhofsamt g'fragt, ob ich neben meiner Frau liegen kann.«

»Wie kommst du bloß auf solche Ideen? Jetzt werd erst amal wieder g'sund und kümmere dich ums Leben!«

»Sie haben g'sagt, da hätt ich mich früher drum kümmern und gleich ein Doppelgrab kaufen müssen. Aber damals hab ich ja keinen klaren Gedanken fassen können. Ich hab dann g'fragt, ob ich vielleicht neben deinen Eltern liegen könnt, aber die haben gsagt, das Grab werde demnächst eingeebnet. Die Liegezeiten ... die habet tatsächlich ›Liegezeiten‹ g'sagt – also die Liegezeiten seien nun mal nur 30 Jahre. Aber jetzt, wo du da bist, könntest du dich doch drum kümmern. Gegen Geld kann man die Liegezeiten sicher verlängern. Des Geld kriegscht natürlich von mir.«

Peter versprach es, sagte aber, das habe ja noch Zeit, bis er mal wiederkomme. Er begann, von Hanna und dem kleinen Heinrich zu erzählen, und als er sah, wie begierig sein Großvater das alles aufnahm, kratzte er alles zusammen, was ihm zu den beiden einfiel. Als er erzählte, wie das

Baby den Spinatbrei zwar bei *Ein Löffel für Opa Henry* brav gegessen, bei *ein Löffel für den Papa* aber alles ausgeprustet habe, sodass sich Peters Hemd über und über grün gefärbt hatte, hörte er seinen Opa sogar glucksend lachen.

Nach einer Stunde etwa sagte der Alte. »Ich werd müd. Du kannst mich jetzt allein lassen.«

»Ich guck morgen noch mal rein«, antwortete Peter.

Opa Henry ging nicht darauf ein. »Den Schlüssel zum Häusle hast ja.«

»Ja, hab ich.« Peter beugte sich über seinen Großvater und küsste ihn auf beide Wangen. Heinrich Heilands Augen füllten sich mit Tränen.

»Ich hab viel drüber nachgedacht«, sagte er jetzt. »Zum Sterben muss man sich entschließen. Man muss wissen, wann's genug ist.«

Peter wunderte sich nicht nur über den Ernst in Henrys Stimme, sondern auch darüber, dass er plötzlich in reinem Hochdeutsch sprach.

»Und wenn man das weiß, kann man selber entscheiden: Jetzt ist es Zeit!«

»Du musst aber weiterleben, Opa. Schon meinetwegen und wegen Hanna und wegen dem kleinen Heinrich. Wir alle brauchen dich!«

Ein Lächeln huschte über das alte Gesicht. »Du meinst also, ich soll mich noch a bissle anstrengen?«

»Auf jeden Fall!«

»Ich hatte den Eindruck, wenn ich ihm nicht so zugeredet hätte, hätte er heute Nacht einfach die Augen zugemacht und wär gestorben«, sagte Peter ein paar Stunden später zu seiner Jugendfreundin Inge.

»Ja, das gibt es öfter, als man denkt. Menschen, die einen starken Willen haben, können so etwas«, antwortete sie.

»Und ich kenne niemanden, der einen stärkeren Willen hat als mein Opa. Und wenn er sich vorgenommen hat, dass Schluss ist …« Peter unterbrach sich und setzte neu an: »Aber ich hab eher das Gefühl, er hat sich vorgenommen, wieder gesund zu werden, und das kriegt er genauso hin.«

»Dann hat sich deine Reise ja gelohnt.« Inge klappte die Speisekarte auf.

Sie hatten sich im Gasthaus »Rosengarten« getroffen, das Peter Heiland als urige schwäbische Wirtschaft in Erinnerung hatte. Aber nun war hier die alte Gemütlichkeit einem modernen Ambiente gewichen. Das sah alles sehr gut aus, widersprach aber den Erwartungen des Gastes aus Berlin. Immerhin: Die Speisekarte enthielt noch genügend schwäbische Gerichte. Peter wählte einen Zwiebelrostbraten mit Bratkartoffeln, Inge entschied sich für Basilikumspätzle, die es hier früher freilich nicht gegeben hatte.

»Der Koch kann was!«, sagte Peter Heiland, als sie ihre leeren Teller von sich schoben. »Wollen wir noch einen Nachtisch nehmen?«

»Ich bin eh schon zu dick«, sagte Inge, erkennbar auf Widerspruch hoffend, wie die meisten Leute, die zu viel auf den Rippen haben.

»Ach komm! Du siehst doch klasse aus. Und wo wir hier so gemütlich zusammensitzen.« Peter bestellte eine Rote Grütze ohne Sahne und für Inge, auf deren Wunsch, eine Mousse au Chocolat.

»Lebst du eigentlich alleine in Berlin?«, fragte die Jugendfreundin.

»Nein. Ich bin verheiratet und habe einen kleinen Sohn.«

Inge seufzte. »Hätt ich mir ja denken können, aber man hofft halt immer wieder …«

Überrascht sah Peter Heiland sie an. Sie lachte kurz auf. »Ich bin zu direkt, ich weiß. Aber schon damals in der Tanzstunde war ich in dich verliebt.«

»Wenn ich das gewusst hätte. Mir ging's ja nicht anders, aber ich habe mich nicht getraut.«

»Wer weiß, was draus geworden wäre?« Inge hob ihr Glas, aus dem sie schon den ganzen Abend schneller getrunken hatte als Peter aus seinem.

Später brachte er Inge mit dem Auto nach Hause. Ihre Wohnung lag auf dem Weg zum Häuschen seines Opas. Ihr Angebot, bei ihr noch einen Absacker zu trinken, lehnte er ab. »Wir sehen uns ja sicher morgen noch mal, wenn ich meinen Großvater besuche.«

»Morgen hab ich frei«, antwortete sie und ging mit unsicheren Schritten auf die Haustür des Mehrfamilienhauses zu, in dem sie wohnte. Sie drehte sich erst noch einmal um, als sie hörte, dass der Wagen davonfuhr.

Opa Henrys Häuschen lag in Pflummern, einem kleinen Dorf etwa fünf Kilometer von Riedlingen entfernt. Von der Bundesstraße ging es einen schmalen Weg sanft den Berg hinauf. Der Hang führte hinter dem kleinen Holzhaus weiter hoch bis zu einem dichten Waldrand. Als Peter Heiland aus seinem Auto stieg, lag das kleine

Anwesen im hellen Mondlicht. Hier hatte er fast 20 Jahre seines Lebens zugebracht. Immer zusammen mit seinem Großvater, der sich gemeinsam mit seiner Frau ganz darauf eingestellt hatte, das Waisenkind großzuziehen. Und diesem Vorsatz war Heinrich Heiland auch treu geblieben, als Peters geliebte Großmutter überraschend gestorben war.

Peter schloss die Tür auf und machte Licht. Wie immer war alles sehr ordentlich aufgeräumt und geputzt. Sein Großvater hatte einmal gesagt: »Wenn ich verreise, muss es bei mir daheim so aussehen, als käme ich nicht wieder und wildfremde Menschen besuchten mein Haus.«

Peter holte eine Flasche Rotwein aus der Speisekammer und öffnete sie mit einem Korkenzieher, der wie immer in der Schublade des Esstisches lag. Er nahm ein Glas aus dem Hängeschrank über der Spüle und goss sich ein. Erst dann rief er Hanna an. Sie war sofort am Apparat. »Ist alles gut gegangen?« Peter erzählte genau, was den Tag über passiert war, und musste unwillkürlich lächeln, als Hanna mit dem gleichen Satz antwortete wie zwei Stunden zuvor seine Kindheitsfreundin Inge. »Dann hat sich deine Reise ja gelohnt.«

Als sie ihr Gespräch beendet hatten, sah Peter auf die Uhr. Es war ein paar Minuten vor 22.00 Uhr. Da konnte er Carl Finkbeiner noch stören.

»Die Fingerabdrücke von Uwe Lohberg sind nicht auf dem Drohbrief«, berichtete der Kollege. »Sonst gibt es nichts Neues.«

Peter überlegte, ob er den Verdacht seines Großvaters, Miriam und Uwe Lohberg könnten sich wieder versöhnt haben, an Finkbeiner weitergeben sollte, entschloss sich aber, den Gedanken erst einmal für sich zu behalten.

»Und? Wie geht's deinem Großvater?«

»Er wird es überleben, wenn er will, und es sieht fast so aus, als wollte er.«

»Da würd ich an deiner Stelle in eine der vielen katholischen Kirchen bei euch da unten gehen und eine Kerze anzünden.«

»Erstens sind wir hier sehr viel höher als in Berlin, also müsste es ›da oben‹ heißen. Außerdem war ich immer evangelisch.«

»Trotzdem. Kann ja nicht schaden.«

8. KAPITEL

Bevor Peter Heiland am Vormittag in die Klinik fuhr, machte er einen Abstecher ins nahe gelegene Obermarchtal, wo eines der mächtigsten Kloster Oberschwabens stand. Er war so früh dran, dass noch keine Touristenbusse vorgefahren waren. Die Turmuhr schlug grade 8.00 Uhr, als er die Klosterkirche betrat, die, wie er wusste, 2001 vom damaligen Diözesanbischof mit dem zutreffenden Namen Doktor Fürst zum Münster erhoben worden war. Sie galt als eines der schönsten Beispiele für das deutsche Frühbarock. Kühl war es in dem hohen, lichten Raum, der eine intensive Fröhlichkeit ausstrahlte. Außer Peter Heiland war nur noch ein Mesner da, der in dem Gotteshaus wie ein Schatten hin und her huschte und mit einem feinen Besen unsichtbaren Schmutz zusammenfegte. Peter ging zu einem kleinen Seitenaltar, warf zwei Euro in einen Opferstock, wählte eine Kerze und steckte sie zwischen eine Reihe abgebrannter Stummel in den Sand, mit dem ein umrandetes Blech aus Bronze, das unter dem Madonnenbild stand, gefüllt war.

Durch den Mittelgang machte er sich auf den Weg zurück, warf der wunderschönen Orgel einen Blick zu und schrak zusammen, als der Mesner sagte: »Katholisch send Sie aber net, gell?«

»Sieht man das?«

»Sie haben sich weder bekreuzigt noch das Knie vor unserer Heiligen Jungfrau gebeugt.« Es klang schulmeisterlich streng.

»Ich hoffe, sie nimmt's mir nicht übel!« Peter steckte noch einen Geldschein in einen zweiten Opferstock, auf dem stand »Für die Erhaltung unseres Münsters«, und verließ die Kirche.

Draußen hatte sich der Himmel bezogen. Ein kühler Wind fegte über den Klosterhof. Als Peter Heiland in sein Auto stieg, fuhr der erste Touristenbus vor. Übers Wochenende würde hier richtig Betrieb sein. Das war schon zu der Zeit so gewesen, als er noch bei seinem Großvater gewohnt hatte.

Etwa um die gleiche Zeit suchte Jenny Kreuters in Berlin die Fußpflegerin Gina Lamberti auf. Sie stamme aus Kalabrien in Italien, sagte sie, als die Kommissarin sie nach der Herkunft ihres Namens fragte.

Ob sie denn noch wisse, wann Frau Jacqueline Abendroth das letzte Mal bei ihr gewesen sei, fragte Jenny.

»Letzten Samstag um 10.00 Uhr«, kam es wie aus der Pistole geschossen.

»Haben Sie alle Termine so gut im Kopf?«, fragte Jenny Kreuters und versuchte, ihr Misstrauen zu verbergen.

»Nein, nicht alle, aber Jacqueline kenne ich sehr gut. Und sie war ja eine der letzten Kundinnen, bevor ich für eine Woche in meinen Urlaub gefahren bin.«

»Haben Sie denn so etwas wie ein Auftragsbuch oder wie man das nennt?«

»Ein Terminbuch. Ja natürlich. Wollen Sie's sehen?«

»Wenn es Ihnen nichts ausmacht.«

Frau Lamberti brachte ein blaues, in Leinen gebundenes Buch und schlug es auf. »Hier, sehen Sie.«

Tatsächlich war der Name Abendroth für 10.00 Uhr eingetragen. Jenny hob die Seite gegen's Licht. »Hatten Sie da zunächst einen anderen Kunden eingetragen?«

»Wie kommen Sie denn darauf?«

»Sieht aus, als wäre da radiert worden, bevor der Name von Frau Abendroth eingetragen worden ist.«

»Ach ja. Stimmt. Da hat jemand abgesagt. Deshalb schreibe ich auch nur mit Bleistift, weil sich dauernd was ändert.«

»Und wer war dieser jemand?«

»Warum wollen Sie das denn wissen?«, fragte Frau Lamberti und Jenny registrierte eine gewisse Unsicherheit in ihrer Stimme.

»Damit ich ihn fragen kann, ob er denn tatsächlich einen Termin bei Ihnen hatte, den er kurzfristig abgesagt hat.«

Das Dauerlächeln im Gesicht der Fußpflegerin erlosch. »Also ich kann mich jetzt beim besten Willen nicht erinnern.«

»Vielleicht jemand, der immer am Samstag kommt, sagen wir alle vier Wochen oder auch alle 14 Tage?« Jenny blätterte zurück.

»Geben Sie das Buch bitte her!« Frau Lamberti riss es der Kommissarin aus der Hand. »Ich kann nicht zulassen, dass Sie meinen Kunden hinterherschnüffeln.«

Jenny lächelte. »Also, Frau Abendroth hat Sie gebeten, ihren Namen am Samstag um 10.00 Uhr einzutragen, obwohl sie gar nicht da war?«

»Natürlich war sie da!«

»Und das können Sie auch vor Gericht beeiden?«

»Ja, selbstverständlich.«

»Sie wissen, dass Meineid mit mindestens einem Jahr Gefängnis bestraft wird.«

Die Fußpflegerin starrte die Kommissarin an. »Aber ...« Sie sprach nicht weiter.

»Es muss ja nichts bedeuten, dass Frau Abendroth Sie um den kleinen Gefallen gebeten hat«, fuhr Jenny Kreuters rasch fort. »Wer weiß, vielleicht ging es um ein kleines Abenteuer, das nicht bekannt werden sollte.« Jenny nahm Frau Lamberti das Buch wieder aus der Hand und blätterte rasch zu den vergangenen Samstagen zurück. Da stand immer um 10.00 Uhr »H. Weinsberger«. »Steht das ›H‹ für Herr Weinsberger oder für einen Vornamen?«

»Für Hermine Weinsberger.«

»Und die hatte letzten Samstag keine Zeit.«

»Ja, genau!«

»Danke, Frau Lamberti.« Jenny legte das Buch auf den Tisch und verließ die Praxis der Fußpflegerin.

Als Peter Heiland durch den Korridor im zweiten Stock des Krankenhauses schritt, kam ihm ein Arzt entgegen. »Entschuldigung, Herr Doktor, ich bin der Enkel von Herrn Heiland ...«

»Ja, das weiß ich doch, Peter!«

Überrascht starrte Heiland den anderen an. »Kennen wir uns?«

Der Mediziner grinste. »Johannes Steinhilber!«

»Echt jetzt? Ich hätte dich nicht erkannt.«

»Ja, damals habt ihr mich alle Jo Dicklich genannt, weil ich so einen Bauch hatte.« Er zeigte ihn mit den Händen an und lachte. »Inzwischen laufe ich den Marathon unter fünf Stunden.«

Sie waren im Gymnasium zwei Jahre in der gleichen Klasse gewesen. Doch dann war Peter nicht versetzt worden und musste wiederholen. Zwar sahen sie sich immer mal wieder, aber mit 16 Jahren war Steinhilber auf das Internat in Urspring gekommen. Danach hatten sie sich aus den Augen verloren.

»Du warst der Einzige, der für mich Partei ergriffen hat, wenn sich alle über mich lustig gemacht haben«, sagte Steinhilber.

»Na ja, ich war ja auch nicht gerade ein Star.«

»Aber du bist damals schon Marathon gelaufen. Vielleicht warst du unbewusst mein Vorbild.«

Peter grinste. »Es gäbe Schlimmeres. Kannst du mir etwas über meinen Großvater sagen?«

»Er ist nicht mehr der Jüngste. Sein Herz ist ziemlich schwach. Deshalb war es auch nicht mehr in der Lage, die Lunge freizupumpen, wenn ich mal so sagen soll. Aber da kann man mit Medikamenten helfen. Es ist uns gelungen, erst mal das Wasser aus der Lunge und auch aus den Beinen zu ziehen. Jetzt muss sich sein Herz erholen, dann können wir es medikamentös unterstützen. Er muss also noch ein paar Tage bei uns bleiben.«

»Ich fliege leider heute Abend schon zurück nach Berlin«, sagte Peter Heiland.

»Berlin! Ich war neulich dort. Ehrlich gesagt, ich könnte da nicht leben. Wäre mir viel zu viel Trubel. Ich hätte auch zu viele Gelegenheiten, mich abzulenken. Die Provinz hat schon auch ihre Vorteile, Peter.«

»Stimmt. Trotzdem fliege ich gerne zurück. Eine Frage noch, Johannes: Mein Großvater hatte sich offensichtlich vorgenommen zu sterben.«

»Ja, das sah so aus. Aber als ich heute Morgen bei ihm war, hatte ich das Gefühl, jetzt hat er wieder richtig Mut zu leben.«

»Sag mal, geht das denn?«

»Du meinst, dass sich einer vornimmt zu sterben, und er schafft es dann auch?«

Peter nickte.

»Ja, das habe ich schon mehr als einmal erlebt, und ich denke, es ist auch jedermanns gutes Recht.«

Peter reichte dem ehemaligen Klassenkameraden die Hand. »Danke! Wenn du mal wieder nach Berlin kommst, melde dich doch.« Er zog eine Visitenkarte aus dem Brusttäschchen seiner Jacke und reichte sie dem Arzt.

»Mache ich!« Steinhilber klopfte zwei Mal kurz auf Peters Arm und ging dann den Korridor hinunter.

Peter betrat das Zimmer seines Großvaters. »Da bist ja!«, rief der. Opa Henry saß aufrecht gegen einen Kissenaufbau in seinem Rücken gelehnt.

»Hast du gewusst, dass der Doktor Steinhilber mit mir in die Schule gegangen ist?«

»Er hat's mir erzählt. Du hättest es bestimmt auch geschafft, Arzt zu werden.«

»Tut's dir leid?«

»Nein. Obwohl, so ein Krankenhausdoktor hat ja auch genug spannende Geschichten zu erzählen.«

Etwa um diese Zeit hatte Norbert Meier auf seinem Computer die Telefonnummer von zwei Anschlüssen, die auf den Namen Hermine Weinsberger lauteten, gefunden. Gleich beim ersten Versuch hatte Jenny Kreuters Glück.

»Ja, ich bin Kundin bei Frau Lamberti«, sagte die Frau am anderen Ende der Leitung, und sie könne die Fußpflegerin nur empfehlen. Bis vor drei Jahren sei sie bei einer anderen gewesen, »aber kein Vergleich, kann ich Ihnen sagen!« Ob sie ihren Termin denn am Samstag letzter Woche auch wahrgenommen habe, fragte Jenny.

»Ja, selbstverständlich, ich versuche, keinen zu versäumen. Aber warum fragen Sie das?«

»Ach, nur so. Vielen Dank, Frau Weinsberger.« Jenny legte auf.

Carl Finkbeiner, der die Recherche aufmerksam verfolgt hatte, sagte: »Heißt das, Jacqueline Abendroth hat mich angelogen?«

»Sieht ganz so aus.«

»Aber ich glaube nicht, dass sie zur fraglichen Zeit in ›Babettes Ballhaus‹ war. Da müsste sie doch jemand gesehen haben.«

»Sie wird den Nebeneingang gekannt haben«, gab Meier zu bedenken. »Sie war schließlich seine Frau.«

»Also ich glaube nicht, dass sie etwas mit dem Mord zu tun hat.«

»Ich schon«, sagte Meier.

Peter Heiland verließ die Klinik sichtlich erleichtert darüber, dass sein Opa Henry sich vorgenommen hatte, noch eine Weile zu leben. Diesmal hatte er auch Zeit, die Fahrt über die Schwäbische Alb zu genießen. Leider hatte sich der Himmel immer weiter bezogen, und als er die Albhochfläche verließ, der Burg Lichtenstein noch einen langen Blick zuwarf und dann die Honauer Steige hinunterfuhr, begann es zu regnen.

Kurz vor Pfullingen tauchte links oben auf einem kegelförmigen Berg der Turm auf, den man »Die lange Unterhose« nannte, weil er zwei weiße Säulen und oben eine schmale Galerie hatte. Peter erinnerte sich daran, wie sie einst als Schüler zu dieser Sehenswürdigkeit geführt wurden, ehe man die viel bedeutendere Burg Lichtenstein besuchte, die immer der Höhepunkt jedes Schulausfluges gewesen war. Sein Handy klingelte. Peter Heiland fuhr rechts ran und meldete sich. Meier war am Apparat und berichtete, dass sich Jacqueline Abendroths Alibi in Luft aufgelöst habe.

Peter Heiland brauchte ein paar Augenblicke, um die Nachricht zu verdauen. Was hatte das zu bedeuten? Er konnte sich beim besten Willen nicht vorstellen, dass Frau Abendroth ihren Mann umgebracht haben sollte. Das sagte er dann auch zu Meier, und der antwortete: »Carl kann es sich noch viel weniger vorstellen. Aber warum hat sie gelogen?«

»Wir werden dahinterkommen«, sagte Peter Heiland und legte auf.

Seine Maschine landete kurz nach 21.00 Uhr auf dem Flughafen Tegel. Peter Heiland nahm ein Taxi und beglückwünschte sich dazu, dass der Großflughafen Berlin Brandenburg noch immer nicht fertig war. Wie schnell kam man doch von Tegel nach Hause.

9. KAPITEL

Wenn sie in einem schwierigen Fall ermittelten, war für die Mitarbeiter der 4. Mordkommission im Landeskriminalamt der Sonntag genauso ein Werktag wie alle anderen Tage der Woche. Kriminaldirektor Wischnewski schien fast ein wenig traurig zu sein, dass er die Leitung des Teams wieder abgeben musste, als Peter Heiland pünktlich um 9.00 Uhr zum Dienst erschien, auch wenn er mehrfach betonte, wie erleichtert er darüber sei. Jenny resümierte noch einmal ihr Ermittlungsergebnis vom Samstag und beendete den Vortrag mit dem Satz: »Ich denke, unsere Hauptverdächtige heißt nun Jacqueline Abendroth.«

Peter Heiland nickte. »So sieht es aus. Mir fällt grade ein, dass Sibylle Teichmann gesagt hat, sie hätte volles Verständnis dafür, wenn sie es getan hätte.«

»Würde aber nichts an ihrer Schuld ändern«, brummte Wischnewski.

Norbert Meier berichtete, die Familie Nemtschow habe sich nach einigem Hin und Her ihre Fingerabdrücke freiwillig abnehmen lassen. Aber es habe sich keine Übereinstimmung mit den Abdrücken auf dem Drohbrief finden lassen.

»Langsam müssen wir davon ausgehen, dass Frau Abendroth den Brief selber angefertigt hat«, sagte Meier.

Carl Finkbeiner fuhr auf: »Das ist …« Aber ein Blick Peter Heilands warnte ihn, und so fuhr er sehr viel leiser fort, »… aus meiner Sicht nicht sehr wahrscheinlich.«

»Die Einzige, von der wir noch keine Fingerabdrücke haben, ist Miriam Lohberg«, sagte Meier.

»Die ist überhaupt aus unserem Fokus geraten«, meinte Jenny Kreuters.

»Ja, dann wisst ihr ja, was zu tun ist.« Ron Wischnewski stand von seinem Stuhl auf. »Einen schönen Sonntag noch.« Damit verließ er die Runde.

»Die reine Ironie«, schimpfte Meier. »Ich hätte auch was Besseres zu tun, als hier zu malochen. Guckt nur mal aus dem Fenster. Strahlender Sonnenschein. Ein Wetter zum Helden zeugen!«

Niemand ging darauf ein. Stattdessen fragte Peter Heiland: »Weiß man denn schon, für welchen Preis ›Das kretische Labyrinth‹ verkauft wurde?«

»2,8 Millionen Dollar. Das sind gut und gerne zweieinhalb Millionen Euro«, antwortete Meier. »Da müsst 'ne alte Frau lange dafür stricken.«

»Auf jeden Fall könnte Uwe Lohberg mit so einem Betrag die Insolvenz abwenden«, meinte Jenny Kreuters.

»Ja, aber ich glaube ihm, dass er das Bild nie besessen hat«, gab Heiland zurück.

Finkbeiner hatte plötzlich einen Gedanken, der ihn so sehr umtrieb, dass er in schnellen Schritten in dem Gemeinschaftsbüro auf und ab ging.

»Kannst du dich nicht mal hinsetzen«, motzte Meier, »das Rumgerenne macht mich total nervös.«

Finkbeiner blieb stehen und legte den Zeigefinger

an die rechte Seite seiner Nase. »Wenn wir davon ausgehen, dass der Mörder Abendroths das Bild verkauft hat ...«

»Aber ...«, fuhr Jenny dazwischen.

»Jetzt warte doch mal. Ist ja nur eine Hypothese. Dann wäre doch die Abfolge die: Der Täter bringt das Bild an sich, verschickt es nach Amerika, und bevor bekannt wird, dass Abendroths Lieblingsbild dort versteigert werden soll, bringt er den Maler um.«

»Und du meinst, Lukas Abendroth hätte den Diebstahl des Bildes nicht bemerkt?«, fragte Peter Heiland.

»Kommt drauf an, wo er es aufbewahrt hat. Die letzten Wochen war er so sehr mit der Vorbereitung seiner Ausstellung und mit der Choreografie für das Ballett beschäftigt ...«

»Und sonst so mit einigem, denke nur an die hübsche kleine Tatjana ...« warf Meier ein.

»Jedenfalls ist es doch denkbar, dass er das Verschwinden des Gemäldes nicht bemerkt hat.« Finkbeiner setzte sich endlich wieder hin.

»Wir müssen Tillmann Winkler fragen, wo das Bild aufgehängt war«, meldete sich Jenny.

»Oder in welchem Depot er es aufbewahrte. Muss ja nicht sein, dass es irgendwo an der Wand hing«, sagte Finkbeiner.

»Und was ist nun mit Jacqueline Abendroth?«, fragte Meier. »Lassen wir die links liegen, oder was?«

»Die läuft uns nicht davon«, meinte Heiland. »Ich kann mir einfach nicht vorstellen, dass sie in das kleine Kabuff gegangen ist, vorher einen Kleiderbügel aus Draht aufgebogen und dann ihren Mann damit erdrosselt hat.

Stellt euch das einfach mal plastisch vor. Es muss andere Gründe dafür geben, dass sie ihr Alibi gefälscht hat.«

»Und dieser Drohbrief?«, fragte Meier. »Es sieht doch verdammt so aus, als habe sie den selber hergestellt. Jedenfalls sind ihre Fingerabdrücke darauf die einzigen, die wir zuordnen können.«

»Sie muss es ja nicht alleine getan haben«, meldete sich Finkbeiner.

»Und wen siehst du als ihren Komplizen?«, fragte Jenny.

Peter Heiland räusperte sich. »Also, ich hab meinem Großvater die ganze Geschichte erzählt – na ja eben alles, was wir bis vorgestern wussten. Er meint, so ein Ehepaar wie die Lohbergs würden sich immer wieder versöhnen. Wenn das stimmt …«

»Warte mal«, rief Meier. »Der Fahrer, wie hieß er doch gleich …?«

»Charlie Grüneberg«, ergänzte Jenny.

»Der ist erst am Nachmittag wieder rausgefahren zum Schwarzen See. Aber Miriam Lohberg hat doch sicher auch ein Auto.«

»Wir gehen dem allen nach«, sagte Peter Heiland. »Schritt um Schritt.«

Tillmann Winkler war nicht alleine. Er trug einen schwarzen, seidenen Morgenmantel, als er die Tür öffnete, darunter nichts. Auf dem riesigen Bett in Abendroths Atelierwohnung lag ein nackter junger Mann, ein Bein angewinkelt, das andere lang ausgestreckt, die Arme verschränkt unter dem Nacken. Der große Spiegel hinter dem Bett zeigte seinen makellosen Körper aus anderer

Perspektive. Der Jüngling machte keine Anstalten, sich etwas anzuziehen, als Peter Heiland und Carl Finkbeiner den Raum betraten. Die beiden Kommissare gaben sich Mühe, so zu tun, als fänden sie das ganz natürlich.

»Gehe ich recht in der Annahme, dass der junge Mann Ihr Alibi für den vorletzten Samstag ist?«, fragte Peter Heiland.

Winkler nickte nur.

»Und er würde jeden Eid schwören, dass Sie zur Tatzeit bei ihm waren«, setzte Finkbeiner hinzu. »Auch wenn's ein Meineid wäre.«

»Jeden!«, sagte der Jüngling in einem aufreizend lässigen Ton. Selbst die beiden heterosexuellen Männer mussten zugestehen, dass er sehr schön war, einen makellosen schlanken Körper hatte und zudem ein edel geschnittenes Gesicht. Die zerzausten Haare schienen diese Schönheit noch zu unterstreichen. Jetzt erhob er sich mit einer langsamen, eleganten Bewegung und schlug die dünne Bettdecke um seine Hüften. »Till wollte bisher nur nicht sagen, dass er bei mir war, weil er mich nicht kompromittieren wollte. Leider ist die Homophobie noch immer sehr weit verbreitet, gerade bei Polizisten ...«

»Lassen Sie's!«, fuhr ihm Peter Heiland in die Parade.

Finkbeiner lehnte sich an den Tisch vor den großen Fenstern. Farbtuben, Paletten, die Gläser mit den Pinseln und die Skizzenblöcke waren verschwunden. Die Oberfläche präsentierte sich peinlich sauber. »Sie waren an jenem Samstag nur eine halbe Stunde weg«, sagte Finkbeiner zu Winkler, »was haben Sie denn in dieser Zeit gemacht?« Er scheute sich zu fragen, was er eigentlich dachte, dass die beiden ja nur Zeit für einen Quickie gehabt hätten.

»Es ging nur darum, schnell etwas zu besprechen.«

Peter Heiland schoss ein Gedanke durch den Kopf: Wenn nun die beiden den Mord und den Diebstahl des Bildes gemeinsam geplant und durchgeführt hätten? »Kannten Sie Lukas Abendroth?«, fragte er den Schönling.

Der junge Mann lachte. »Na, Sie können fragen!« Dann wendete er sich an Winkler. »Sollen wir denen erzählen, wie oft wir zu dritt …«

»Halt den Mund, Simon«, schrie Tillmann Winkler.

»Simon und wie weiter?«, fragte Finkbeiner ruhig.

»Hoffmann. Schlicht Hoffmann!«

»Wollen Sie uns verraten, was Sie zu besprechen hatten, Herr Hoffmann?« Peter Heiland schlug den gleichen freundlich ruhigen Ton an wie zuvor Carl Finkbeiner.

»Nein!«, antwortete Winkler bestimmt.

»Gut. Nächste Frage: Was wissen Sie über das Bild ›Kretisches Labyrinth‹?«

Winkler starrte den Kommissar an. »Warum fragen Sie das?«

»Wir wissen, dass Abendroth es nie aus der Hand gegeben hätte. Wo hat er es aufbewahrt?«

»Es hing früher dort drüben.« Winkler deutete auf eine weiße Wand, die den hohen Fenstern gegenüber lag.

»Da hängt's aber nicht mehr«, sagte Finkbeiner lakonisch.

»Erstaunlich genau beobachtet«, rief Simon Hoffmann sarkastisch.

»Wann *früher*?«, fragte Heiland. »Anders gefragt, seit wann hängt es dort nicht mehr?«

»Seit einem Dreivierteljahr.«

»Wissen Sie, wo es ist?«, hakte Heiland nach.

»Nein!«

»Es wurde vor zwei Tagen bei Sotheby's in New York versteigert. Für 2,8 Millionen Dollar.«

»Was? Sie hat's versteigert?« Kaum waren Winkler die Worte entschlüpft, schlug er sich mit der flachen Hand auf den Mund.

»Wer sie?«

»Na, diese Hure.«

»Genauer bitte!« Peter Heiland blieb ruhig.

»Die Lohberg!«

»Miriam Lohberg? Wie ist sie denn an das Bild gekommen?«

»Wie wohl?«

»Ja, genau das ist meine Frage.«

Simon Hoffmann zündete sich eine Zigarette an. »In der ersten Emphase einer neuen Liebe macht man oft Dinge, die man hinterher bitter bereut, nicht wahr, Till?«

»Du hältst dich da besser raus«, fuhr Winkler seinen Freund böse an.

»Sind Sie sicher, dass das Bild seit einem Dreivierteljahr in Miriam Lohbergs Besitz war?«, hakte jetzt Finkbeiner nach.

»Natürlich bin ich mir sicher. Lukas hat ›Das kretische Labyrinth‹ der Lohberg geschenkt«, Winkler betonte jede Silbe. »Ich hab das nicht verstanden. Ich habe immer gedacht, wenn er überhaupt jemals auf die Idee kommen sollte, es zu verschenken …« Er schwieg abrupt.

»Dann an Sie«, sagte Finkbeiner.

»Ja. Ich scheue mich nicht, es zuzugeben.«

»Es wäre der optimale Liebesbeweis gewesen«, Simon Hoffmanns Sarkasmus war noch nicht gewichen.

Heiland wandte sich im Ton eher beiläufig wieder an Winkler: »Wann haben Sie das letzte Mal mit Miriam Lohberg gesprochen?«

»Wann ich …? Wie kommen Sie darauf, dass ich überhaupt …?« Wieder unterbrach er sich.

»Ist ja nur eine Frage. Antworten Sie einfach.«

»Vor vier Wochen etwa hat sie mich angerufen. Sie wollte wissen, ob ich bereit wäre, sie zu beraten.«

»Wobei?«

»Na, beim Verkauf eines Bildes. Eine Unverschämtheit, ausgerechnet mich so etwas zu fragen!«

»Warum?«, ließ sich Simon Hoffmann hören. »Wer versteht denn mehr davon als du? Frau Teichmann vielleicht, aber dass die Lohberg die nicht fragen wollte, ist ja verständlich.«

»Und warum ist das verständlich?«, fragte Finkbeiner.

Hoffmann drückte seine Kippe in einem Aschenbecher aus und wies auf Winkler. »Fragen Sie ihn!«

»Frau Teichmann hat diese Affäre nicht gerne gesehen«, erklärte nun Winkler, etwas ruhiger geworden. »Was heißt *nicht gerne*. Für sie war das ein völliges No-Go! Sie hat Lukas dafür zutiefst verachtet. Dummerweise hat sie ihm das auch so gesagt, und er hat daraufhin gedroht, sich eine andere Galerie zu suchen. So war er. Sobald ihn jemand kritisierte, war der für ihn gestorben. Ein für alle Mal!«

»Haben Sie ihn denn auch kritisiert?«, fragte Finkbeiner.

»Nein. Dafür kannte ich ihn zu gut.«

»Und Frau Lohberg wusste, wie sehr Frau Teichmann gegen ihre Liaison mit Abendroth war?«

»Ja. Sie hat sie sogar einmal aufgesucht. Ich war zufällig da. Sie glauben ja nicht, wie Weiber streiten können. Ekelhaft!«

Simon Hoffmann lachte. »Wir Schwulen können das genauso.«

»Ach sei doch du bitte still!«, herrschte Winkler ihn an.

»Wir müssen also davon ausgehen, dass es Frau Lohberg war, die am Samstag in New York das Bild ›Kretisches Labyrinth‹ versteigern ließ«, resümierte Finkbeiner, als die beiden Kommissare die Atelierwohnung verließen.

»Wir werden sie fragen.« Bevor Heiland auf der Beifahrerseite ins Auto stieg, zog er seine Jacke aus und warf sie auf den Rücksitz. »Was für ein herrlicher Sommertag!«

Finkbeiner fuhr.

»Hast du Frau Abendroth noch mal gesehen?«, fragte Peter Heiland.

Finkbeiner schüttelte den Kopf.

»Telefoniert?«

»Auch das nicht. Auch nicht gesimst oder gemailt!«

Peter Heiland sah zu seinem Kollegen hinüber, der finster geradeaus blickte und plötzlich viel zu schnell fuhr. Zum Glück war am Sonntag wenig Verkehr auf den Straßen von Berlin.

Sie schwiegen, bis sie das Haus in der Sybelstraße erreicht hatten. Auf ihr Klingeln antwortete niemand.

»Versuchen wir's mal bei den Nachbarn«, sagte Peter Heiland und drückte den Klingelknopf neben dem zu Frau Lohbergs Wohnung.

»Ja, bitte?«, meldete sich eine Frauenstimme über die Gegensprechanlage.

»Peter Heiland, Landeskriminalamt, und mein Kollege, Kommissar Finkbeiner. Können wir Sie einen Augenblick sprechen?«

»Nein, das kann jeder sagen. Ich lasse niemanden ins Haus, den ich nicht kenne.«

»Da verhalten Sie sich völlig richtig«, sagte Heiland, »genau, wie wir's empfehlen. Wir wollten eigentlich nur wissen, ob Ihnen bekannt ist, wo wir Frau Lohberg erreichen können. Sie scheint nicht da zu sein.«

»Die ist in Mariendorf beim Trabrennen.«

»Was denn, ehrlich?«

Finkbeiner nickte heftig und flüsterte. »Ja, das läuft zurzeit.«

»Haben Sie vielen Dank!«, sagte Peter Heiland. Die Frau antwortete nicht mehr darauf.

»Trabrennen ...« Peter Heiland schüttelte den Kopf.

»Das hat hier eine große Tradition. Im Augenblick läuft die 122. Derbywoche mit knapp 100 Rennen. Vor zwei Jahren war ich mal dort. Ist echt eine tolle Sache.«

»Da sitzt einer in so 'ner zweirädrigen Kutsche ...«

»Sulky nennt man das.«

»Okay, in einem Sulky, davor ein Pferd, das nur traben darf, und wenn es in den Galopp fällt, wird der Fahrer disqualifiziert. Ist es das?«

»Ja. Und wichtig sind natürlich die Wetten.«

»Und die großen Hüte der Frauen.«

»Na, das hält sich hier in Berlin in Grenzen. Da müsstest du schon mal auf die Galopprennbahn bei Baden-Baden gehen. Aber für uns geht's jetzt erst mal nach Mariendorf, oder?«

»Wollt ich grade vorschlagen.«

Finkbeiner fuhr auf dem Stadtring A 100 bis zur Ausfahrt Tempelhof und bog dann nach rechts ab. Der Mariendorfer Damm zog sich viele Kilometer hin, immer an drei- bis viergeschossigen Häusern entlang, in deren Erdgeschoss die unterschiedlichsten, oft sehr kleinen Geschäfte waren. Nur gelegentlich ragten höhere Gebäude auf.

»Heinz Wewering tritt auch wieder an«, sagte Finkbeiner.

»Und wer ist das?«

»Der berühmteste Trabrennfahrer der letzten 40 Jahre. Er hat fast 17.000 Siege auf seinem Konto, hab ich in der Zeitung gelesen. Jetzt ist er 67 Jahre alt und fährt immer noch. 29 Mal hat er den ›Goldenen Helm‹ als bester Trabrennfahrer des Jahres gewonnen. Wenn wir Glück haben, sehen wir ihn.«

»Mir wär's lieber, wir könnten Miriam Lohberg sehen«, entgegnete Peter nüchtern.

An einem der Eingänge zeigten sie ihre Polizeiausweise und wurden anstandslos durchgelassen. Der Himmel war noch immer blitzblau. Peter Heiland schätzte die Temperatur auf mindestens 25 Grad.

Die Tribünen waren gut gefüllt. Über Lautsprecher kündigte eine männliche Stimme an, dass das vierte Rennen bevorstehe und die Wettschalter dafür in fünf Minuten geschlossen würden. Peter Heiland sah sich suchend um. Es war nahezu ausgeschlossen, in dieser Menschenmenge jemanden zu finden. Er überlegte, ob er Frau Loh-berg ausrufen lassen sollte.

Finkbeiner hatte sich an einem Wettschalter angestellt und kam grade noch rechtzeitig dran. Er setzte 50 Euro auf ein Pferd namens Aurora. Es stand mit eins zu sechs zu Buche.

Peter Heiland trat zu seinem Kollegen. »Wir sind eigentlich hier, um Frau Lohberg zu finden.«

»Kümmere ich mich gleich drum«, antwortete Fink-beiner. Seine Stimme zitterte dabei ein wenig. Peter sah ihn an: »Sag mal, hat dich das Wettfieber gepackt?«

»Das kannst du nicht verstehen, was?«

»Bei dir nicht, sonst schon. So ein nüchterner Mensch wie du …«

Das Rennen wurde gestartet. Finkbeiner drängte sich nach vorne bis zur Schranke. Aurora lag gut im Ren-nen. Ihr Fahrer hielt sich an dritter Stelle. Peter Hei-land suchte derweil die Reihen auf der Tribüne mit den Augen ab. Plötzlich hörte er hinter sich seinen Kollegen mit zunehmend lauter Stimme schreien. »Ja! Ja! Ja! Du schaffst es! Du schaffst es!«

Heiland wendete seine Augen der Turfbahn zu. Die Traber bogen auf die Zielgerade ein. Eines der Gespanne war ganz nach links ausgewichen und zog nun kontinu-ierlich an zwei anderen vorbei. Peter sah, wie Finkbei-ner seine Arme in die Luft warf. Jetzt trat er zu seinem Kollegen. »Eins zu sechs! 50 Euro hab ich gesetzt«, rief Finkbeiner begeistert. »Das sind 300 Euro. Wenn ich die jetzt gleich noch mal setze.«

»Du suchst jetzt erst einmal Miriam Lohberg. Ich hab von der ja nur eine Beschreibung!« Im gleichen Augenblick entdeckte Finkbeiner ein bekanntes Gesicht. »Das glaub ich jetzt nicht!«, entfuhr es ihm.

»Doch, das ist mein Ernst!« Peter Heiland wurde langsam ärgerlich.

»Da! Jacqueline Abendroth!«

»Was?«

Finkbeiner deutete auf eine schmale Treppe, die zwischen zwei Blocks auf der Tribüne nach oben führte. Jetzt erkannte auch Heiland Frau Abendroth. Sie trug ein schwarzes Kostüm, dazu einen flachen schwarzen Hut, der kess auf ihren blonden Haaren saß.

»So ein Zufall!«, sagte Finkbeiner.

Im gleichen Augenblick blieb Frau Abendroth stehen und winkte jemandem zu. In der Sitzreihe erhob sich eine Frau in einem engen weißen Kleid und mit wallenden roten Haaren. Sie drängte sich schnell an den Sitzenden vorbei. Als sie Frau Abendroth erreichte, hakte sie sich bei ihr unter, und die beiden schritten eng nebeneinander rasch die Treppe hinauf. »Die Lohberg!«, entfuhr es Finkbeiner.

»Was?«

»Ja, das ist sie.«

»Das kann jetzt aber kein Zufall mehr sein. Los!«

Die beiden Kommissare rannten zu der Tribüne. »Hinten geht die Treppe runter zu den Parkplätzen«, rief Finkbeiner seinem Kollegen noch zu. Doch der war mit der Fußspitze an der Kante einer Stufe hängen geblieben und schlug längelang hin. Als er sich aufgerappelt hatte, kamen ihm eine Menge Zuschauer entgegen, die vor dem nächsten Rennen zu den Wettschaltern drängten. Mühsam bahnte er sich einen Weg gegen den Strom. Finkbeiner war nicht mehr zu sehen. Erst, als Peter oben angekommen war, spürte er den Schmerz, links, knapp unterhalb der Brust. Er bekam kaum Luft. Finkbeiner war auf der anderen Seite schon wieder auf ebener Erde angelangt und rannte zum Parkplatz, blieb aber plötzlich resignierend stehen und sah sich nach Peter Heiland um. Als der ihn erreichte, sagte Finkbeiner: »Die sind weg. Ich hab sie noch in ein Auto einsteigen sehen, einen roten Fiat 500. Vom Kennzeichen habe ich nur noch B – IO lesen können, die Zahlen leider nicht.«

»Bio, wie sinnig«, stöhnte Peter Heiland.

Ihr Dienstwagen stand auf einem ganz anderen Parkplatz. An eine Verfolgung war nicht zu denken.

»Die beiden sind wirklich zusammen weg?« Heiland drückte seine Hand in die Seite. Sein Atem ging pfeifend.

»Ja! Frau Lohberg ist gefahren, Jacqueline Abendroth saß auf dem Beifahrersitz.« Finkbeiner sah Heiland an. »Sag mal, was ist denn mit dir los?«

»Bin gestürzt. Ich fürchte, es ist 'ne schwere Prellung, wenn ich nicht gar ein paar Rippen gebrochen habe.«

Auf dem Weg zurück rief Finkbeiner im Büro an und erreichte Meier, der die Stellung hielt. Er berichtete kurz, was sie erlebt hatten, und sagte dann: »Krieg doch mal raus, wem ein Fiat 500, rot mit B-IO im Nummernschild gehört. Wir vermuten Miriam Lohberg, vielleicht auch Jacqueline Abendroth.« Dann fügte er noch hinzu. »Wir sind spätestens in einer Stunde da.«

»Und was macht ihr so lange?«, fragte Meier.

»Ich fahr jetzt erst mal ins Martin-Luther-Krankenhaus. Peter ist gestürzt. Wir müssen rauskriegen, was ihm fehlt.«

Zum Glück war bei der Notaufnahme wenig Betrieb. Eine Röntgenaufnahme ergab eine angebrochene Rippe in Heilands Brustkorb. Ein Arzt legte ihm einen Verband an. »Sie werden zwar Schmerzen haben, aber sie können weiterarbeiten«, sagte er, nachdem Heiland ihm geschildert hatte, dass er Kriminalpolizist und mitten in wichtigen Ermittlungen sei.

»War eine der leichteren Übungen, den Besitzer des Fahrzeugs rauszukriegen«, empfing sie Meier, als sie ins Büro kamen. »Es ist auf Lukas Abendroth zugelassen.«

»Aber Frau Lohberg ist gefahren«, sagte Finkbeiner.

»Die beiden Frauen haben sich verhalten, als ob sie die dicksten Freundinnen wären«, fügte Peter Heiland hinzu.

Finkbeiner erinnerte sich. »Als ich das erste Mal bei Frau Abendroth war, hat sie gesagt, sie nehme ihrem Mann die Affäre mit Frau Lohberg weniger übel als die mit Tillmann Winkler. Eigentlich sprach sie ganz versöhnlich über ihre Rivalin.«

Peter Heiland ging noch immer die Idee seines Großvaters im Kopf herum. Wenn sich nun das Ehepaar Lohberg versöhnt hatte … Aber vielleicht lag der Schlüssel gar nicht in der Versöhnung von Uwe und Miriam, sondern in dem guten Einvernehmen der Frauen Miriam und Jacqueline. Er verwarf den Gedanken als zu abstrus und wendete sich einer ganz anderen Frage zu: »Wie kommen wir an die Fingerabdrücke von Frau Lohberg?«

»Vielleicht kann ich das übernehmen«, meldete sich Jenny Kreuters. »Gibt mir mal jemand die Telefonnummer von der Dame?«

Meier öffnete seinen Rechner und diktierte schon

Sekunden später: »89 59 50 331.« Jenny wählte gleichzeitig auf ihrem Handy.

»Was hast du denn vor?«, wollte Peter Heiland wissen.

»Ich will nur rauskriegen, ob sie inzwischen zu Hause ist.« Nach einer kurzen Pause sprach Jenny ins Telefon: »Hier ist Jenny Kreuters, LKA, 4. Mordkommission, spreche ich mit Frau Lohberg? Wir hätten noch ein paar Fragen! Ja, wir arbeiten sonntags, wenn es wichtig ist. Wann treffe ich Sie denn an? Ach, das ist schade. Und morgen? Gut, sagen wir morgen Vormittag, 10.00 Uhr. Tschüss, Frau Lohberg.« Jenny legte auf. »Sie muss leider gegen 18.00 Uhr weg und will sich vorher noch ein bisschen ausruhen.«

»Sie wird zu der Vernissage gehen«, sagte Carl Finkbeiner.

»Die ist heute?«, Peter Heiland war sichtlich überrascht.

»Beginn 20.30 Uhr, Einlass ab 20.00 Uhr«, wusste Norbert Meier.

»Aber Frau Lohberg hat gesagt, sie müsse um 18.00 Uhr weg«, wendete Jenny ein.

»Vielleicht muss sie ihren Mann abholen.« Meier grinste. »Der hat ja zurzeit keinen Führerschein.«

»Wir sollten nachsehen, was sie vorhat«, meinte Peter Heiland.

»Da können wir uns drum kümmern, was, Jenny?«, sagte Meier.

Die Kollegin stöhnte. »Sonntagabend und dann so 'ne öde Observation!«

»Vielleicht wird sie ja gar nicht so öde. Carl und ich können das auch übernehmen«, warf Heiland ein.

»Du gehst jetzt auf jeden Fall nach Hause und lässt dich von Hanna pflegen«, sagte Finkbeiner streng.

»Unsinn. Wir gehen alle zu dieser Vernissage heute Abend. Da haben wir vermutlich die Verdächtigen beieinander.«

»Ist das dein Ernst?«, fragte Meier.

»Das ist eine dienstliche Anordnung. Ich bin rechtzeitig dort, und ich bringe meine Hanna mit.«

»Und ich fahr noch mal kurz nach Hause, mich umziehen«, sagte Finkbeiner.

Die anderen sahen ihn überrascht an.

»Guckt nicht so. Ich kann ja nicht ewig in diesen alten Klamotten rumlaufen!«

Norbert Meier und Jenny Kreuters erreichten die Sybelstraße 15 Minuten vor 18.00 Uhr. Der rote Fiat mit der BIO-Nummer war direkt vor dem Haus geparkt, in dem Miriam Lohberg wohnte. Es wurde 18.00 Uhr, zehn Minuten nach 18.00, 18.15 Uhr. Norbert Meier hatte alle vier Fenster des Autos geöffnet, um ein bisschen frische Luft hereinzulassen. Nichts rührte sich.

»Ich geh mal bei ihr klingeln«, sagte Jenny und stieß die Beifahrertür auf. Meier griff nach ihrem Arm und zog sie zurück auf ihren Sitz. »Warte!«

Ein Fiat 500 im gleichen Rot wie Frau Lohbergs Wagen fuhr vor. Eine Frau stieg aus und sah an dem Haus hinauf, während sie mit ihrem Handy telefonierte. Oben erschien an einem Fenster Frau Lohberg, winkte kurz und schloss das Fenster wieder.

»Also nach der Beschreibung müsste das doch Jacqueline Abendroth sein«, sagte Meier und deutete auf die Frau, die jetzt an ihr Auto gelehnt eine Zigarette rauchte.

Jenny nickte nur.

»Sicher waren die um 18.00 Uhr verabredet. Aber zeig mir eine Frau, die einen Termin pünktlich einhält«, sagte Meier.

»Ich zum Beispiel«, antwortete Jenny.

Aber Norbert Meier fuhr unbeeindruckt fort: »Ich frage mich schon lange, warum eine Frau immer zehn oder 15 Minuten später fertig wird als besprochen. Da kann sie's doch genauso gut rechtzeitig schaffen.«

»Armer Norbert, du gerätst offenbar immer an die falschen Frauen.«

Meier sagte nichts darauf. Er startete den Motor. Miriam Lohberg war aus dem Haus getreten und bei Frau Abendroth eingestiegen.

»Offenbar hat Abendroth allen Frauen das gleiche Auto geschenkt«, sagte Jenny, als Meier vorsichtig die Verfolgung des roten Fiats aufnahm.

Jacqueline Abendroth bog in die Wilmersdorfer Straße ein, fuhr bis zur Kantstraße und dort nach rechts. Sie passierte den Bahnhof Zoo und fuhr weiter auf der Budapester Straße. Nicht weit hinter dem Hotel »Interconti« nahm sie eine schmale Straße nach links.

»Wenn mich nicht alles täuscht, fährt die zum Café ›Am Neuen See‹«, sagte Meier, der stolz darauf war, Berlin zu kennen »wie ein Taxifahrer«. Er sollte recht behalten. Jacqueline parkte geschickt in die letzte Parklücke ein. Meier fuhr langsam an dem roten Fiat vorbei und stellte seinen Wagen im Halteverbot ab. Als sie ausstiegen, sagte er: »Übrigens, du hast recht, ich bin immer an die falschen Frauen geraten. Deshalb hab ich auch nie geheiratet.«

Jenny ging nicht darauf ein. »Wie gut«, sagte sie, »dass die beiden uns zwei nicht kennen.« Meier und Jenny Kreuters waren am Rand des weitläufigen Areals stehen geblieben.

»Mann«, stöhnte Meier, »früher war da eine Wiese bis runter zum See.« Jetzt war das ganze Areal mit Holzplanken ausgelegt. Biertische und Bänke ohne Lehnen standen dicht an dicht und waren fast alle besetzt. Die Gäste mussten sich an einer Getränke- und Essensausgabe selbst bedienen. Am oberen Rand stand das Café, das eigentlich ein gediegenes Restaurant war. Im Augenblick wurde es nur zum Teil genutzt, weil das Gebäude offenbar erweitert und modernisiert wurde. Die Wände waren mit Planen verhüllt. Auf der Terrasse davor wurde man an eleganten Tischen und auf bequemen Stühlen bedient. Ein Kellner begrüßte Frau Abendroth mit Handschlag und führte die beiden Damen danach zu einem Tisch, an dem bereits ein Mann saß. Er stand auf, stand aber mit dem Rücken zu Meier und Jenny. Man begrüßte sich mit Wangenküssen.

Norbert Meier zog sich ein wenig zurück und fand an einer Buche, die dicht neben der Holzhütte stand, in der man sein schmutziges Geschirr abgeben konnte, eine günstige Position. Er holte sein Handy aus der Tasche, zoomte den Tisch mit den zwei Frauen und dem Mann heran und fotografierte das Trio mehrmals. Auch Jenny hatte bisher keinen Blick auf den Mann in Gesellschaft der beiden Damen. Aber jetzt drehte er sich um. »So ist das also!«, sagte sie laut zu sich selbst. Sie hatte Uwe Lohberg erkannt.

Am Verkaufsstand trafen sie sich wieder.

»Hast du das gesehen?« Jenny war aufgeregt.

»Hübsches Trio, nicht wahr? Für dich auch ein Bier?«

»Ja, gerne, aber ein Kleines. Ich suche uns so lange einen Platz, wo die uns nicht sehen können.«

»Und ich schicke Peter ein Foto von den dreien!«

Als Norbert Meier mit einem kleinen runden Tablett, auf dem zwei Biergläser standen, seine Kollegin erreichte, stellte er die Gläser ab, machte ein paar Schritte zur Seite und rief Peter Heiland an. »Störe ich sehr?«

»Überhaupt nicht«, antwortete der Chef der 4. Mordkommission.

»Hast du das Bild erhalten?«

»Ja. Ich hab meinen Augen nicht getraut, das sind Frau Abendroth und die beiden Lohbergs.«

Meier berichtete: »Frau Abendroth hat um 18.15 Uhr Frau Lohberg abgeholt. Sie fährt übrigens den gleichen roten Fiat. Jetzt sind sie hier im ›Café am See‹. So, wie's aussieht, sind Uwe Lohberg und die zwei Weiber ein Herz und eine Seele. Ich denke, die haben sich hier nur getroffen, um danach zusammen zu der Ausstellungseröffnung zu gehen. Zumindest könnte man das aus ihren Klamotten schließen. Sollen wir uns die drei mal vornehmen?«

»Nein. Ihr observiert sie weiter, und wenn sie tatsächlich zu der Vernissage gehen, sehen wir sie ja dort. Ansonsten könnt ihr sie immer noch stellen.«

»Okay, gebongt«, sagte Meier und beendete das Gespräch.

Hanna trat aus dem Schlafzimmer. Sie trug ein Kleid, das sie ein paar Wochen, nachdem der kleine Heinrich auf die Welt gekommen war, gekauft hatte. Bis heute hatte sie es allerdings nicht getragen.

Peter war begeistert. »Du siehst fantastisch aus!«

Hanna lächelte. »Ich wusste, du würdest es irgendwann noch lernen, Komplimente zu machen.« Sie strich den Stoff mit beiden Händen glatt. »Das ist ein Kelim-Tunika-Kleid«, sagte sie.

»Hä?«, machte Peter. »Ich versteh bloß Bahnhof.«

Hanna trieb das Spiel weiter und erklärte in übertriebenem Verkäuferton: »Baumwolljersey, mit abstrakten Medaillons nach einem türkischen Kelimmuster, mit überschnittenen Schultern und schmalen Ärmeln.« Dabei drehte sie sich wie ein Modell auf dem Laufsteg.

»Hör auf! Es sieht einfach toll an dir aus, das genügt doch.«

Hanna trug zu dem sehr kurzen, in verwaschenem Grün schimmernden Kleid Leggings in der gleichen Farbe, dazu schwarze, samten wirkende Stiefeletten mit hohen Absätzen. »Für unseren Hochzeitstag neulich war mir das zu aufwendig. Aber heute passt es, findest du nicht?«

»Wie lange hast du das denn schon?«

»Fast ein halbes Jahr, aber erst jetzt habe ich nach der Schwangerschaft wieder die Figur dafür.«

Peter Heiland berichtete kurz, was Meier gesagt hatte.

»Steffi muss gleich da sein, dann können wir losgehen.« Seitdem Hanna die Studentin als Babysitter angeheuert hatte, war ihr Leben endlich wieder abwechslungsreicher geworden.

»Einlass ist erst um 20.00 Uhr«, sagte Peter.

»Wir haben doch unsere Polizeiausweise«, antwortete Hanna verschmitzt.

»Na gut, lassen wir uns überraschen!«

Die größte Überraschung war erst einmal Carl Finkbeiner, der die beiden vor dem Eingang zur Galerie Teichmann erwartete. Er trug eine dunkelgraue Hose mit akkurat gezogenen Bügelfalten, ein schwarzes Hemd aus Seide und einen dunkelblauen Blazer, dazu elegante schwarze Schuhe.

»Ich hätte dich fast nicht erkannt!«, rief Hanna und fiel dem Freund um den Hals.

»Mann, wie siehst denn du aus?«, Peter gab ihm die Hand, obwohl sie sich sonst niemals mit Handschlag begrüßten. »Lass uns schon mal reingehen. Jenny und Norbert werden vermutlich auch gleich kommen. Vorausgesetzt, Lohberg, seine Frau und Jacqueline Abendroth erscheinen ebenfalls hier.«

»Wie das denn?«, fragte Finkbeiner überrascht.

Auf dem Weg in die Galerie berichtete Peter kurz, was ihm Norbert Meier eine Stunde zuvor durchgegeben hatte.

»Ich kann's einfach nicht glauben«, sagte Carl.

An der Tür stand ein livrierter Diener. »Einlass ist leider erst in einer Viertelstunde.«

»Nicht für uns«, sagte Peter Heiland ernst, »wir sind dienstlich hier.« Er zeigte seinen Ausweis und fügte hinzu: »Wir ermitteln im Mordfall Lukas Abendroth.«

»Doch nicht heute hier!«, das kam von Frau Teichmann, die plötzlich hinter dem livrierten Mann stand.

Carl Finkbeiner wollte etwas sagen, aber Peter legte

ihm schnell die Hand auf den Arm und wandte sich an Frau Teichmann: »Wir versprechen, so diskret wie möglich vorzugehen, aber leider haben sich die Dinge so entwickelt, dass wir gar keine andere Wahl haben.«

»Das ist doch dummes Gerede!«

Peter Heiland ignorierte Frau Teichmanns Einwurf und sagte zu dem Diener: »Öffnen Sie bitte!« Und als der nicht gleich reagierte: »Das ist eine polizeiliche Anordnung!«

»Ich protestiere!«, rief Frau Teichmann.

Hanna trat zu ihr. »Ich bin ganz privat hier. Aber ich möchte Ihnen den Rat geben: Wenn es zu keinem Skandal kommen soll, die Kollegen einfach gewähren zu lassen.«

Der Diener, der dies gehört hatte, trat aus eigenem Entschluss zur Seite. »Bitte, meine Herrschaften.«

Peter Heiland und Carl Finkbeiner betraten die Villa, während Sibylle Teichmann, sichtlich ruhiger geworden, zu Hanna sagte: »Gibt es denn irgendetwas Neues?« Sie standen noch immer im Foyer der Villa am Fuß der breiten Marmortreppe.

»Sie werden ja vielleicht wissen, dass ›Das kretische Labyrinth‹ bei Sotheby's in New York für fast drei Millionen Dollar versteigert worden ist.«

»Ist nicht wahr?!«

»Sie wussten es nicht?«

»Doch, dass es versteigert werden sollte, schon. Aber dass es so einen Preis erzielt hat …«

»Und Sie wissen auch, wer es versteigern ließ?«

»Keine Ahnung.«

»Ich denke, wir werden es heute Abend noch erfahren«, sagte Peter Heiland schnell, fasste Hanna an der

Hand, und sie betraten die Ausstellungsräume. Mitten in dem großen Raum stand ein quadratisches Podium, dahinter, zu den tief gezogenen Fenstern hin, ein großer Flügel, dessen Deckel Tillmann Winkler mit einem weichen Tuch grade noch einmal polierte, bevor er ihn aufstellte und mit einem Stab arretierte. Winkler trug einen blendend weißen Anzug, dazu ein rubinrotes Hemd und eine schwarze Schleife.

»Tag, die Herren«, sagte er kurz angebunden.

»Sind denn die Tänzerinnen schon da?«, fragte Heiland.

»Ja, in der Garderobe, hier rechts den Gang runter. Ist sonst mein Büro beziehungsweise: Das wird es künftig sein.« Er schlug ein paar leise Akkorde an.

Sibylle Teichmann war den Kommissaren gefolgt, blieb aber an der Tür stehen. Peter Heiland wollte zu dem Raum gehen, den Winkler als Garderobe benannt hatte. »Da können Sie als Mann jetzt nicht rein«, sagte die Galeristin schroff.

Der Kommissar verständigte sich mit einem Blick mit Hanna, die sich nun auf den Weg machte. Als sie die Tür leise öffnete, war nur die tiefe Stimme von Olga Nikolajewa zu hören. »Denkt immer daran, wir wollen Lukas Abendroth Ehre machen. Es ist seine Choreografie, und das wird Frau Teichmann gewiss auch ansagen.« Sie spürte den Luftzug, der durch das Öffnen der Tür entstanden war, im Nacken und drehte sich um. »Was wollen Sie?«, fuhr sie Hanna barsch an.

»Nichts. Ich hab mich wohl in der Tür geirrt.« Hanna ließ ihren Blick über die Mädchen gleiten, die teils schon schwarze Kostüme trugen, zum Teil aber auch noch in

Unterwäsche oder ganz nackt waren. »Tut mir leid. Ihr zieht euch gerade um.«

»Raus hier!«, bellte die Ballettmeisterin, die ebenfalls in Schwarz gekleidet war. Sie trug einen eng anliegenden Hosenanzug. Darunter einen dünnen Pulli in der gleichen Farbe, dessen Rollkragen bis dicht unters Kinn reichte.

Hanna zeigte sich wenig beeindruckt. Sie ging zu einer fahrbaren Kleiderstange, auf der nur noch zwei Kostüme hingen. Leere Kleiderbügel aus Draht schwangen leise hin und her.

»Ich kenn die Frau«, rief die Ballettelevin Sophie. »Die war mit dem Polizisten in unserem Eiscafé.«

»Stimmt. Du hast recht«, sagte Hanna und nahm einen der Bügel von der Stange.

»Sie stören, bitte gehen Sie endlich! Und lassen Sie den Bügel da hängen, ja?!«

Hanna entschuldigte sich noch einmal und verließ schnell den Raum. Den Kleiderbügel behielt sie in der Hand. Auf dem Weg zurück zu den Ausstellungsräumen begegnete sie Jenny Kreuters. »Schön, dass du mitgekommen bist!« Jenny umarmte die Kollegin. Dann deutete sie auf den Drahtkleiderbügel. »Wo hast du den her? Sieht aus wie die Mordwaffe.«

»Davon gibt's da drin noch viele.« Hanna deutete auf die Tür zur Garderobe der Mädchen. »Die Kostüme der Tänzerinnen werden damit aufgehängt.«

»Am besten gibst du ihn mir«, sagte Jenny, übernahm den Bügel und verstaute ihn in einer großen Umhängetasche, die sie, über die rechte Schulter gezogen, trug.

Inzwischen hatte Frau Teichmann den Einlass erlaubt,

obwohl es noch nicht 20.00 Uhr war. Vor der Galerie hatten sich schon gut zwei Dutzend Gäste versammelt. Darunter waren Leute, die ihr als Kunden oder Journalisten wichtig waren. Die konnte man nicht draußen stehen lassen, zumal sich der Himmel mit bedrohlichen dunklen Wolken bezogen hatte und ein Wetterleuchten weit hinter den Dächern der Stadt ein heraufziehendes Gewitter ankündigte. Unter den Wartenden befanden sich auch Miriam Lohberg und Jacqueline Abendroth. Aber sie standen weit voneinander entfernt, als würden sie sich nicht kennen. Als sie in kurzem Abstand nacheinander die Galerieräume betraten, erreichte gerade Jenny Kreuters ihren Kollegen Peter Heiland.

»Uwe Lohberg hat die Damen vorne, wo die Auguststraße anfängt, abgesetzt. Norbert behält ihn im Auge.«

In diesem Augenblick entdeckte Jacqueline Abendroth Kommissar Finkbeiner und ging rasch auf ihn zu. »Gut sehen Sie aus!«

»Danke«, sagte Finkbeiner. Ihm war nicht wohl in seiner Haut, zumal er nicht wusste, wie Peter Heiland vorgehen wollte. Der trat in diesem Augenblick auf Miriam Lohberg zu. »Wir haben uns noch nicht kennengelernt. Ich bin Hauptkommissar Heiland.«

Frau Lohberg war fast so groß wie er und sah ihn nun mit einem hochmütigen Blick an. »Ach ja? Ich habe Sie mir ganz anders vorgestellt.«

Der Kommissar ging nicht darauf ein. »Herzlichen Glückwunsch«, sagte er.

»Wozu?«

»Zum erfolgreichen Verkauf des ›Kretischen Labyrinths‹ in New York.«

»Bitte? Ich weiß nicht, wovon Sie reden.« Ihre Selbstbeherrschung war imponierend. Zwar flatterten ihre Augenlider einen Moment und ihre Hände umklammerten ihr Täschchen so stark, dass die Fingerknöchel weiß hervortraten, aber ihr Blick blieb kühl.

Carl Finkbeiner gesellte sich zu den beiden und sagte: »Ihr Mann wird froh sein.«

»Wie bitte? – Ach, Sie sind das? Ich habe Ihnen doch gesagt, dass wir nichts mehr miteinander zu tun haben.«

»Ja, und dass Sie nur noch über Ihre Anwälte miteinander verkehren.«

»Ganz genau. Und jetzt würde ich mich gerne der Ausstellung widmen.« Sie wendete sich abrupt ab, blieb aber genauso abrupt stehen, als Heiland sagte: »Aber Ihr Anwalt war heute Nachmittag im ›Café am neuen See‹ gar nicht dabei, oder?«

Langsam wendete sich Miriam Lohberg um und wieder den beiden Kommissaren zu. »Was sagen Sie da?«

Peter Heiland kam nicht dazu zu antworten, denn im gleichen Moment erklangen ein paar kräftige Klavierakkorde. Von den meisten unbemerkt war Olga Nikolajewa hereingekommen und hatte sich an den Flügel gesetzt. Eine Tür schwang auf, und angeführt von Tatjana Nemtschow schwebten die zwölf jugendlichen Tänzerinnen herein. Alle trugen nur ein schwarzes Top mit dünnen Trägern, dazu Tutus in Schwarz und schwarze Ballerinas. Die Ballettmeisterin spielte die Polonaise »Militaire« in A-Dur von Frédéric Chopin, und sie interpretierte das schwungvolle Stück meisterhaft.

Peter Heilands Blick glitt über die Gäste. Er schätzte, dass es mehr als 150 waren. Ganz hinten standen Piotr

Nemtschow und seine Frau. Er trug einen abgetragenen grauen Anzug, darunter ein weißes Hemd und eine schmale Krawatte. Sie war in ein bauschiges blaues Kleid gehüllt, das sie noch dicker machte, als sie war. Die beiden hielten sich an der Hand und standen auf Zehenspitzen. Ihre Körper waren angespannt. Als die Mädchen das Podium erreicht hatten, setzte Frau Nikolajewa einen Schlussakkord. Die Nemtschows waren die Ersten, die laut Beifall klatschten. Auch die anderen Gäste applaudierten, bis die Tänzerinnen das Podium erreicht und sich dort in einer präzisen Reihe aufgestellt hatten. Frau Nikolajewa wiederholte die Eingangssequenz des Musikstückes, und nun begann der Tanz, den sie über Wochen einstudiert hatten.

Hanna trat zu Peter Heiland und schob ihren Arm unter den ihres Mannes. »Ist das nicht schön?«

Peter nickte nur. Er hätte es nicht für möglich gehalten, dass man mit einer so jungen Truppe so eine Choreografie verwirklichen konnte. »Ich war doch in der Garderobe«, flüsterte Hanna.

Peter reagierte leicht ungehalten. »Später, Hanna, später.« Zu sehr war er von der Darbietung gefangen. Aber seine Frau ließ sich nicht aufhalten. »Die Kostüme der Mädchen hingen auf Drahtbügeln. Jenny kümmert sich darum.«

Peter blickte sich um. Tatsächlich: Die Kollegin war verschwunden.

Carl Finkbeiner dagegen stand nicht weit von den beiden und dicht neben ihm Jacqueline Abendroth, die für einen Augenblick sanft ihre Hand auf den Arm des Kommissars legte. Genau in diesem Augenblick hatte einer

der vielen Fotografen die beiden im Fokus und drückte
auf den Auslöser.

Uwe Lohberg hatte in der Auguststraße das Steuer des
roten Fiats übernommen. Er fuhr exakt nach Vorschrift.
Meier, der zwei Autos dahinter folgte, grinste und sagte
leise vor sich hin. »Fahren ohne Führerschein, mein lieber Herr Gesangsverein!«

Hinter dem Hauptbahnhof bog Lohberg links in den
Tiergartentunnel ein, nahm die Ausfahrt Tiergartenstraße,
überquerte die Klingendorfstraße, folgte der Budapester und erreicht schließlich die Kantstraße. »Geht wohl
direkt zur Sybelstraße«, sagte Norbert Meier leise und
entspannte sich. Tatsächlich stoppte Lohberg den Fiat
vor dem Haus, in dem seine Frau wohnte, stieg aus, zog
einen Schlüssel aus der Hosentasche, schloss die Haustür auf und verschwand in dem Gebäude.

»Das war ja nun eine der leichteren Übungen«, sagte
Meier vor sich hin und schrieb seinem Kollegen Heiland eine SMS.

Peter Heilands Mobiltelefon vibrierte in seiner Hosentasche. Er nahm das Gerät heraus und warf einen Blick
auf das Display. In diesem Augenblick beendete die Ballettgruppe ihren Auftritt und wurde mit viel Applaus
belohnt. Glücklich schwebten die Mädchen wieder aus
dem Raum. Peter sah noch einmal zu den Nemtschows
hinüber. Der Mann wischte sich den Schweiß ab. Auch
seine Frau schwitzte und atmete so heftig, als habe sie
selbst die ganze Zeit getanzt und sich dabei völlig ver-
ausgabt. Sibylle Teichmann trat an den Flügel, bedankte

sich mit einem Handschlag und zwei flüchtigen Wangenküssen bei Olga Nikolajewa und wendete sich an ihr Publikum: »Was Sie gerade gesehen haben, meine verehrten Damen und Herren, war sozusagen die letzte künstlerische Arbeit Lukas Abendroths. Er selbst hat dieses Tanzstück choreografiert, und die bewundernswerte Olga Nikolajewa hat das Werk kongenial umgesetzt.« Noch einmal brandete Applaus auf. Die Ballettmeisterin verbeugte sich tief, die beiden Hände wie zum Gebet vor der Brust gefaltet. Frau Teichmann fuhr fort: »Wir haben uns überlegt, ob wir diese Vernissage überhaupt durchführen sollen. Zu tief waren wir alle betroffen vom plötzlichen Tod des großen Künstlers. Ich darf bei der Gelegenheit sagen, wie froh ich darüber bin, dass seine Witwe Jacqueline die Kraft aufgebracht hat, heute unter uns zu sein.« Ein feiner, leiser Beifall erklang. Frau Abendroth deutete eine kleine Verbeugung an und wurde dabei von allen Fotografen und TV-Kameraleuten, die im Saal waren, abgelichtet. Carl Finkbeiner versuchte, Abstand zwischen sich und Jacqueline zu bringen, aber es gelang ihm nicht. Zu dicht standen die Ausstellungsbesucher hinter ihm.

Sibylle Teichmann räusperte sich. »Viele von Ihnen werden wissen, wie eng wir all die Jahre zusammengearbeitet haben, Lukas Abendroth und ich. Uns verband eine wirkliche Freundschaft. Auch aus diesem Grunde fühle ich mich nicht in der Lage, hier selbst eine Eröffnung mit der entsprechenden Würdigung des Künstlers zu übernehmen. Dankenswerterweise hat sich Professor Doktor Hans Jochen Grube bereit erklärt, in diese schöne Schau mit Lukas Abendroths letzten Bildern einzuführen.«

Frau Teichmann zog sich unter dem verhaltenen Beifall der Gäste ein paar Schritte zurück. Ein kleiner grauhaariger Mann mit einem imponierenden Schnauzbart trat an den Flügel und legte dort sein Manuskript ab, in das er in den nächsten 20 Minuten keinen einzigen Blick warf. Peter Heiland musste an Bilder von Albert Einstein denken. Der Professor sah ihm ähnlich – fast wie ein Zwillingsbruder. Es hätte Heiland gefallen, wenn der alte Herr in seinem zerknitterten Anzug einfach die Zunge herausgestreckt hätte, wie man es auf dem bekanntesten Bild des berühmten Physikers sehen konnte. Stattdessen gab er eine durchaus kurzweilige Einführung in die ausgestellten Werke, beschrieb anschaulich Abendroths Arbeitsweise und erzählte sehr anregend und mit vielen amüsanten Anekdoten aus dem Leben des Künstlers. Dabei verschwieg er nicht, dass der Maler und Fotograf auch Seiten gehabt habe, »die uns alle immer wieder auf das Fürchterlichste erschreckten, ja verstörten.« Er gehöre nicht zu denen, die meinen, man müsse so etwas großen Künstlern nachsehen, sagte der Redner. Stattdessen sollte man sich vielleicht lieber darüber wundern, welch großartigen Werke Lukas Abendroth trotzdem geschaffen habe. »Aber«, sagte er, »was ein Künstler schafft und wie er ist, das geht selten überein.«

Das Publikum schien dankbar zu sein für die kurze und kompetente Würdigung des Verstorbenen. Sibylle Teichmann trat noch einmal nach vorne und rief laut: »Die Ausstellung ist eröffnet und das Buffet auch.« Ein Satz, der in den letzten Jahren zu einem ihrer Markenzeichen geworden war.

Jenny Kreuters hatte die Villa Teichmann rasch verlassen, nachdem sie von Hanna den Kleiderbügel übernommen hatte. Sie rief eine Funkstreife und bat die Kollegen, das Stück Draht ins Labor zu bringen. Sie glaube zwar nicht, dass der Vergleich mit der Mordwaffe etwas bringen werde, sagte sie zu dem Techniker, den sie im Labor erreicht hatte, aber den Versuch müsse man machen. Der Mann am anderen Ende der Leitung antwortete: »So was weiß man nie vorher. Bei uns ist eh grade tote Hose. Wir sind für jede Arbeit dankbar.«

»Das hat man aber auch selten«, sagte Jenny lachend.

»Kommt aber vor.« Der Mann im Labor legte auf, und Jenny kehrte in die Galerie zurück.

Norbert Meier war aus seinem Dienstwagen ausgestiegen und zur Tür des Hauses, in dem Miriam Lohberg wohnte, gegangen. Für alle Fälle wollte er probieren, wie man in das Gebäude kommen konnte, ohne sich vorher bemerkbar zu machen. Zur Haustür führten vier Stufen hinauf, über denen sich ein Bogen aus Beton wölbte. Die Tür hatte ein einfaches Schloss. Meier lächelte. Kein Problem für den elektronischen Dietrich, den er seit einiger Zeit immer bei sich trug und der in Sekundenschnelle Tausende Kombinationen durchspielen und so jedes Schloss knacken konnte. Der Kriminaltechniker, der ihm den Dietrich unter dem Siegel größter Verschwiegenheit geliehen hatte, hatte sich darüber aufgeregt, »dass die Ganoven uns in der Technik immer einen Schritt voraus sind. Die kannst du auf jeder einschlägigen Messe treffen.« Und so war das Gerät, das jetzt Norbert Meier in der Hand hielt und nahezu jedes

Schloss in kürzester Zeit öffnete, bei einem besonders erfolgreichen Einbrecher beschlagnahmt worden. Meier machte eine Probe. Ein leises Surren, ein kurzes Knacken, und die Tür sprang auf. Er zog sie sorgfältig wieder zu, kehrte zu seinem Auto zurück und schaltete das Radio ein. Sein Handy legte er griffbereit auf den Beifahrersitz.

Der Himmel über der Stadt hatte sich weiter verdunkelt. Das Wetterleuchten schien näher zu kommen. Meier öffnete das Fenster auf der Fahrerseite. Aber es strömte keine frische Luft herein. Es kam Meier so vor, als werde es mit jeder Minute schwüler.

Hanna und Peter Heiland waren, nachdem sie die Bilder begutachtet hatten, ans Buffet getreten und hatten kleine Tellerchen mit dem gefüllt, was man wohl Fingerfood nannte. Ein Kellner bot Getränke an: Sekt, Weißwein, Rotwein. Das Ehepaar Heiland entschied sich für Mineralwasser, er mit Kohlensäure, sie ohne. In dem Ausstellungsraum hatten sich kleine Gruppen gebildet, in denen eifrig diskutiert wurde. Nachdem mehrere Gäste Frau Teichmann bedrängt hatten, klopfte sie mit einem silbernen Löffelchen an ihr Glas, und als das Stimmengewirr abgeebbt war, sagte sie: »Meine Damen und Herren, ich werde ständig nach einer Preisliste gefragt. Leider sind wir nicht mehr dazu gekommen, die Preise im Einzelnen festzulegen. Ich muss Sie also bitte, falls Sie Interesse an einem oder mehreren Bildern haben, mir dies mitzuteilen. Ich werde mich dann in den nächsten Tagen bei Ihnen melden.«

»Raffiniert!«, sagte Jenny Kreuters, die neben Peter und Hanna getreten war. »So jubelt sie die Preise Stück für Stück in die Höhe.«

»Ihr und der Witwe kann dieser Hype nur recht sein«, antwortete Peter Heiland. Während er das sagte, beobachtete er Miriam Lohberg aus den Augenwinkeln. Die einstige Geliebte des Malers stand meist alleine, scheinbar sinnend vor dem einen oder anderen Bild. Aber sie konnte ihre Nervosität nicht verbergen. Immer wieder biss sie sich auf die Unterlippe. In fahrigen Bewegungen öffnete und schloss sie ihr Handtäschchen, ohne etwas herauszunehmen. Sie suchte offenbar den Blickkontakt zu Jacqueline Abendroth, aber die schien dies nicht zu bemerken, sondern hatte sich offenbar ganz in ein Gespräch mit Carl Finkbeiner vertieft.

»Ihr Kollege hat da so eine komische Andeutung gemacht«, sagte Jacqueline Abendroth in diesem Moment zu Finkbeiner. Der sah sie nur fragend an.

»Ja. Über Frau Lohberg und ihre Anwälte – ich hab's nicht genau verstanden. Wissen Sie denn, worum es da ging?«

»Keine Ahnung«, log Finkbeiner und fragte dann eher beiläufig: »Was machen Sie denn nach der Vernissage?«

»Würden Sie sich denn gerne mit mir verabreden?«, fragte die Witwe kokett zurück.

»War nur so eine Idee.«

»Das würde mir gefallen, aber leider, leider habe ich bereits Freunden zugesagt, sie zu treffen.«

»Und da würde ich stören?« Carl Finkbeiner kam sich plötzlich vor wie ein Schmierenkomödiant.

»Mich nicht, aber ich kann nicht für die anderen sprechen. Aber sicher sehen wir uns ganz bald einmal wieder.«

»Oh ja«, sagte Finkbeiner. »Davon bin ich fest überzeugt.« Damit wendete er sich von ihr ab.

Endlich gelang es Miriam Lohberg, den Blickkontakt zu Jacqueline Abendroth aufzunehmen. Peter Heiland registrierte, wie sie mit einer angedeuteten Kopfbewegung Richtung Ausgang wies. Jacqueline nickte kurz und bahnte sich dann langsam einen Weg zur Tür. Unterwegs nahm sie noch eine Lachsschnitte vom Buffet, biss kräftig hinein, blieb noch einmal vor einem der Bilder stehen und ging dann weiter Richtung Ausgang.

Carl Finkbeiner war inzwischen zu Hanna, Jenny und Peter getreten.

»Ich glaube, es geht los«, sagte Heiland. »Jenny übernimmt die Abendroth, Carl folgt Frau Lohberg. Möglicherweise haben die beiden Frauen ja das gleiche Ziel. Ihr gebt mir laufend Bericht, ja?«

Die beiden Angesprochenen verließen den Raum. Peter trat zu Frau Teichmann. »Es scheint ja ein großer Erfolg zu sein«, sagte er.

»Ja, sicher. Deshalb habe ich auch überhaupt keine Zeit, mich mit Ihnen zu unterhalten«, antwortete die Gastgeberin schroff.

»Macht nichts. Nur eine Frage noch: Wo bleibt eigentlich Frau Nikolajewa?«

»Sie ist eine sehr scheue Person. Der Applaus hat ihr gutgetan, und sie wird sicher morgen beziehungsweise übermorgen eine gute Presse haben. Aber für heute hat sie sich verabschiedet.«

»Schade«, sagte Hanna, die hinzugetreten war. »Ich hätte ihr so gerne gratuliert.«

Frau Teichmann antwortete nicht mehr darauf, sondern wendete sich, nachdem sie ein strahlendes Lächeln angeknipst hatte, einem älteren Herrn zu.

»Besonders höflich ist sie nicht«, sagte Hanna leicht düpiert.

»Du bist nun mal Polizistin und keine Sammlerin teurer Kunst.« Peter fasste sie bei der Hand. Die beiden verließen die Galerie.

Als sie in die düstere Abenddämmerung hinaustraten, wurden sie von einer heftigen Windböe erfasst, die lose Papiere und Straßenschmutz durch die Auguststraße trieb. Ein Blitz zuckte über den Himmel und tauchte die ganze Umgebung für eine Sekunde in ein gleißendes Licht. Vor dem Gebäude parkten mehrere Taxen, nachdem die Zentrale die Fahrer unterrichtet hatte, dass in der Villa Teichmann eine Veranstaltung langsam zu Ende gehe.

Miriam Lohberg und Jacqueline Abendroth kamen in kurzem Abstand nacheinander aus dem Haus. Kurz darauf erschienen auch Jenny Kreuters und Carl Finkbeiner unter der hohen Eingangstür. Frau Abendroth stieg in das erste Taxi. Jenny, die ihren Wagen auf der anderen Seite der Straße geparkt hatte, rannte über die Fahrbahn und sprang hinters Steuer. Sie wendete einigermaßen abenteuerlich und setzte sich in angemessenem Abstand hinter das Taxi. Miriam Lohberg hatte sich unterdessen eine Zigarette angezündet, rauchte aber nur wenige Züge, trat dann die Kippe im Rinnstein aus und stieg ihrerseits in ein Taxi. Kaum war dies angefahren, winkte Finkbeiner das nächste heran und bat den Chauffeur, dem vorausfahrenden Wagen zu folgen. »Und warum soll ich das machen?«, fragte der.

Carl Finkbeiner zeigte seinen Dienstausweis und sagte: »Es handelt sich um wichtige polizeiliche Ermittlungen.«

»Super«, rief der Fahrer begeistert. »So was seh ich sonst nur im Kino. Ich mach das, Chef. Der da vorne sieht mich überhaupt nicht.«

Norbert Meier sah eine Viertelstunde später, wie nacheinander zwei Taxen in der Sybelstraße hielten und ein drittes gemächlich vorbeifuhr. Da hatte er schon Verbindung zu Peter Heiland.

»Die kommen hier an. Voraus Frau Abendroth, hinterher Jenny in ihrem Dienstwagen, dann in einem zweiten Taxi Frau Lohberg, und Carl fährt in einem dritten grade an mir vorbei.«

»Ihr wartet, bis ich da bin«, sagte Peter Heiland, der in diesem Moment schon neben seinem Auto stand.

»Augenblick!«, rief Norbert Meier. »Da kommt offensichtlich noch jemand. Eine Frau. Steigt aus einem Renault Twingo. Könnte diese Ballettmeisterin sein der Beschreibung nach. Die drei Frauen stehen vor der Haustür beieinander. Jetzt gehen sie rein.«

Kaum war die Tür hinter den drei Damen ins Schloss gefallen, erschienen Jenny Kreuters und Carl Finkbeiner links und rechts von Meiers Wagen. Norbert stieg aus. Erste schwere Regentropfen fielen. »Ich frag mich, was das beweisen soll, dass die jetzt alle gemeinsam da oben tagen.«

»Auf jeden Fall müssen sie uns erklären, warum sie uns angelogen haben. Und da fallen mir gleich ein paar Möglichkeiten ein«, sagte Finkbeiner.

Der Regen nahm rasch zu und glich mehr und mehr einem Sturzbach.

»Warum kann es eigentlich nicht normal regnen in diesem Jahr?«, knurrte Meier. Alle drei rannten zu dem Hauseingang und stellten sich unter den Betonbogen über der kurzen Treppe zur Haustür.

Zehn Minuten später parkte Peter Heiland sein Auto auf dem Gehsteig direkt vor der Tür des Hauses. Er hatte Hanna gebeten, im Wagen zu bleiben, was seine Frau freilich partout nicht einsehen wollte.

»Das ist ein Einsatz, Hanna«, sagte Peter ernst. »Und du bist nicht im Dienst!« Er sprang aus dem Wagen. Mit gesenktem Kopf rannte er durch den Regen zu seinen Kollegen.

Ein heller Blitz fuhr über den Himmel, gefolgt von einem ohrenbetäubenden Donnerschlag. »Kommen wir da rein, ohne auf uns aufmerksam zu machen?«, rief Peter Heiland seinem Kollegen Meier zu.

»No Problem«, schrie der durch den Lärm des prasselnden Regens zurück und schob die Spitze des elektronischen Dietrichs ins Schloss.

Im gleichen Augenblick meldete sich Jennys Telefon. Der Mann aus dem Labor war dran. »Die Drahtbügel sind sozusagen identisch. Interessant ist, dass sie beide weiß beschichtet sind, aber ob sie nun aus der gleichen Tranche stammen, lässt sich auf die Schnelle nicht belegen.«

»Danke«, sagte Jenny und berichtete es den anderen.

»Im Zweifel behaupten wir's einfach«, sagte Meier.

»Sie wohnt im zweiten Stock«, sagte Carl Finkbeiner.

Leise stiegen sie das Treppenhaus hinauf. Als sie vor

der Wohnungstür ankamen, wollte Jenny klingeln, aber Peter legte seine Hand auf ihren Arm. »Warte mal!« Er nickte wieder Norbert Meier zu, und der brachte den elektronischen Dietrich noch einmal zum Einsatz. Die Wohnungstür glitt fast unhörbar auf. Stimmen waren zu hören. Peter schlich auf Zehenspitzen voraus bis zu der Tür, hinter der gesprochen wurde. »2,9 Millionen Dollar? Habe ich das richtig verstanden?« Das war die Stimme von Olga Nikolajewa. »Ja«, antwortete offenbar Uwe Lohberg. »Und davon gehört dir ...« Dann wurde es unverständlich, bis die Worte fielen: »Schließlich hast du den schwersten Teil der Arbeit übernommen.«

Peter Heiland und Carl Finkbeiner sahen einander an. Die Fortsetzung der Unterhaltung war nicht zu hören, weil draußen wieder ein lang gezogener Donner ertönte und nur langsam verhallte. Danach aber vernahmen sie die Stimme Jacqueline Abendroths deutlich:

»Meinen Teil könnt ihr unter euch aufteilen. Ich profitiere ja künftig mehr davon als jeder von euch.«

Jetzt kam eine leisere weibliche Stimme, selbst bei größter Anstrengung konnten die Lauschenden nur Bruchstücke vernehmen. »... für Uwe ... Insolvenz abwenden ... Schließlich ...«

Wieder hörte man Uwe Lohberg: »... ging ja weniger ums Geld ...« Und jetzt wurde er laut. Seine Stimme klang trotzig: »Er musste einfach weg. Da waren wir uns doch einig. Es war einfach zu viel, was er uns allen zugemutet hat.«

»Das reicht!«, sagte Peter Heiland jetzt laut und stieß die Tür auf. Um einen runden Glastisch saßen Uwe und Miriam Lohberg, Olga Nikolajewa und Jacqueline

Abendroth. Es war, als hätte man eine Filmszene angehalten. Alle starrten die Polizeibeamten an, die nacheinander eintraten und sich im Zimmer verteilten. Plötzlich schrie Olga Nikolajewa mit gellender Stimme: »Nein!« Mit einer geschmeidigen, katzenhaften Bewegung sprang sie aus ihrem Sessel, rannte Jenny, die noch unter der Tür stand, um und ins Treppenhaus hinaus. Peter folgte ihr, blieb aber mit der Schuhspitze an der Schwelle der Wohnungstür hängen und stürzte. Ein lauter Schmerzensschrei hallte durch das Treppenhaus. Er war genau auf die Rippe gefallen, die er sich auf der Trabrennbahn angebrochen hatte. Mühsam kam er hoch, aber da rannte schon Carl Finkbeiner an ihm vorbei und hastete in großen Sätzen die Treppe hinunter.

Hanna saß noch immer wütend auf dem Beifahrersitz in Peters Dienstwagen, als die Haustür aufgerissen wurde. Durch den dichten Regen sah sie, wie Olga Nikolajewa herausstürzte, zu ihrem Kleinwagen rannte und hineinsprang. Carl Finkbeiner sah Hanna schon nicht mehr; denn sie war rasch hinters Steuer gerutscht, hatte den Motor gestartet, und als die Nikolajewa losfahren wollte, setzte Hanna ihr Fahrzeug direkt vor den Twingo. Die Ballettmeisterin schaltete in den Rückwärtsgang, aber in diesem Augenblick war Carl Finkbeiner herangekommen und riss die Fahrertür auf. Sicherheitshalber hatte er die Dienstpistole aus dem Halfter unter seinem eleganten Blazer gezogen.

»Kommen Sie bitte«, sagte er höflich und reichte Frau Nikolajewa galant die Hand, um ihr aus dem Auto zu helfen. Gemeinsam mit ihr und Hanna stieg er die Treppe wieder hinauf. Peter Heiland saß mit schmerzverzerrtem Gesicht auf der obersten Stufe und rang nach Atem.

»Wie gut, dass Hanna unten auf Posten war«, sagte Carl. »Sie wäre uns sonst entwischt.«

Schließlich waren alle wieder in Frau Lohbergs Wohnzimmer versammelt. Peter Heiland sagte: »Man nennt so etwas wohl einen Kollektivmord. Waren Sie denn alle am vorletzten Samstag in ›Babettes Ballhaus‹?«

»Nein, nur ich«, antwortete Uwe Lohberg. »Ich hatte mir fest vorgenommen, die Sache zu übernehmen, falls Olga es sich anders überlegen sollte.«

»Die *Sache*? Sie meinen den Mord.«

Uwe Lohberg nickte. »Jacqueline hat mich am Schwarzen See abgeholt und direkt in die Auguststraße gebracht.«

»Aber warum Sie, Frau Nikolajewa? Ihnen hat er doch nicht so übel mitgespielt wie den drei anderen.«

»Mir nicht, aber meinen Mädels«, sagte die Ballettmeisterin leise. »Ich konnte das nicht mehr mit ansehen. Er war so gewissenlos, so absolut gewissenlos. Ich habe in meinem ganzen Leben keinen solchen Menschen kennengelernt.«

»Sie waren aber auch persönlich von ihm enttäuscht.«

»Ja, aber das hat dabei keine Rolle gespielt. Es ging mir nur um die Kinder.«

»Wer von Ihnen hatte eigentlich die Idee, Lukas Abendroth auf diese Weise zur Verantwortung zu ziehen?«, fragte Carl Finkbeiner.

»Das war ich«, antwortete Miriam Lohberg. »Schon, nachdem er dieses Video ins Netz gestellt hatte, habe ich nur noch auf Rache gesonnen. Ich hätte es auch alleine getan. Irgendwie. Vielleicht hätte ich einen Mörder gekauft oder mir Gift besorgt, was weiß ich. Jedenfalls habe ich Tag und Nacht drüber nachgedacht, wie ich ihn umbringen könnte.«

»Wir haben beide darüber nachgedacht«, ergänzte Jacqueline. »Schon wenige Tage, nachdem das Video im Netz war, hab ich Miriam angerufen. Mir war plötzlich klar geworden, dass wir, die wir alle so sehr geschädigt waren, uns zusammentun müssten.«

»Ja«, sagte Miriam Lohberg, »und zum Glück ist dann auch mein Mann auf mich zugekommen. Wir haben darüber geredet, dass wir nur noch eine Chance miteinander hätten, wenn das Scheusal verschwinden würde.«

»Geht's auch weniger dramatisch?«, fragte Norbert Meier. »Da war doch auch ein ganz klares Kalkül dabei. Ist der Maler tot und redet alle Welt darüber, steigen die Preise. Den Beweis sehen wir ja. So viel Geld – genug, den Laden des Herrn Lohberg zu retten und Frau Nikolajewa ein sorgenfreies Leben zu garantieren.«

Überraschend meldete sich Hanna: »Ich würde das nicht so in den Vordergrund stellen. Mord aus Gewinnsucht ist etwas anderes als Mord aus Verzweiflung, wenn man nicht gar sagen will, aus Notwehr.«

Plötzlich war es ganz still im Raum, bis Jacqueline sagte: »Klingt ja fast, als denken Sie sich eine Verteidigungsstrategie für uns aus.«

»Jedenfalls sind Sie mir alle vier sympathischer als das Mordopfer«, antwortete Hanna Heiland entschieden.

10. KAPITEL

Für die Berliner Boulevardpresse waren die Ereignisse rund um den Mordfall Abendroth ein gefundenes Fressen. Die Zeitungen mit den großen Buchstaben kamen mit Schlagzeilen wie »Sexmonster von Frau hingerichtet« auf den Markt. »Mörderisches Quartett rächt sich an berüchtigtem Maler«, titelte eine andere Zeitung. Ein weiteres Blatt nahm das Bild auf und nannte die vier das »Quartett infernal«. Im Landeskriminalamt fanden aber die Fotos mit der Bildunterschrift »Jacqueline Abendroth mit neuem Partner« noch mehr Beachtung. Von einer Lovestory der besonderen Art wurde da erzählt. Auf den Bildern stand die Witwe des berühmten Malers sehr dicht neben einem gut aussehenden Mann in exquisiter Kleidung. Ihren Arm hatte sie unter den seinen geschoben und sah ihn mit träumerischem Blick an, wie es hieß.

Carl Finkbeiner beschloss, erst einmal zwei Wochen Urlaub zu machen, um nicht weiter im LKA Spießruten laufen zu müssen, wie er sagte. Dass er in diesen 14 Tagen drei Mal mit Jacqueline Abendroth zusammentraf und beim dritten Mal auch die Nacht über bei ihr blieb, erzählte er niemandem. Er war sich im Übrigen sicher, dass sie mit einer glimpflichen Strafe davonkommen und ihr das Gefängnis erspart bleiben würde.

Und so kam es dann auch. Sowohl Jacqueline als auch

Uwe und Miriam Lohberg kamen mit einer Bewährungs-
strafe davon, was sie nicht zuletzt Olga Nikolajewa ver-
dankten, die alle Schuld auf sich nahm. Ein milder Richter
zeigte Verständnis für die Lage der Tanzlehrerin, der es um
ihre Schützlinge gegangen war. Sie konnte hoffen, nach
einer nicht allzu langen Gefängnisstrafe in ihren Beruf
zurückzukehren, gestützt durch ihr kleines Vermögen, das
ihr Abendroth hinterlassen hatte und das Uwe Lohberg
getreulich verwaltete und gewinnbringend angelegt hatte.

Vier Wochen nach der Festnahme des Quartetts stieg in
»Hardys Boxcamp« der Kampf zwischen Boris Nemtschow und Norbert Meier. Die gesamte 4. Mordkommission war da. Auch Kriminaldirektor Wischnewski
war gekommen. Norbert Meier hatte, ohne irgendjeman-
dem etwas davon zu sagen, seit dem ersten Zusammen-
treffen mit dem jungen Boxer heimlich täglich trainiert,
und zwar mit einem der bekanntesten Trainer Berlins,
der schon Welt- und Europameister betreut hatte.

Die erste Runde ging klar an den jungen Nemtschow.
Die zweite verlief unentschieden, und in der dritten und
letzten kam es zu einem Niederschlag, von dem sich
Boris nur langsam erholte. Der Ringrichter Harry zählte
bis zehn. Dann reicht Meier dem Jungen die Hand und
half ihm auf. Seitdem treffen sich die beiden häufig. Norbert Meier kümmert sich um Boris und hat ihm sogar
eine Lehrstelle verschafft. »Det machste, wie de Klein-
geld hast«, sagte er manchmal dazu.

ENDE

FELIX HUBY
Heiland
· ·
978-3-8392-2127-3 (Paperback)
978-3-8392-5497-4 (pdf)
978-3-8392-5496-7 (epub)

TOD IM HAFENBECKEN Kommissar Heiland
dringt in eine Welt sozialer Kälte ein, in der Gewalt
zum Alltag gehört und der Tod billig zu haben ist.
Taucher finden eine Leiche im Berliner Westhafen. Der
Mann ist polizeibekannt. Ein Pendler zwischen Nige-
ria und Berlin. Bordellbesitzer, Frauenhändler, Rausch-
giftdealer, Herr über eine Bande jugendlicher Gangs-
ter. Niemand weint ihm eine Träne nach. Nicht einmal
sein eigener Vater. Kommissar Heiland glaubt dennoch
nicht, den Mörder in diesem verbrecherischen Milieu
zu finden.

Erneut zeigt Felix Huby sein untrügliches Gespür
für die menschlichen Seiten von Verbrechen, Rache
und Schuld.

GMEINER SPANNUNG

FELIX HUBY
Der Patriarch
. . . .
978-3-8392-1945-4 (Paperback)
978-3-8392-5147-8 (pdf)
978-3-8392-5146-1 (epub)

WAHRHEITSKAMPF Fünf Jahre unschuldig im Knast. Sven Hartung hat sich verändert. Abgehärtet und kampfbereit kommt er ins Berliner Leben zurück. Es ist Zeit für die Wahrheit! Doch schon seine erste Nacht in Freiheit endet in einer Katastrophe. In der Tiefgarage der Staatsoper wird die Leiche seiner früheren Verlobten gefunden. Zeugen haben sie noch kurz vor ihrem Tod mit ihm gesehen. Alles deutet daraufhin, dass er der Täter war. Für Kriminalhauptkommissar Peter Heiland allerdings sind die Indizien zu offensichtlich. Er vermutet einen perfiden Plan dahinter. Und diesen zerrt er hartnäckig ans Licht!

FELIX HUBY
Bienzle und der Terrorist
. . . .
978-3-8392-2281-2 (Paperback)

GEFÄHRLICHER GEHT'S NICHT Alarm in Weihersbronn. Auf einer Müllkippe liegt radioaktives Material. Bereits wenige Milligramm des Atommülls können das Trinkwasser einer ganzen Region vergiften. Doch kaum hat die Umweltschutzpolizei begonnen zu ermitteln, stirbt ein Mann im Hochsicherheitstrakt des Kernkraftwerks auf mysteriöse Weise – jetzt ist es ein Fall für die Mordkommission! Gemeinsam mit dem Journalisten Hans Kilper, einem Zyniker mit Herz, nimmt Bienzle die Ermittlungen auf. Wird es ihnen gelingen, die Katastrophe zu verhindern?

GMEINER SPANNUNG

WWW.GMEINER-VERLAG.DE
Wir machen's spannend

FELIX HUBY
Bienzle und der Tod im
Tauerntunnel
. . . .
978-3-8392-2282-9 (Paperback)

KOMMISSAR BIENZLE IST KULT Jarosewitsch
ist tot – aber wen wundert's? Der zwielichtige Juwelier
säße schon längst hinter Gittern, wenn es den Ermitt-
lern vom zuständigen Dezernat gelungen wäre, ihm
etwas nachzuweisen – Hehlerei zum Beispiel. Doch
jetzt ist er tot, ermordet im Tauerntunnel, auf eine
geradezu genial professionelle Art. Hauptkommissar
Ernst Bienzle nimmt die Ermittlungen auf. Und plötzlich sieht es so aus, als ob die Mafia auch im friedlichen
Stuttgart ihr Unwesen triebe …

BOSETZKY / HUBY (HRSG.)
Nichts ist so fein gesponnen
. . . .
978-3-8392-1190-8 (Paperback)

KRIMIPERLEN Der deutschsprachige Kriminalroman hat eine lange Tradition, nur leider kennt sie keiner. Die Herausgeber Horst Bosetzky (-ky) und Felix Huby haben in dieser Anthologie zwölf spannende Kriminalgeschichten ausgesucht und bearbeitet, um zu beweisen, dass auch in deutschsprachigen Ländern immer schon Krimis geschrieben wurden, und dies von namhaften Autoren wie E.T.A. Hoffmann, Gerhart Hauptmann, Heinrich von Kleist und Franz Grillparzer bis hin zu Theodor Fontane. Hier wurde ein wahrer Schatz an Kriminalgeschichten zusammengetragen, der Liebhabern des Genres eine aufregende und höchst vergnügliche Lektüre bescheren wird.

GMEINER SPANNUNG

WWW.GMEINER-VERLAG.DE
Wir machen's spannend

EDGAR RAI
Berlin rund um die Uhr
. . . .

978-3-8392-1708-5 (Buch)
978-3-8392-4693-1 (pdf)
978-3-8392-4692-4 (epub)

DYNAMIK UND ZEITGESCHICHTE Edgar Rai zeigt seine Lieblingsplätze: Orte, um sich hip zu fühlen, um der Wendezeit nachzuspüren, um sich nach London oder Wien zu träumen, Orte, um beim Tanzen die Welt zu vergessen. Der Leser erlebt die Stadt, als ob ein guter Freund ihm etwas darüber erzählen würde, bekommt schonungslos ehrliche Tipps. Berlin ist kein schöner Schein – stattdessen kann man sich an kleinen Dingen freuen, etwa beim Betrachten eines Papageis, der eine Erdnuss schält. Berlin ist vielschichtig: Berlin ist Geschichte, Berlin ist unprätentiös bis charmant-schnoddrig, Berlin ist Weltstadt. Und das ist gut so.

GMEINER KULTUR

WWW.GMEINER-VERLAG.
Mensch, Kultur, Regi